BBN
B●BOY NOVELS

物怪荘の思われびと

宇喜田紅

イラスト／Ciel

この物語はフィクションであり、実際の人物・
団体・事件等とは、一切関係ありません。

CONTENTS

物怪荘の思われびと

物怪荘《もののけそう》法度《はっと》書《がき》

一、人らしいふるまいを心がけよ
一、退去はいつでもご自由に
一、金策は進んで行うべし
一、揉め事を持ち込まない
一、住人の素性について口外する事を堅く禁ずる

一

　騙《だま》された。目的の家を目にした瞬間、三条清伊《さんじょうきよい》はそう思った。

　乗り込んだ電車の線路が複線から単線に切り替わった辺りで、嫌な予感はあったのだ。東京都内とは思えないほど寂れた駅に降り立ち、坂を上り続ける事四十分。朽《く》ちた門扉《もんぴ》と荒れ放題の庭に出迎えられた時、嫌な予感は確信に変わった。

　どうやら自分は、母の兄だという男に一杯食わされたらしい。

　都内にあって贅沢《ぜいたく》な平屋。趣《おもむき》のある古民家風の一戸建て。説明ではそう聞いていたのだが、実際に目にした家はまるで違った。

　幼児でも容易《たやす》く蹴破れそうな危うい木柵。伸び放題の庭木と、成長し過ぎた雑草とで混沌《こんとん》とした庭。その上風が吹く度《たび》に、建物全体からガタガタと不穏な音がする。その吹けば飛ぶようなボロ家の周りを、鬱蒼《うっそう》とした雑木林がぐるりと囲っていた。

　贅沢や趣とは無縁の無法地帯で、正しい情報は平屋建てであるという一点のみというお粗末さ。これのどこをどう見たら、「古民家風」などと評する事ができるのか。もはや詐欺《さぎ》レベルの過大評価だ。

「ばあさんめ、あの世から新手の嫌がらせか……？」

　苦々しく呟き、額に滲《にじ》んだ汗をシャツの袖で拭う。

　清伊がこんな状況に置かれているのにはわけがあった。そもそもの始まりはふた月前だ。

　突然伯父と名乗る男がアパートを訪ねてきて、長らく疎遠になっていた祖母が亡くなり、遺言書に孫の清伊に持ち家を遺贈すると記されていた事を告げられた。

　祖母は夫である祖父が亡くなると、長年暮らした横浜《よこはま》の邸宅を長男である伯父に譲《ゆず》り、見知らぬ土地に家を買って、たった一人で下宿稼業を始めた変わり者だという。聞けばその家は一戸建てで、古いながらもかなり立派な屋敷という事だった。下宿の経営からは今から十年ほど前に手を引いており、家の所有者である祖母が亡くなった今、主を失くした家だけが遺《のこ》されたというわけだ。

寝耳に水の出来事に、はじめは当然戸惑った。だが伯父から「君にあの家を遺したいというのは母のたっての希望だ。どうか聞き入れてやってほしい」と熱心に請われてしまえば、すげなく断るわけにもいかない。その上築年数の古さと、駅から徒歩四十分という立地の悪さから、相続税はほぼかからないと聞かされ、俄然《がぜん》心は揺れた。

古い家は手入れが大変だ。通勤も今よりずっと不便になる。だが三十歳にしてなんの役職にもついていない清伊が、今の市役所で定年まで働いたところで、都内に一戸建てを構える事ができるかと言われれば、正直微妙《びみょう》なところだ。

誰かに相談しようにも、成人するまで共に暮らした母は十年も前から行方知れずだし、信頼できる友人やパートナーもいない。あれやこれやと散々悩み、結局清伊は家を相続すると決めた。そして今、そう決断した事を激しく後悔している。

柵の修繕に、庭の手入れ。この様子ではおそらく家の中も荒れ放題だろう。それら全てに手を入れるとなると、少なく見積もっても数百万。無駄に敷地面積が広いため、更地にするにしても同じくらいか、下手をすればそれ以上に費用が嵩《かさ》んでしまうかもしれない。

諸々の手続きを済ませてしまった後なだけに、今更やっぱりいりませんとは言えない。どうせ固定資産税を払い続けるならいっそ住んだ方が安上がりだと、長年暮らしたアパートもさっさと引き払ってしまった。宿なしとなった今、ここに住む以外の選択肢は清伊にはない。

せめて家の相続を決める前に、一度くらい下見にきておくべきだった。親族だからという理由で伯父の言葉を鵜呑《うの》みにしてしまったのは、用心深い自分らしからぬミスだ。だがそれを悔いたところで、後の祭りだった。

タダより高いものはない。清伊の座右《ざゆう》の銘《めい》だが、今ほどこの言葉の意味を痛感した事はなかった。ジージー、ミンミン、ツクツクボーシと、やかましい蝉《せみ》の声すら、浅はかな自分を嘲笑《あざわら》っているかのようだ。

「くそっ……」

白っぽく乾いた土の上に、ぽたりと汗が滴《したた》る。頭上から容赦なく直射日光が照りつけ、地面に草葉の濃い影を落としていた。

ここまできてしまった以上、後戻りはできない。それに夕方には引っ越し業者が荷物を運び入れにやってくる。それまでにある程度は体裁《ていさい》を整えておきたかった。掃除だってしたいし、なんならシャワーで汗も流したい。

(……修繕費の算段とばあさんへの恨み言は、ひとまず後回しだな)

そう思い直してなんとか気持ちを奮《ふる》い立たせると、清伊は古ぼけた門を潜《くぐ》り、一つ深呼吸をしてから敷地内に足を踏み入れた。

玄関へと続くアプローチには敷石が無造作に敷かれており、その隙間を白い玉砂利《たまじゃり》が埋めている。草木が遠慮なく生い茂っているせいか、空気は湿気を帯びてひんやりと冷たい。伸びた枝を避けながら小道を抜けると、ようやくボロ家の全体像が明らかになった。

見れば見るほど古い家だ。見ようによっては趣っぽいものがあるように見えなくもない。

玄関扉の上部には木彫りの看板が掲げられており、天然木の一枚板に力強い書体で「木鶏荘《もっけいそう》」と書かれている。これは下宿をやっていた頃の名残《なごり》だろう。

眩《まぶ》しさに目を細めて見上げれば、瓦《かわら》屋根の棟の先端に鳥を模《も》した装飾が取りつけられていた。風が吹いても微動《びどう》だにしないところを見ると、風向計《ふうこうけい》ではなく、純粋にただの飾りのようだ。しかもトサカの部分が欠けていて、鶏だかなんだかもよくわからない。

玄関扉は昔ながらの引き違い戸で、陽光と風雨に曝《さら》されてすっかり色褪《いろあ》せてしまっている。真鍮《しんちゅう》製の鍵穴には緑青《ろくしょう》が浮いていた。

清伊はパンツのポケットから簡素な鍵を取り出し、錆《さ》びた鍵穴に差し込んでみる。カチャリという音こそ聞こえなかったが、どうにか開錠できたらしい。とはいえ、扉のはめ込みガラスには派手に罅《ひび》が入っているため、この扉は取り替えなければならないだろう。

(どうせならこのレトロなネジ式錠も、防犯性の高いディンプルキーに替えるか)

建具《たてぐ》を別注するとなるとそれなりに高くつくだろうが、こんな僻地《へきち》とはいえ日中は完全な無人になるのだから、セキュリティは万全にしておきたい。

家の周辺は雑木林くらいしか見当たらないが、駅前にはスーパーをはじめ、いくつか店があったはずだ。買い出しに出かけるついでに、リフォームを請け負ってくれそうなところを探してみるのもいいかもしれない。

つらつらと考えを巡らせながら引き手に手をかけ、勢いよく戸を引く。視界に飛び込んできた立派な柱時計に一瞬目を奪われるも、すぐに注意が逸《そ》れた。無人のはずの家の中に人影を見つけたからだ。

(だ、誰かいる——?)

「……っ」

清伊は漏れそうになる声をどうにかこらえ、薄暗い廊下の奥に目を凝《こ》らした。

ここからでは顔立ちまではわからないが、シルエットからして大人の男女のように見える。しばらくして屋内の暗さに目が慣れてくると、彼らが今時珍しい和装姿で、なかなかの美男美女である事がわかった。

どうやら向こうは清伊という闖入者《ちんにゅうしゃ》の存在に気づいていないらしく、狭い廊下で揉《も》み合いながら、何やら言い争っている。そのいかにも親密そうな空気感から、二人は恋人同士と思われた。

「……もう！　いい加減にしろよな。何度も言ってるけどあんた自身には用なんてないんだから」

「そうつれない事を言うなよ、式鬼《しき》。お前だって俺が嫌いなわけじゃないだろう？　夢見がちな朴念仁《ぼくねんじん》なんかやめて俺にしておけばいい」

「そんなの絶対にありえないし――、ちょっと、嫌だって！　んん、うっ……！」

男はいきなり細身の体を抱きすくめると、強引に女の唇を奪った。

怪しげな男女を見つけたかと思ったら、今度は突然のキスシーン。予想外な出来事の連続に、清伊は呆然《ぼうぜん》とその場に立ち尽くした。

だが抵抗していたはずの女の声が甘ったるい喘ぎに変わったところで、ハッと我に返る。呆気に取られている場合じゃない。不届きな闖入者は、自分ではなく彼らの方だ。

「――ちょっと、あんたたち。人の家で何やってんですか」

「ん？」

「……へ？」

冷ややかな声が廊下に響き、夢中で口づけを交わしていた二人が驚いたようにこちらを振り向いた。

清伊は靴を脱ぐと、板の間に溜まった埃《ほこり》を警戒しながら廊下を進み、固まっている一対の男女の前で仁王立ちする。

「だ、誰だよ、あんた……」

キスの余韻か、それとも驚きからか、訊《たず》ねる女の声は掠《かす》れていた。くるりとした大きな瞳を、濃く長い睫毛《まつげ》が縁取っている。紅を引いたような赤い唇は、愛らしいのにどこか艶っぽい。神社で見かける巫女《みこ》さんのような風変わりな格好をしているものの、女は極上の美人だった。

「俺はこの家の持ち主だ。この通り玄関の鍵も持ってるし、バッグの中には権利証にあたる書類だってある。あんたたち一体なんの目的でここに忍び込んだ？　事と次第によっては警察に通報するぞ」

相手を冷たく睥睨《へいげい》しながら、わざと居丈高《いたけだか》に言い放つ。するとなぜか、男がヒュウッと浮ついた口笛を吹いた。

「いいねえ。活《い》きのいいのは嫌いじゃない。しかも俺好みの別嬪《べっぴん》ときてる」

通報するとまで言ったのに、この期《ご》に及んで男はへらへらと笑っている。おそらく清伊より五つ六つ年上だろう。伸びっ放しの髪を後ろで一つに束ね、顎《あご》に無精髭《ぶしょうひげ》を生やしている。見た目はくたびれているのに、瞳は爛々《らんらん》と輝いており、目尻に寄ったしわが妙な色気を放っていた。

「……ずいぶん余裕なんだな。他人の家に忍び込むのに慣れてるとか？」

「人を間男《まおとこ》みたいに言うなよ。だけどまあ、あんたみたいな別嬪が誘ってくれるなら間男も悪くない」

そう言って、男が妙に粘ついた視線を送ってくる。

こっちは睨《にら》みつけているというのに、怯《ひる》むどころか不遜《ふそん》な態度を改めようともしない。だいたい清伊は男だ。男相手に別嬪もへったくれもないだろう。

「そういうやつだよね、あんたって男は」

この状況下で清伊をナンパし始めた節操のない男を、女が白けた目で眺める。女の方も動揺を見せたのは最初だけで、今や溜め息をつきながら鷹揚《おうよう》に着物の埃を払ったりしている。

（なんなんだよ、こいつら……。住居侵入の現行犯のくせに悪びれもしないなんて、図太いにもほどがあるだろ？）

「――とにかく、詳しい話は中で聞く。言っておくけど逃げようとしても無駄だぞ。あんたらの顔は造作から黒子《ほくろ》の位置まで完璧に記憶したからな」

事務的に告げて奥へ進むと、意外にも二人は大人しく後ろをついてきた。肝《きも》が据わっているのか、それとも何か裏があるのか。奇妙な風体を含め、よくわからない二人だ。

気を取り直し、清伊は改めて家の中を注意深く観察した。元は学生向けの下宿だったというだけあって、木鶏荘は部屋数が多く、充分な広さもある。

いくつか部屋を通り過ぎ、やがて右手に台所、左手に一際《ひときわ》明るい和室が現れた。埃っぽい廊下に比べ、ここはいくらか清浄だった。

大事に使われていたのだろう、室内の調度品はどれも年代物だが、今でも問題なく使えそうだ。建具や畳も思いのほか傷《いた》みは少ない。縁側に面したガラス戸は開け放たれており、外から草の匂いのする風が吹き込んでくる。木々の隙間から零《こぼ》れた陽光が、日に焼けた縁側に燦々《さんさん》と降り注いでいた。

「へえ……。外観こそ最悪だけど、中はそれほど悪くないいな」

悪くないどころか、正直かなり気に入った。アパート暮らしが長かった清伊は、風通しのいい広くて明るい空間に強い憧《あこが》れを抱いていたのだ。

庭がこれだけ広ければ、シーツや布団も難なく干せる。風にはためく白布を眺めながら昼寝でもしたら、きっと気持ちがいい。

だがそんな期待に胸が膨《ふく》らんだのも束の間、今度は台所の奥から新たな人物が姿を見せた。

「騒がしいと思ったらやっぱり煙羅《えんら》がきてたんだ。二人とも遊んでばかりいないで。たまには掃除くらい手伝ったら？」

「な、なんだ？　まだ仲間がいたのかっ？」

文句を言いながら現れたのは、Tシャツにジーンズ姿の小柄な青年だ。掃除の最中だったのか、口元を白い布で覆い、昔懐かしい布はたきを手にしている。

「おいおい、状況見て説教垂れろよ、小僧」

呆《あき》れたように男が言い、スイと清伊に視線を移す。そこでやっと青年も清伊の存在に気づいたようだ。

「だ、誰ですか、この人？」

（それはこっちのセリフだ）

今度の人物は服装こそ普通だが、清掃業者でもないのに他人の家の掃除をしているという行動がもう普通じゃない。

まったく次から次へと、一体この家はどうなっているのか。だが不審人物の登場は本日二度目というだけあって、清伊がうろたえる事はなかった。

「君もこの人たちの仲間か？　一緒に話を聞くから座って。ああその布はたきはこっちで預かる」

「はあ……」

青年の手から布はたきを取り上げ、清伊は目をピカリと光らせる。

大人しそうな青年だが、近頃の若者はいつキレて豹変《ひょうへん》するかわからない。武器になりそうなものは極力遠ざけておくべきだろう。

清伊は台所側の障子《しょうじ》を閉めると、ついでに自分の座る場所の埃をはたきで払い、漆塗《うるしぬ》りの座卓の前に腰を下ろした。それに続いて、三人も向かい側に座る。

ニヤけた着流し男に、巫女さんのような格好をした女。そして覆面《ふくめん》青年。

住居侵入という所業はもちろん、見た目からして相当怪しい。

ひょっとすると彼らは役者か何かで、偶然この空き家を見つけ、稽古場《けいこば》の代わりにでもしていたのだろうか。

（たとえそうだとしても、非常識極まりない事に変わりはないけどな）

清伊はいつでも通報できるようスマートフォンを座卓の上に置き、前置き代わりにコホンと咳払いをする。

「よし。じゃあ、さっそく話を――」

聞かせてもらおうか、と続けようとした時、たった今閉めたばかりの障子が、スパンと勢いよく開いた。

「なんだ、ここにいたのか硯《すずり》。線香の買い置きはどこにある？」

（また出た……）

ひょいと顔を覗《のぞ》かせたのは、長身の若い男だった。猛暑日の続くこの時期に、男は長袖のシャツと細身のパンツを身に着けている。しかも色は上下とも黒だ。だがそれほど暑苦しい印象は受けない。背筋がピンと伸びた立ち姿は、水辺に咲く杜若《かきつばた》のように凛《りん》として清々しかった。おまけに都心でも滅多《めった》に見かけないほどの、かなりの美男だ。

「――どちら様?」

誰何《すいか》されるのは今日これで三度目だった。おかしなもので三度目ともなれば既《すで》に驚きはなく、まだいたのか程度の乾いた感想しか出てこない。

いい加減うんざりした清伊は、男の問いかけに能面のような無表情を返した。

「東雲《しののめ》っ……!」

女が立ち上がり、たった今現れた黒ずくめの男の腕にしなだれかかる。

どうやら男の名は東雲というらしい。そのスタイリッシュな外見からは想像できない、古風な響きの名前だ。女はこの東雲とやらに恋心を抱いているのか、縋《すが》るように見上げる目は、着流し姿の男に向けられた冷めきった視線とは熱量がまるで違っていた。

「式鬼、この人は? みんなしてどうしてそんなところに並んで正座してるんだ?」

「こんなやつ知らないよ! いきなり現れてそこに座れって命令されて、俺も何がなんだか――」

「ちょうどいい、あんたも座って。待てよ、やっぱり座る前にまだ仲間がいるならここに呼んできてくれ。数が増える度にいちいち説明するのは面倒だ」

二人の会話に割り込んで淡々と告げると、女がキッと眦《まなじり》を吊り上げ、男は僅《わず》かに目を瞠《みは》った。

「……いや、これで全員だ」

「そうか」

ではさっさとそこへなおれと、布はたきで畳の上を指し示す。だがどういうわけか、男はその場に突っ立ったまま動こうとしない。その上清伊の顔をやたらと凝視してくる。

（なんだよ、俺の顔に何かついてるのか？）

不躾《ぶしつけ》な視線に苛立《いらだ》ち、相手に倣《なら》ってじっと見つめ返してやる。すると男がようやく気まずそうに視線を逸らした。

改めて座卓の前に四人が並んで座る。腕時計を確認したら、午後三時だった。あと一時間ほどで引っ越し業者がきてしまう。掃除とシャワーは無理だとしても、せめてライフラインの確認くらいはしておきたい。

清伊は自身も正座をして居住まいを正すと、スウッと息を吸い込んだ。とにかくおかしな輩《やから》には速《すみ》やかにお引き取り願おう。

「さて、あんたたちは一体どういった料簡《りょうけん》で他人の家に上がり込んだんだ？　納得のいく理由があるんだろうな？」

「どういった料簡って言われても……」

清伊の勢いに気圧《けお》されたのか、黒ずくめの男が言い淀む。困惑顔まで完璧に整っており、その佇《たたず》まいには常人にない、侵しがたいような雰囲気があった。この無駄に美々しいオーラ、やはり芸能関係者なのかもしれない。とはいえ彼らが何者であるかなど、清伊にとっては心底どうでもいい話だ。

「芝居の稽古だか余興の練習だかなんだか知らないけど、お気楽そうなあんたたちと違って俺は忙しい。夏期休暇はたったの四日しかないんだ。正直すぐにでも警察に通報したいところだけど、事情聴取やら余計な事に時間を取られるのは避けたい。だから今回だけは大目に見てやる。その代わり二度とこの家に近づかない事。いいか、今回だけだぞ？　わかったらさっさとここから出て行ってくれ」

一息に言いきり、お帰りはあちらとばかりに部屋の外を指差すも、覆面青年に「そっちは厠《かわや》です」と冷静に指摘されてしまう。

思わずムッと顔を顰《しか》めたら、式鬼とかいう女に鼻で笑われた。なまじ顔がきれいなだけに、いっそう忌々《いまいま》しい。

「急に出て行けって言われても、俺たちもうずっとここで暮らしてるんです。あの、もしかしてよそのお宅と間違えてるんじゃないですか？　住所は合ってます？」

覆面を外しながら、おずおずと青年が言う。

白い布の下から現れたのは、すっきりと整った涼しげな顔立ちだった。年齢は二十歳前後といったところだろうか。いかにも善良そうな人物だが、まるでこちらに非があるかのように言われては、さすがに黙ってはいられない。

「そっちがそう言うのなら、ここが俺の家だっていう証拠を見せてやる」

清伊はバッグから登記識別情報通知書を取り出し、座卓の中央に滑らせる。四人の顔が手元に集まってきたところで、子供に言い聞かせるように丁寧に説明した。

「これは土地建物の所有者を識別するための書類で、いわゆる権利証に当たるものだ。この不動産ってところと登記名義人ってところ、ここの住所と俺の名前が書いてあるだろ。ほら。名義人、三条清伊」

「清伊……？」

「ああ――、って、うわっ！」

小さく頷《うなず》いた途端《とたん》、前方から伸びてきた手にいきなり手首を摑まれた。東雲とかいう男が清伊の手首を拘束し、身を乗り出して顔を近づけてくる。

全身に黒をまとった男は、その瞳も髪もしっとりと濡れたような黒色をしていた。

「なっ、なんだよ、いきなり！」

「あんた、清伊か？　清乃《きよの》の孫の？」

「……ばあさんを知ってるのか？」

出会ったばかりの男の口から祖母の名前が出てきた事に、少なからず驚く。

東雲の黒い双眸《そうぼう》には、目を丸くした自分の顔が映っていた。睫毛の一本一本まではっきりと認識できるのは、男の瞳が怖いくらいに澄んでいるせいだろう。

「知ってるも何も、俺らはずっと清乃とここで暮らしてたの！　っていうかいつまで手握ってんだ。さっさと離せよな」

式鬼とやらが立ち上がり、清伊の肩を小突いて東雲から引き剝《は》がす。たおやかな見た目をしていながら、式鬼は言葉遣いだけでなく、やる事まで粗野で乱暴だった。だいたい離せと言うが、いきなり手首を摑んできたのは向こうの方だ。

「ばあさんとここで暮らしてただって？　そんな話は聞いてないぞ。下宿をやってたのはもう十年も前の事だろう？」

「俺たちはここに下宿していたわけじゃない。行く当てのなかった俺を清乃が拾ってくれたんだ。式鬼も硯も似たようなものだ」

そう言って東雲が式鬼と青年を見やる。退屈そうに話を聞いていた着流し男が、「おい、俺は？」と口を挟んできたが、面倒だったのか、東雲はその訴えをさらりと聞き流した。

「この家で暮らしてたのは、ばあさんだけじゃなかったのか……？」

頭が混乱してくる。

彼らは以前から祖母と暮らしていた。下宿業を営《いとな》んでいた祖母が、行き場のない人間を招き入れるのはありえる話だった。

だがそれならばどうしてわざわざここを清伊に遺贈するという遺言を遺したのだろうか。そもそもそんな経緯があるなら、伯父から事前に説明の一つもあっていいはずだ。

（俺は何も聞いてない。こんな怪しげなやつらごと家を譲り受けるなんて、無理に決まってるだろ）

「――生前ばあさんがどう言ったのか知らないけど、今この家の持ち主は俺だ。俺はあんたたちと同居なんてできない。だいたいあんたらみたいなのがいると知ってたら、ここを相続したりしなかった」

苦々しく呟《つぶや》くと、向かい側で式鬼がフンと高慢そうに笑った。

「あっそ。じゃああんたが出て行けば？　これまでずっと清乃の側《そば》にいたのは俺たちだ。知らないやつにいきなり家を明け渡せなんて言われたって、はいそうですかと簡単に引き下がれるかよ」

そう言われても、こっちだって既にアパートを引き払っているのだ。荷物を移す手配もしたし、上司に転居の報告も済ませてある。今更後には引けない。

「あんたらが知らなくても、俺はこの家の相続人である主なんだよ。証拠の書類を見ただろう？　文句があるならいずれあの世でばあさんに言うんだな」

非情な言葉とわかっていながら、それでも冷然と言いきる。すると式鬼が怪訝《けげん》そうに眉を顰《ひそ》めた。

「信じられないな。あんたほんとに清乃の孫？　あの優しかった清乃とは似ても似つかないんだけど」

「何……？」

「清乃はただここにいるだけでいいって言ってくれた。一人でいるよりみんなといた方がきっと楽しいからって。でもあんたは俺たちに出て行けって言う。清乃とは正反対だ」

その瞬間、式鬼との間にビリッと電気のようなものが走った。鼓動が逸《はや》りだし、こめかみが鈍く痛む。

祖母に関する記憶は、清伊にはまったくと言っていいほどない。

母は大学の頃に出会った男と大恋愛をし、学生の身で清伊を産んだ。だが子供が生まれると、男は急に怖くなったのか、母の前から姿を消した。祖父から勘当《かんどう》を言い渡された母は、大学を辞め、清伊を連れて家を出た。今から三十年近く前の話だ。

横浜の家を出てからは、祖母は母や清伊に会いにくるどころか、連絡の一つも寄こさなかった。母は実家には一切頼らず、女手一つで息子の清伊を育て上げたのだ。

(俺の事はいい。最初から母さん以外の家族はいないものと思って生きてきた。だけど母さんは違う。あの人はずっと誰かの助けを必要としてた)

式鬼の言うように、祖母が本当に優しい人間だったというのなら、どうして生きている間に娘とその子供に会おうとしなかったのか。赤の他人を受け入れる事はできても、身勝手な娘を許す事はできなかったとでも言うのだろうか。

死んでしまってから一方的な施《ほどこ》しを受けたところで、無邪気にありがたがれるほど、清伊はおめでたい性格じゃない。

「知ったような口を利《き》くな。お前に何がわかるんだ」

「今頃になってのこのこ現れておいて、ずいぶんな言い草だよな。少なくともあんたよりは俺らの方が清乃の事をわかってる。るっていうだけで、実際は他人みたいなものじゃないか」

「……っ」

痛いところを指摘され、言葉を失う。

式鬼の言う通りだった。互いに顔さえろくに知らず、どんな風に生きてきたのかも知らない。祖母が自分にこの家を遺した理由さえ、清伊にはわからないままだ。

（……それがなんだっていうんだ。罪滅ぼしのつもりかなんだか知らないが、ばあさんから家を譲り受けたのは俺なんだ。この家をどうしようと、俺の自由のはずだ）

清伊はゆらりと立ち上がり、式鬼を頭一つ高い位置から見下ろした。

「なんだよ、やんのか？」

「先にケンカを売ってきたのはそっちだろ」

挑《いど》むように見据えると、負けじと式鬼も睨み返してくる。室内に一触即発《いっしょくそくはつ》の空気が流れ、畳に座した青年が、二人を見上げてゴクリと唾を飲み込んだ。

「あのー、盛り上がってるところ申し訳ないけど、時間みたいなんで俺はお先に失礼するよ」

着流し男の間延びした声に、張りつめていた空気が緩む。臨戦態勢だった清伊の気も、一気に削《そ》がれてしまった。

「勝手に失礼しようとするな。まだ話の途中だろ！」

「このまま迫力満点の美人対決を観賞したいのは山々だけど、こればっかりは俺の力じゃどうにもならなくてね」

「そっか、そろそろばあちゃんのお線香が尽きる頃だね」

青年がそう言ってポンと手を打ち鳴らした。話が見えない清伊は、眉を寄せる事しかできない。

「まったく、今度からはもっと景気よく燃やしておいてくれよ。せっかく……、おも……しろくな、ってき……、とこ、なのに……」

声が不自然に途切《と ぎ》れたかと思うと、男の体がゆらりと波打った。一瞬の後、厚みのあった体がまるで麺棒《めんぼう》か何かで伸ばされたように薄くなる。

「なっ……!?」

清伊はその場に尻もちをつき、呆然と頭上を見上げた。視線の先では、既に向こうが透けるほど薄くなった男の体が、ゆらゆらと宙にたゆたっている。

これは一体なんなのだろう。目の前の光景があまりに現実離れしすぎていて、頭がついていかない。

やがて薄布のようなそれは細かな粒子になり、散り散りになってサアッと空気に溶けた。

「清伊っ！」

腕から力が抜け、体がぐらりと傾《かし》ぐ。東雲に肩を支えられ、すんでのところで壁に頭をぶつけずに済んだ。だがいっそ頭を打ちつけた方がよかったのかもしれない。それなら気を失っていた間に見た夢だと思い込む事もできたはずだ。

「な、な、なんだよ、今の……っ！」

目の前で人が一人消えた。誰かに連れ去られたわけでも、自らの足で出て行ったわけでもなく、文字通りかき消えたのだ。

喉が鳴り、背中を冷たい汗が伝う。やがて体がカタカタと震え出した。

「大丈夫か？　顔が真っ青だ」

「一体どういう事なんだ……？　あの男はどこに消えた？　ぶ、無事なのかっ？」

東雲の胸倉を摑んで、矢継ぎ早に問いつめる。だが彼は答えず、困ったように目を伏せた。

依然《いぜん》として外ではジージーとやかましく蟬が鳴いている。エアコンのない部屋は、窓を開けていても蒸し風呂のように暑かった。それなのに体の震えが一向に治まらない。

「心配しなくても彼なら大丈夫です。それよりほんとに顔色が悪い。横になった方がよくないですか？」

傍《かたわ》らに膝をついた青年が、心配そうに眉間にしわを寄せる。その表情を見る限り、どうやら純粋に清伊の体調を案じてくれているらしい。だけど今の清伊には、彼に返事をする余裕もなかった。

「どこか風通しのいい場所で休ませよう」

東雲が清伊の肩を抱いて立ち上がる。ふらつく体を、小柄な青年が反対側から支えてくれた。だが部屋を出ようとしたところで、ピタリと彼らの足が止まる。顔を上げると、出入り口を塞《ふさ》ぐように式鬼が両手を広げていた。

「なんか二人ともあっさりそいつの事受け入れちゃってない？　俺も煙羅も清伊を新しい家主と認めるなんて一言も言ってないんだけど」

「見ればわかるだろう？　清伊は具合が悪い。話は後だ。そこをどけ」

東雲が苛立ちを隠しもせず、冷ややかに告げる。にべもない態度がショックだったのか、式鬼は白い顔をいっそう白くして、わなわなと唇を震わせた。

「なんだよ、東雲ってば……。こんな人間なんかどうでもいいだろ？　だいたい煙羅のやつ、やり方が生温いんだよ」

式鬼はそう言うと、ぐったりと項垂《うなだ》れる清伊の懐《ふところ》にスッと潜《もぐ》り込んできた。

数センチの距離で見てもやはり美形だ。肌の色はどこまでも白く、陶器のようにツルリとしている。勝ち気そうな瞳と赤い唇は、いけ好かない相手だと思っていてもつい見惚れてしまう。

「他のやつらがなんと言おうと、俺はお前の事を絶対に認めないからな」

言うや否や、染み一つない透明な肌にぴょこんと黄金色の毛が生えた。毛は瞬く間に広がり、顔全体をすっぽり覆ってしまう。同時に赤い口が耳の位置まで裂け、鼻のあった場所が奇妙な形に隆起した。頭部に生えた二つの耳はピンと尖り、見開かれた金色の瞳が不穏に瞬く。

「ヒッ……!!」

それは狐《きつね》に似た獣だった。ほっそりとした体はそのままで、顔だけが狐のように変化しているのだ。

『人間風情《ふぜい》が偉そうに。このままお前を取り殺してやったっていいんだぞ――』

罅《ひび》割《わ》れた唸《うな》り声が、耳障《みみざわ》りな不協和音となって頭の中でこだまする。そのおぞましい響きに、全身の毛が逆立った。

「うっ……、あ、あぁ……」

喘ぎのような声が漏れ、呼吸が浅くなってくる。恐怖のあまりその場にくずおれそうになった体を、力強い腕に抱き留められた。

「それくらいでやめておけ。それとも俺を本気で怒らせたいのか、式鬼」

東雲が低い声でそう呟いた途端、清伊の腰を抱く腕がブルブルと打ち震え、周囲を取り巻く空気が激しく渦を巻く。突然強い風に体を煽《あお》られ、宙に浮いたかのような錯覚を覚えた。

さっきまで全身を支配していた恐怖も、重力と一緒に霧散《むさん》してしまう。そして次の瞬間、下から何かがブワリと舞い上がり、視界を黒く埋め尽くした。

(なんだ? 黒い……、羽根?)

すごい数の黒色の羽根が、部屋の中をグルグルと旋回《せんかい》している。まるで黒い竜巻の中に体を放り込まれたみたいだった。

視界いっぱいに広がる、艶めく漆黒。これに似た色を清伊は知っている。

(濡羽色《ぬればいろ》……。そう、カラスの濡羽色だ――)

答えを見つけたと同時に、視界が完全に闇色に染まる。上昇だか下降だかわからない奇妙な浮遊感の中で、清伊の意識はプツリと途切れた。

✡ ✡

あの日、海に行こうと言い出したのは母だった。

季節は秋に差しかかろうかという頃で、窓の外はひんやりとした風が吹いていた。しかも時刻は正午をとうに過ぎている。だが幼い清伊の頭には、海辺はきっと寒いだろうとか、着く頃には日が暮れているはずだとか、そんな考えは微塵《みじん》も浮かばなかった。母の気まぐれな提案がただ嬉しくて、控え目に小さく頷いた。

乗った事のない沿線の電車を何度も乗り継ぎ、目的地に着いた頃にはもう日が沈みかけていた。シーズンオフの海水浴場は閑散《かんさん》としていて、犬の散歩をしている人がポツポツいるくらいだ。

「少し寒いね。何かあったかい飲みものでも買ってこようか？」

「ううん、いらない」

「……そう？」

残念そうな母の表情を見て、ああ失敗したと思った。自分はこの程度の肌寒さくらいなんでもないが、母は温かい飲みものが欲しかったのかもしれない。

「あの、ごめんなさい……」

「どうして謝るの？　おかしな子ね」

咄嗟《とっさ》に謝罪の言葉を口にすると、母は少しだけ表情を緩め、それから清伊に背を向けて歩き出した。

その後は母と二人でひたすら波打ち際を歩いた。足元では飽きもせず、波が行きつ戻りつを繰り返している。

冷たい水が足を撫でる感覚を思い描き、清伊は靴を脱いでしまいたい衝動に駆られた。

足にまとわりつく波を思いきり蹴散らし、派手に飛沫を上げてみたい。そんな子供じみた願望で頭の中がいっぱいになる。

だが少し前を歩く母はそんな清伊の心のうちなど知らず、目を細めて海の向こうを眺めていた。

風に靡《なび》く長い髪。揺れる白いワンピース。母がつけた足跡を、すぐさま波が浚《さら》っていく。

静かな後ろ姿を見ていると、なんとなく声をかけるのが憚《はばか》られた。だが母は無言で後ろを歩く息子から何かを感じ取ったのか、ゆっくりと振り向き、清伊の小さな手を取った。

「海に入りたい？」

「……別に」

一瞬心の中を覗かれてしまったのかと思った。ごまかすように左右に首を振った清伊を、母が困ったような顔で見下ろしている。

「我慢しなくてもいいのよ。せっかくここまできたんですもの。もう水が冷たいから泳ぐのは無理だけど、少しの間足を浸すくらいなら大丈夫でしょう」

（ほんとに？　遊んでもいいの？）

あの時の自分は相当浮かれた表情をしていたのだろう。いつも疲れた顔をしている母が、珍しく笑っていた。

清伊は砂浜に腰を下ろすと、邪魔な靴と靴下を脱いだ。水を吸って重くなった砂を踏みしめ、その感触を楽しむ。

「お母さんは入らないの？」

お母さんが一緒なら、きっともっと楽しいはずだ。

そんな清伊の問いかけに、母は苦笑を返した。

「そうね、お母さんは大人だから、夏がくるまで我慢するわ」

だが次の夏がきても、また次の夏がきても、それが実現する事はなかった。清伊が母とどこかへ出かけたのは、あの日が最後だったのだ。

✿　✿

ちゃぷん、たぷんと、すぐ近くから水音が聞こえる。肌に触れる濡れた感触が気持ちいい。

どうやら自分は海にきているらしい。あんな夢を見たのも多分そのせいだろう。カビの生えた記憶はノスタルジックなバイアスがかかり、無駄に感傷的なものに仕上がっていた。

(海なんていつぶりだろう。学生の頃以来かもしれないな)

海は好きだ。潮の香りが日常を忘れさせ、浮かれた気分にさせてくれる。

「東雲、氷もっといる?」

そう、焼けた砂の上で味わう冷たいかき氷は格別だ。三十歳の大人になった清伊は、寒ければ躊躇《ためら》わずに温かい缶コーヒーを買うし、夏には海の家でかき氷だって買える。もう母親の顔色を窺《うかが》う必要なんてないのだ。

「ああ、頼む。体温が高いのに汗をかいてない……。多分熱中症だな。暑い日にろくに水分を取らずにいるとこういう症状が出るらしい」

何かが頬に優しく触れ、心地の好い感触にふわりと体が弛緩《しかん》する。日光で温まった波の上にいるみたいに、全身がゆらゆらと揺れていた。

「人間を介抱するなんて、なんか変な感じだね」

「彼らは繊細なんだ。清乃もここの暑さと寒さはこたえるといつも言っていた。もっと気遣ってやらなきゃならなかったのに、失敗した」

弱々しい声の主に、繊細なのはどっちだと言ってやりたい。風邪を引いても医者にはかからず、ニンニクを齧《かじ》って乗りきってきた清伊だ。他の人より遙《はる》かに頑健《がんけん》であると自負している。だがそう言いたくても、なぜか声が出ない。波に揺られていたはずの体も、急にズンと重くなった気がした。

「東雲が気に病む事ないよ。式鬼と煙羅が驚かせたりするから清伊は倒れたんじゃないか」

「あいつらが悪くないとは言ってない」

弱々しかった男の声が剣呑《けんのん》なものに変わる。そこでようやく自分が置かれている状況を思い出した。

家をタダでくれるという甘言《かんげん》に乗せられてこんな

場所まできてみれば、そこにはわけのわからない連中が住みついていた。

その上、手品だか幻術だかに惑わされ、清伊はまんまとひっくり返ったのだ。おかげで貴重な休みを無駄に過ごしてしまった。

（そうだ、今は夏期休暇中で、今日は引っ越しの日だ——）

「……今、何時だ」

亘い瞼《まぶた》を開けて、唸るように呟く。すると頭上で会話をしていた二人の視線が、そろって清伊に注がれた。東雲と、もう一人は確か硯と呼ばれていた青年だ。

清伊は布団の上に寝かされていた。ぐるりと辺りを見回し、ここがさっきまでいた和室だとわかる。

額の上には氷水の入った氷嚢《ひょうのう》が載っかっていた。ちゃぷちゃぷいっていたのは波の音ではなくこれだったらしい。

「目が覚めたのか？　具合はどうだ？」

心配そうに訊ねてくる東雲を見上げ、遅まきながらその容貌に目を奪われる。

年は二十五・六歳といったところだろうか。黒目がちな瞳は一見すると優しげで、ふっくらとした涙袋が印象的だ。頬に影が落ちるほど鼻が高く、唇は肉感的なのにいやらしさは感じない。今時の若者には珍しく髪は染めておらず、長めの前髪に対して襟足はすっきりと切りそろえられていて、清潔感があった。

端整でありながら、どこか甘さを感じさせる顔立ち。彼に見つめられて、頬を染めない女性などおそらくいないだろう。だがあいにくと清伊は男だった。

清伊は東雲に「問題ない」と答えると、体を起こして布団の上で胡坐《あぐら》をかいた。実際は目の奥がズキズキと痛むし、少し吐き気もある。だからといって病人のように寝転がったままでは、まともな話はできない。

「……俺はどれくらい気を失ってた？　引っ越し業

者はもうきたのか？　夕方に荷物が届くはずだったんだ」

回らない頭のまま、ひとまず気になっていた事を訊ねてみる。高価なものは何もないが、嗅《か》ぎ慣れない匂いがするこの家にいると、使い古した家具や家電が妙に恋しく思えた。

「寝てたのは三時間くらいかな。荷物は少し前に届いたから、東雲と二人で奥の部屋に運んでおいた。日当たりもいいし、家の中で一番広い部屋なんだよ」

「そうか……」

日当たりがいいという事は、少なくともカビが繁殖しているような事はないだろう。その事に安堵《あんど》しながらも、清伊の心は別の事に捕《と》らわれていた。倒れる前に見た不可思議な光景が、こうしている今も頭を離れない。

「じゃあ、まずは説明してほしい。突然人が消えたり、狐の化け物になったり、あれは一体どういう仕かけなんだ？」

無人だと思っていた家に人がいた。彼らは元の家主である祖母と共にここで暮らしていたと言う。ここまではいい。いや、よくはないのだが何よりも問題はその先だ。

目の前で人間が姿を消し、女の顔が狐に変わった。幻覚と呼ぶにはあまりにリアルで、手品と言うには完璧過ぎた。

「驚かせたのは悪かった。だが仕かけはない。それに式鬼は故意だったが、煙羅は仕方がなかったんだ。ちょうど線香の火が尽きる頃で――」

「それじゃ答えになってない。線香の火と人間の体が消える事にどんな関係があるっていうんだ？　手品にしてはでき過ぎてるし、ずいぶん手の込んだ嫌がらせだな」

「だから、手品なんかじゃないんだって！　火元がないと煙羅は人間の姿を保てないだけなんだから……っ！」

返答につまった男に代わって、硯が懸命に言い募る。だが彼も混乱しているのか、その言葉は不条理極まりなく、まるで的を射ない。

清伊は邪魔な前髪をかき上げ、ハアッと大仰《おおぎょう》な溜息をついた。

「堂々巡りだな。説明できないのならあんたたちを信じる事はできない。全員まとめて出て行ってくれ」

家や後ろ盾を失う怖さは清伊にもわかる。何か事情があるなら、住む場所が見つかるまでの間くらい置いてやってもいいかとも思ったが、最低限の礼義も弁《わきま》えない相手となれば話は別だ。

室内に居心地の悪い沈黙が落ちる。無言で睨み合っていると、清伊の本気を感じ取ったのか、東雲がついに折れた。

「……わかった。驚かないと約束してくれるなら、種も仕かけもないって事の証拠を見せる」

「東雲っ!?」

「ああ、約束する。だからその証拠とやらを見せてみろよ」


ようやくまともな話をする気になってくれたらしい。一方硯は、なぜか青い顔をして右往左往《うおうさおう》している。

腕を組んで身構えていると、不意に東雲の視線がこちらに流れてきた。陰鬱《いんうつ》としたその表情に、思わずゴクリと喉が鳴る。

「――できれば、あんたには見せたくなかった」

「どういう意味だ?」

清伊の問いには答えず、東雲がおもむろに立ち上がり、ゆっくりと目を閉じた。すうっと大きく息を吸い、細く吐き出す。だが証拠を見せると言っておきながら、男はそこから一向に動こうとしない。

「おい……」

「シッ、黙って!」

痺れを切らして声をかけようとしたら、固唾《かたず》を吞《の》んで見守っていた硯に咎《とが》められた。それが合図だったかのように、東雲の黒いシャツがさわさわと毛羽立《けばだ》ち始める。普通の綿シャツだったはずが、まるで羽毛か何かでできているように風にはためいていた。

（い、いつの間に着替えた？　いや、そんなはずない。あの男はあの場所から一歩も動いていない……！）

やがて東雲を中心に空気が渦を巻き始めた。足元で何かが這い上がってくる気配を感じたかと思うと、床から黒い塊《かたまり》が勢いよく舞い上がる。

黒い塊に見えたそれは、無数の黒い羽根だった。目の前を埋め尽くす黒。倒れる前に見た光景とまるっきり同じだ。

「こ、こんなの、一体どこから湧いて出たんだ？」

「危ないから摑まってて」

さきほどとは打って変わって落ち着いた声で言い、硯が右手で柱を、左手で清伊の腕を摑む。それとほぼ同時にバサリと鳥の羽ばたきのような音がして、強風が吹きつけてきた。腕を摑まれていなければ吹き飛ばされていたかもしれない。

「なんだ、この風っ……？」

風のせいでまともに息が継げず、舌を嚙みそうになった。この向こうには東雲がいる。彼は無事なのだろうか。風圧に耐え、目を凝らして見つめていると、やがて舞う羽根の向こう側に、翼を持つ巨大な生き物の姿が現れた。

（鳥……、カラスか――!?）

風の中心にはまっ黒なカラスがいた。しかも尋常じゃない大きさだ。百七十八センチある清伊が両腕を広げても、このカラスの全長には及ばないだろう。

艶のある黒い羽根に、人の骨も簡単に砕いてしまえそうな立派な嘴《くちばし》。何よりも異質なのは、カラスには肢が三本あった。うち一つはおかしな方向に捻《ね》じ曲がっており、実質二本の肢で巨体を支えている。

ふと、どこを見ているのかわからない、洞《うろ》のような目に見つめられ、ゾワッと全身の毛がそそけ立った。

「う、うわあぁっ!!」

「清伊、落ち着いて！　暴れたら腕を摑んでいられない！」

思わず逃げを打った体を、硯が大声で叫びながら引き留めようとする。だがとても冷静ではいられなかった。

部屋の中で台風レベルの暴風が吹き荒れている事も、人よりも大きなカラスがいる事も、何もかも普通じゃない。異常過ぎるのだ。

「腕を離せ、硯っ！」

「だめだよ！　物みたいに壁に叩きつけられてもいいの!?」

その時、ガシャンと何かが割れる音がした。ガラスの破片がすぐそこまで飛んできて、ハッと正気に戻る。

重い座卓がひっくり返り、座布団が壁に叩きつけられる。頑丈そうな梁《はり》や柱もガタガタと悲鳴を上げていた。このままでは障子やガラス戸はもちろん、屋根まで吹き飛んでしまうかもしれない。

（なんだよ、これ……。勘弁《かんべん》してくれよ——）

塀や玄関扉だけでも結構な出費なのに、その上屋根や障子まで直す事になったら、なんのためにアパートを引き払ってここまできたのかわからなくなる。それどころかこの大カラスは、このまま家を破壊してしまいかねない。

（越してきて早々家が壊れて宿なしの身なんて、冗談じゃないぞ……！）

「清伊!?」

清伊は硯の手を振り解き、強風に抗《あらが》いながら敢然《かんぜん》と歩を進めた。進んでは押し戻されを繰り返し、どうにか大カラスの許まで辿り着くと、犬のマズルを摑む要領で、巨大な嘴を両腕でガッチリとホールドする。そして大きく息を吸い込み、腹の底から声を張り上げた。

「わかったよ！　充分わかったから、もういい加減にしろっ!!」

大声でそう怒鳴りつけた瞬間、部屋の中の嵐がピタリと止んだ。風が治まるなり、猛スピードで室内

を旋回していた大量の羽根が、上からふわふわと降ってくる。

「すごい……」

力業《ちからわざ》で大カラスを抑え込んだ清伊を、硯が呆気に取られたように見つめていた。意表を突かれたのか、カラスも腕の中で大人しくしている。

「どうにか、治まったか……？」

室内に静寂が戻ってくると、清伊は乱れた息を整えながら改めて状況の確認をした。ガラス戸は何枚か割れてしまっているが、幸い屋根は無事だ。障子も座卓も壊れてはいない。最少の被害で抑えられた事に安堵しつつも、別の意味で気分が重くなる。

忽然《こつぜん》と消えた男。狐に化けた女。そして突然変異という言葉では片づけられないほど巨大なカラス。

こうも次から次へと見せつけられては、もう認めざるをえなかった。

「……よくわかったよ。要するにお前らは全員普通の人間じゃないって事なんだな？」

返事の代わりに、男は人の姿に戻った。体の形がぐにゃりと歪《ゆが》み、黒い羽根がざわめきながら人肌に同化する。

「っ……！」

カラスから人へと変化する様を目の当たりにして、今更ながらに脚に震えがきた。

彼らは人間じゃない。その特別な力を使えば、清伊を服従させる事も、排除する事も簡単にできる。実際に式鬼はそうしようとした。東雲がかばってくれなければ、清伊は今こうしてここにいられたかどうかもわからない。

動揺を隠せないでいる清伊に、人の姿に戻った東雲が痛ましげな視線を向けてくる。この男はついさっきまで確かにカラスだった。頭は否定しようとするが、清伊はこの目で見てしまった。

「――戸惑うのはわかるし、気味悪がられても仕方がないと思う。でも俺は、少なくとも俺と硯は、あんたと一緒にここで暮らしたい」

東雲の言葉に応《こた》え、神妙な顔つきをした硯がこくりと頷く。

(一緒に暮らすだって？　家族や友人でもない、それどころか人ですらないこいつらと？)

今は殊勝《しゅしょう》な態度を取っていても、いつ何時気が変わって、牙《きば》を剝《む》くかもわからない。得体の知れない連中と一緒に暮らすなんてありえない。絶対にお断りだ。そう口にしそうになるも、すんでのところで言葉を飲み込む。

足元には大量の羽根に混じってガラス片が散乱していた。無残に割れたガラス戸に、ひっくり返った座卓。次に東雲が逆上したら、今度こそこの家は壊れてしまうかもしれない。清伊だって無事でいられるかどうかわからない。

「俺、元は清乃ばあちゃんが使ってた硯だったんだ。清伊が生まれた日の事はよく覚えてるよ。ばあちゃんは日記に何度もあんたの名前を書いた。この家にあるものには全部清乃ばあちゃんの思いが宿ってる。バラバラになるのは、寂しい……」

硯はそう言うと、割れたガラス片を手に取り、指でそっと撫でた。同時に家の天井や壁がカタカタと鳴り始める。そうだそうだと彼の言葉を後押ししているみたいだ。

「……そんな話、簡単に信じられるか」

(母さんが失踪した時でさえ、ばあさんはなんの連絡も寄こさなかった。日記に何度も名前を書いてたってのも、俺に取り入るための硯の作り話かもしれない)

恐怖と猜疑心《さいぎしん》でいっぱいになっている清伊を、東雲が静かに見下ろしてくる。さっき見た空虚なカラスの瞳を思い出し、ゾワッと背筋が冷たくなった。

「頼むからそんな風に怯えないでくれ……。俺は絶対にあんたを傷つけたりしない。式鬼や煙羅にも手出しはさせない。だからあんたの側に、ここに置いてくれないか？」

「口ではなんとでも言える。それに俺はここに一人で住むつもりでいたんだぞ。金銭的にもあんたらの面倒をみる余裕なんて――」

「俺たちは人間みたいに食事を取る必要はない。心配しなくても、生活にはほとんど金がかからないはずだ。炊事も洗濯も俺が引き受ける。この家にいる限り清伊は何もしなくていい」

「俺、ご飯作ったりはできないけど、掃除なら得意なんだ。ここに置いてくれるなら毎日家中ピカピカに磨《みが》き上げるよ！」

東雲に続いて、硯までそんな事を言う。

正直なところ、家事を請け負ってくれるというのはかなり魅力的な申し出だ。潔癖症のきらいがあるくせに、清伊は掃除が苦手だった。ハウスダストにはダニの死骸も含まれると知ってからは、特に埃がだめになってしまった。掃除の度にマスクと手袋で完全防備しなければいけない事が、煩《わずら》わしくて仕方がなかったのだ。

（面倒な家事を全部引き受けてくれて、おまけに生活費はかからない――？）

だが目先の利益に捕らわれて、痛い目を見るのはごめんだった。第一、彼らは正体不明のあやかしだ。

「そうは言うけどな、そんな簡単な話じゃ……」

「ここを追い出されたら、俺たちにはもうどこにも行く場所がない」

だから頼むと口にして、東雲が頭を下げた。慌てて隣の硯もぺこりとお辞儀《じぎ》をする。

行く場所がないのは、清伊も同じだ。母と暮らしたアパートもなければ、困った時に頼れるような相手もいない。あるのはコツコツ貯めた僅かな貯金と、祖母が遺したこの家だけだった。

けれど清伊がここへこなければ、彼らはこの先もずっとここで暮らす事ができたのだろう。

頭を下げたまま動こうとしない二人を見やり、清伊はチッと舌を鳴らした。こうなると頑《かたく》なに彼らを拒絶している自分の方が、大人気ないように思えてくる。

風で乱れた髪をかき混ぜ、イライラと親指を噛む。

そしてひとしきり唸った後、清伊は盛大に嘆息《たんそく》した。

「——ああ、もう！　わかったよ。当面の間、あんたたちの同居を認めてやる」

「本当か!?」

半《なか》ばやけになって告げると、東雲が勢いよく顔を上げた。彼の黒い瞳には喜びと安堵の色が浮かんでいる。感情のこもった瞳は、人間のものとなんら変わらない。洞のようだったカラスの瞳とはまるっきり別物だった。

別にほだされたわけじゃない。どうしてもここで暮らしたいというのなら、せいぜい彼らを利用してやる。一緒に暮らす理由なんてただそれだけだ。今後危害を加えられないためにも、物怪《もののけ》たちに恩を売っておくのも悪くはないだろう。

「ただし条件がある。あんたたちの正体がなんでも、この家にいる限り人間社会のルールに従ってもらう。それが守れないならすぐにでもあんたらを追い出してここを月極《つきぎめ》駐車場にする」

「——それはまた、ずいぶん具体的な代替案だな」

「暮らし向きの見通しが立たない以上当然の保険だ」

実のところ、こんな僻地のボロ家で、しかも厄介な同居人がいるとわかった今となっては、すぐにでもここを更地にして別の事に活用したいのは山々なのだが、そうなると数百万単位の出費になる。

それならこの家を直す方がずっと安上がりだった。幸か不幸か、人手ならぬ妖怪手もある。

「どうする？　条件を呑むか？」

清伊は無表情を貫《つらぬ》いて彼らに答えを迫った。東雲と硯は互いに顔を見合わせ、やがて小さく頷き合う。

「ルールさえ守れば、今まで通りここで暮らしても構わないんだな？」

「ああ。男に二言《にごん》はない」

きっぱりと言いきると、東雲は清伊の顔を見つめながら、今度は深く頷いた。

「それならいい。ここは清伊の家だ。清伊の言葉に俺は従う」

「俺も。ここを離れたらただの硯に戻っちゃいそうだし」

「よし、話は決まりだ。じゃあさっそくだけどここの羽根を片づけてくれないか。ガラスの破片もあるから危ないし」

「……わかった」

部屋を汚した張本人が、気まずそうに目を伏せる。

艶々の羽根は見ている分には美しいのだが、ダニの温床となりうる時点で価値はない。

家事を買って出た東雲の最初の仕事は、皮肉にも自分が散らかした部屋を片づける事だった。

「俺は荷物の整理をしてくるから、何かあったら呼んでくれ」

「じゃあ俺、案内します。部屋は一番奥のつきあたりで──」

「清伊」

硯と肩を並べて茶の間を出ようとしたところを、不意に東雲に呼び止められた。

ただ立っているだけで妙に様になる男だ。頭が小さく、手足が長い。上下黒というシンプルな格好だけに、素材のよさが際立っている。羽根まみれの部屋の中で立ち尽くす姿は、ひどく浮世離れしていて、空想の世界の住人のようにも見えた。

「……なんだよ」

「俺が本当の姿を見せた人間は、清乃と清伊の二人だけだ」

歪《いびつ》な三本目の肢を持つ、巨大な黒いカラス。その姿は異形《いぎょう》でありながら、威厳のようなものが感じられた。恐怖というよりは、畏怖《いふ》に近い感覚だった。

「あんな姿、本当は見られたくなかった。でも醜《みにく》い自分を隠したままでいるのは卑怯《ひきょう》だろう？　清伊には本当の俺を知っていてほしかったんだ」

「何が言いたい？」

言葉の意味するところがわからず訝《いぶか》しんでいると、すごい勢いで歩み寄ってきた東雲に両肩を摑まれた。

白目の部分が血走っていて、少し怖い。

「ちょ、ちょっと――」

「すぐには信じられないかもしれないが、清伊は俺の運命の相手だ。一目見た瞬間そう直感した。だから隠し事はしたくなかった」

（う、運命の相手……？）

男の話があまりに突飛《とっぴ》過ぎて、咄嗟に言葉を返す事もできなかった。おまけに肩を摑まれているせいで身動きが取れない。だから清伊は自由の利く首から上だけを仰《の》け反《ぞ》らせる。額にジワリと汗が滲《にじ》み、そこではたと気づいた。

今日の暑さは異常だった。健康が取り柄の清伊が目を回したほどだ。人間だろうが、カラスの妖怪だろうが、この暑さの下では正常な判断力が失われるのも無理はない。

「そうだよな。今日は特別暑かったもんな。茶の間の片づけはひとまず置いといて、少し休んだら？」

「俺はまともだ。暑さでイカレたわけじゃない」

暑さのせいじゃないならいよいよ心配だ。

二の句が継げずに突っ立っていると、東雲が一歩距離をつめてきた。反射的に清伊も一歩下がる。何度かそれを繰り返し、ついに後頭部を柱にぶつけてしまう。ゴツンと結構な音がしたが、今はそれどころじゃない。

「落ち着けよ。だいたい俺は男だぞ？　その直感は大外れだ。間違いない」

「ここにくる前、偶然出会った件《くだん》が俺に言ったんだ。いつか運命の相手が現れる、それは月の女神みたいにきれいな人間の男だって。……俺はあんただと思う」

「くだん？」

「人語を解し、あらゆる予言をする妖怪だ。件の予言は必ず当たると言われている」

東雲の顔は怖いくらいに真剣だ。対する清伊はと言えば、間抜《まぬ》けなくらい口を開けて世迷《よまよ》い言を聞いていた。

必ず当たるという言葉ほど信用ならないものはない。そもそも「月の女神みたいな人間の男」という言葉の矛盾に、この男は本当に気づかないのだろうか。

「清伊――」

熱っぽく見つめられ、条件反射のように心臓が大きく跳ねた。ドキドキと胸が騒ぎ、呼吸が乱れそうになる。

（いやいや、ないだろ。いくら美形だからって、同性相手にときめくとか）

清伊は肩に置かれた手を振り払うと、自分より遙かに小柄な硯の背中に身を隠した。情けないが体面を気にしている場合じゃない。

「そんな事、一方的に思い込まれても困る！　だいたい人間の男なんて街に出りゃ腐るほどいるんだぞ？　なんで俺なんだよ？」

「今から思えば件に出会ったのも、その後清乃に拾われたのも、きっと全部必然だったんだ。あんたと俺はここで会うべくして会った。件の予言は正しかった」

「いや、人の話を聞けよ……」

会話がまるで嚙み合わない。これはいわゆる電波系というやつなんじゃなかろうか。

思わず後ずさると、今度は障子の桟《さん》に頭をぶつけた。間に挟まれた硯は、おろおろしながら清伊と東雲の顔を見比べている。

（俺とした事が、いろいろとはやまったかもしれない……）

三十歳と四カ月。脳みそが煮えるほど暑い日に、清伊は古びた一軒家と、いわくつきの住人を抱える事になったのだった。

二

住人たちと衝撃の出会いを果たした日の翌朝、清伊は眠い目を擦りながら、たった今玄関に飾ったばかりの額縁を眺めていた。

額縁は元々ここに飾られていたもので、中には木鶏荘の名前の由来になった荘子《そうし》の一節が収められていたのだが、今その額縁の中には別のものが収まっている。清伊が丹精《たんせい》込めて書き上げた、この家の住人規約だ。

人に貸すにはこの家はあまりにも見栄えが悪いし、取り壊して駐車場にするにしても資金がいる。とすれば、しばらくはあの普通じゃない住人たちとなんとか暮らしていくしかない。これはそのために用意したものだった。

和紙に筆で書いただけあって、なかなか格調高く仕上がった。こうして立派な額に収まっていると、荘子に負けない含蓄《がんちく》があるようにも思えてくる。時間を忘れて眺めていたら、やがて一人二人と住人たちが集まってきた。煙羅とかいう着流し男の姿はないが、東雲と硯、式鬼もいる。

「……物怪荘法度書《もののけそうはっとがき》？」

長い髪をかき上げながら、式鬼が物憂《ものう》げに呟く。

華奢《きゃしゃ》な体つきに、思わず見惚れてしまうほど美麗な容姿。どこからどう見ても女性にしか見えない式鬼だが、実際は無性なのだという。とはいえ本人は男性のつもりのようで、一人称は「俺」だった。

当然彼も人間ではなく、元はとある高名な陰陽《おんみょう》師《じ》に仕《つか》えていた式神《しきがみ》だったそうだ。主が世を去ってしまってからもなぜか術が解けず、現在は気ままな野良式神ライフを満喫しているらしい。

ちなみにここにはいない煙羅は煙の妖怪で、火元、あるいは煙がないと実体化できないという不便な性質を持っていた。東雲は昨夜目にした通り、大カラスの妖怪だ。そして硯は祖母が愛用していた硯の付《つく》喪神《もがみ》という話だった。

ここの住人については、昨夜のうちに硯からある程度聞き出した。何かある度にいちいちひっくり返っていては、あまりに効率が悪い。予備知識を持っていれば、昨夜のような不測の事態にも対処できるはずだ。

話を聞いたところですぐに受け入れられるような内容ではなかったが、実際に目にしてしまった後だけに、この非現実的な現状を認めないわけにはいかなかった。

「ちょっと、なんなんだよこれ。だいたいここは物怪荘じゃなくて木鶏荘だろ」

「物怪の住処《すみか》なんだから、名前なんて物怪荘で充分だろ――」

式鬼に反論しながら、清伊は欠伸《あくび》を噛み殺す。眠い。磁石でも仕込まれたのかと疑うほど、上瞼と下瞼がくっつきたがっている。

（いろいろ聞けたのはよかったけど、人選を誤《あやま》った）

話を聞くなら口の重い東雲よりも、素直そうな硯が適役だと思ったのだが、彼は意外にもおしゃべりだった。

東雲が神話では神の使いともされる三本脚のカラスのあやかし八咫烏《やたがらす》であり、高い能力の持ち主で、彼の羽根は盗聴器代わりにもなる優れものである事。

式鬼は東雲に惚れ込んでいるが、当の東雲は式鬼にまったく興味を示さず、煙羅を使って恋の鞘当《さやあ》てを演出するも、毎度失敗している事。

煙羅は式鬼を憎からず思っている事。

そしてなぜか今期の推《お》しアニメとやらについて延々と語られ、気がつけば白々と夜が明けていた。おかげで欠伸を我慢するのに苦労する。

「物怪荘法度書。一つ、人らしいふるまいを心がけよ。一つ、退去はいつでもご自由に。一つ、金策は進んで行うべし。一つ、揉め事を持ち込まない。一つ、住人の素性について口外する事を堅く禁ずる、か。へえー、なんかの隊規みたいでかっこいいね」

「人らしいふるまいって、いきなり無理じゃん。そもそも俺ら人間じゃないし」

無邪気にはしゃぐ硯の隣で、式鬼が不満げに口を尖らせる。突っかかってくるなら彼だろうと踏んでいたので、この反応は予想通りだ。

「生活を共にする以上、物怪だろうがなんだろうが、最低限のルールくらいは守ってもらわないと困るんだよ。誰に見られるかわからない場所で男と乳繰《ちちく》り合うなんて言語道断だ。ちなみに守れない場合は否応なしに出て行ってもらうから、そのつもりでな」

「……はっ、ふざけんな！」

声を荒らげ、式鬼が固い土壁をグーで殴りつける。と同時に、玄関正面に据えてある大きな柱時計がグラリと傾ぎ、土壁の砂が剝がれ落ちてパラパラと床に散った。廊下だけやけに埃っぽいと思っていたが、この古い土壁が原因だったらしい。

「上から漆喰《しっくい》で塗り固めたらなんとかなるか。それくらいなら大した出費にはならないだろうし——」

ブツブツ言いながら頭の中で電卓を叩いていたら、大きな音と共に目の前の土壁が揺れた。視界の端に式鬼の白い足が見える。どうやら今度は足で壁を蹴飛ばしたらしい。

「おい！　ただでさえボロなのにこれ以上家を壊すなよ」

「ボロ家が嫌ならさっさと出て行けよ。そんな法度書なんかに誰が従うか！　東雲、黙ってないであんたも何か言ってやったら？」

水を向けられた東雲は、顎に手をやりながらまじまじと法度書に見入っていた。

「清伊は字もきれいだな。清乃が文字には人となりが表れると言ってたけど、確かに当たってる」

「はあ？　どこがだよ。俺の方が達筆だし！　内容にしたって金策だのなんだのって、ただの守銭奴《しゅせんど》じゃないか」

東雲の的外れな返答に、式鬼が眉を顰める。険しい顔で睨《ね》めつけられてもどこ吹く風だ。やはり東雲は少々変わった感覚の持ち主らしい。

その時、朝から不在だった煙羅が、今頃になって現れた。今日も祖母のために住人の誰かが線香を上げているのだろう、その姿は人型をしていた。

煙に変化できるくせにわざわざ玄関から帰宅した男を、不本意ながら全員で出迎える形になる。

「なんだ、みなさんおそろいで俺のお出迎えか？ご苦労だな」

「そんなわけないだろ。そんな事より煙羅も見てよ、これ。この人間ってば、俺らの事こんなもので縛ろうとしてるんだよ」

「へえ、額の中身を変えたのか。別嬪さんは筆の運びも別嬪だなあ。そのきれいな手で俺の筆も巧みに操ってほしいもんだ」

朝っぱらから聞くにたえない下品な冗談を言い、煙羅がへらへらと軽薄そうに笑う。そしてそれは式鬼の逆鱗《げきりん》に触れた。

「毎度毎度……、あんたの頭の中にはそれしかないのか？　これ以上耳が腐れ落ちそうな事を言ったら、家中にこいつの中身をぶちまけてやる！」

美しかった式鬼の顔が鬼の形相《ぎょうそう》になり、玄関横に立てかけてあった消火器のノズルを煙羅に向ける。どうやらただの脅しではなく、本気でやる気のようだ。

「こら、揉め事なら家の外でやってくれ。それとも物怪とやらはたった五つの決まり事も守れないような能なしばかりなのか？」

きつい言葉で窘《たしな》めた瞬間、式鬼の瞳がピカッと赤く光った。取り巻く空気が震え、影が差したように視界が暗くなる。

「調子に乗るなよ、小賢《こざか》しい人間が――！」

「っ……？」

突然体が強張り、式鬼の真っ赤な瞳から目を逸らす事ができなくなった。起きていながら金縛りにでも遭《あ》ったみたいに、身動きが取れない。

視線一つで式鬼はたやすく清伊を拘束した。かよわい女性のような外見をしていても、彼は人間ではなく物怪なのだ。

「能なしはどっちなのか、思い知らせてやる」

目に見えない縄が体中を這い回り、じわじわと首を締め上げる。喉が圧迫されて呼吸ができない。

「ぐ、ううっ……！」

視界がかすみ、指先が痺れてくる。あまりの息苦しさに思わず呻《うめ》き声を漏らすと、不意に目の前に黒い壁が現れた。

「いい加減にしろ、式鬼。昨夜からやり過ぎだ」

式鬼の視線から逃れた途端、体を締め上げていた呪縛からも解放される。気道に勢いよく空気が流れ、清伊はゴホゴホと咳き込んだ。波打つ背中を、硯が優しい手つきで擦ってくれる。

「どけよ、東雲。どうしてそんなやつをかばうんだ!?」

「俺はこの家にいられるならなんだってする。そう決めたんだ。お前はどうするんだ、式鬼？　昔のように一人きりの自由な生活に戻りたいって言うなら俺は止めない」

抑揚《よくよう》のない声。だがその声には静かな怒りが滲んでいた。冷たく突き放される事など予想もしていなかったのか、いきり立っていた式鬼が途端に勢いを失くし、大きな瞳を潤ませる。

「どうする、出て行くか？」

「……や、嫌だよ。俺もあんたとここにいる。今更一人になんて戻れるわけない……っ」

今にも泣き出しそうな式鬼の肩を、事の次第を眺めていた煙羅がポンと叩いた。

「諦《あきら》めな。お前さんの負けだよ、式鬼。なに、ほんの短い時間、人間のごっこ遊びにつき合ってやるんだと思えばいいのさ」

何やら引っかかる言い様だが、煙羅のだめ押しのおかげで式鬼はとうとう戦意を喪失したらしい。小さな声で「わかったよ」と呟くと、がっくりと項垂れた。

「大丈夫か？　清伊」

「あ、ああ……」

東雲に頷き返し、清伊はひっそりと息をつく。

咳が治まった後も、過度の緊張の余韻でまだ体が震えている。血の色をした式鬼の目を思い出すと、再び恐怖心が蘇《よみがえ》ってきた。

こんな相手と本当にやっていけるのだろうかと、今更ながらに不安になる。そんな清伊の姿を、東雲が物言いたげな目で見つめていた。


物怪たちとの同居生活を始めるにあたって、清伊がまず考えたのは部屋割りだ。

木鶏荘改め、物怪荘には全部で六つもの和室がある。中央の廊下を挟んで両側に二つずつ部屋が並び、次いで少し開けたところの左手が十二畳の茶の間、右手が広い台所になっている。

台所の奥には洗面所と浴室があり、お湯張りから追い炊きまでボタン一つで操作できる。聞けば台所を含めた水廻りは昨年祖母がリフォームしたばかりだったらしく、ガスコンロはガラストップ型で、トイレはタンクレスタイプの洋式だった。水廻りに関しては、これまで清伊が暮らしていたアパートより格段にレベルが高い。

清伊が使う予定の部屋は、茶の間の更に奥にある八畳の和室だ。廊下脇の四つの和室は全て六畳で、日当たりの良し悪しはあれど、どれも造りは似たり寄ったりだった。各部屋にはそれぞれ液晶テレビと小さなテーブル、寝具一式が用意されていて、どの部屋を使っても不自由をする事はない。

これまでここの住人たちは特に個人の部屋は持たず、適当に好きな場所で過ごしていたらしい。

だが、今後はそういうわけにはいかない。

念のため住人たちに希望を聞いてみたところ、東雲はどこでもいい、硯はできるだけ静かな部屋、式鬼は東雲と同室という答えが返ってきた。

各自の希望を考慮し、硯には騒がしい茶の間から離れた北側の部屋を、そしてその隣の台所に一番近い部屋を東雲に割り振った。

何をしでかすかわからない式鬼の部屋は、監視の目が行き届くよう茶の間の隣にする。当然誰かと同室などという希望は却下だ。

残る南向きの和室には祖母の遺影を置いた。衣類や僅かな日用品なども全て行李《こうり》につめ、その部屋の押し入れにしまう。

家のそこかしこに散らばっていた祖母の面影は、まとめて部屋の中に閉じ込めた。硯は哀しそうな顔をしたが、この家の主は清伊だ。いつまでも家のあちこちに元主の影がちらついているのは面白くない。

ちなみに煙羅の部屋はない。祖母がいた頃から好きな時に出入りする根なし草スタイルだったそうなので、本人も異存はないだろう。

「俺、別に自分の部屋いらない。これまで特に決めてなかったのに、今更個人の部屋とか面倒だし」

（そらきた）

茶の間で部屋割りの説明をするなり、式鬼が異見《いけん》を唱《とな》えてくる。もちろんそれも織り込み済みなので、いちいちうろたえたりはしない。

「そうか。じゃあ式鬼は煙羅と同様、部屋なしって事でいいよな。たまに遊びにくるのはいいけど、泊まるのは禁止だぞ。寝床は自分で確保してこいよ」

「はっ？　何よそ者扱いしようとしてんだよ」

「まあまあ。決まった寝床がないってのも悪くないぞ。毎晩同じ相手と同じ布団で寝るなんて退屈だろうが」

思いがけず仲間を得たと、煙羅が浮かれた様子で式鬼の肩に手を回す。だが触れるか触れないかのところで、無情にもその手ははたき落とされた。

「こんなのと一緒くたにされるなんてごめんだ。おい、俺の部屋はどこだって？」

どうせこうなるとわかっているのに、式鬼は律義に反論してくる。どれだけ邪険にされてもめげない煙羅とは、ある意味いいコンビだった。

「よし。じゃあ無事部屋も決まった事だし、今日から本格的に家の掃除をするぞ。まずはあの生え放題の雑草を刈る。伸び過ぎた庭木の枝もノコギリである程度切ってしまおう」

「この家はあんたの家なんだろ。だったらあんたが一人でやればいいじゃん。俺は自分の部屋で昼寝でもしてるしー」

座卓に肘をついた姿勢で、式鬼が気だるげに呟く。今日もいかにも動きにくそうな巫女さん風の和装だ。労働には向かない格好をして、それぞれ好きなように時間を過ごす。これまではそんな生活が許されていたのだろうが、「働かざる者食うべからず」がモットーの清伊の許ではそうはいかない。

(働く意欲がないのなら、無理やりにでもやる気を起こさせるまでだ)

「まあ、そう言うなって。庭いじりも案外楽しいかもしれないぞ」

清伊は立ち上がって庭に下りると、はびこる雑草の中からハートの形をした葉を選んで一枚もぎ取った。葉の縁には微細な毛が生えていて、こうして手に取ると少しチクチクする。碇草《いかりそう》という名の、特に珍しくもない雑草だ。

「例えばこの草、葉や茎に強い催淫《さいいん》作用があるって聞いた事がある。まあ媚薬みたいなもんだな。これだけの種類の雑草がそろってるんだから、他にもいろんな効能を持った草がありそうじゃないか?」

媚薬という言葉に、式鬼の柳眉《りゅうび》がピクリと反応した。読み通り、特別な効能を持つ雑草は彼の興味を引いたようだ。

「これを使えば、気のない相手をその気にさせる事もできるかもしれないよなー……」

そう言って、柱に凭《もた》れている東雲にちらりと視線を移す。すると式鬼だけじゃなく、なぜか煙羅まで目の色を変えてすっくと立ち上がった。

「よし、今すぐ作業に取りかかろう。おい式鬼、なんだその格好は。そんなんで庭中の草が刈れると思ってんのか？　硯、何か適当なのを貸してやれ」

いきなりやる気を出した煙羅が、清伊に代わっててきぱきと仕切り始める。

媚薬というワードの効果は絶大だったようで、式鬼も渋々といった様子を装いながらも、服を借りに行く足取りは軽い。

そんな中ただ一人、東雲だけが仏頂面《ぶっちょうづら》だ。

「なんだよ、その顔。ここにいるためならなんでもするんじゃなかったのか？」

再び茶の間に上がって声をかけると、東雲は不機嫌さを隠しもせずに眉を顰めた。

「俺をだしにして式鬼を煽るのはやめてくれ」

「どうして？　まさか薬を盛られるような間抜けじゃないだろ？」

「そういう事を言ってるんじゃない」

何が原因か知らないが、東雲はすっかり臍《へそ》を曲げてしまったらしい。絡まれるのも面倒で無視して部屋を出ようとしたら、伸びてきた長い腕に進路を阻《はば》まれた。

見上げる形になっても東雲は男前だ。伏せ気味の瞳は、怒っているようにも、反対になんの感情も宿していないようにも見える。

「……通れないだろ。腕をどけろよ」

「俺の運命の相手はあんただ。式鬼でも、他の誰でもない」

曇りのない目で見つめられ、清伊は内心で溜め息をついた。

これで電波な一面さえなければ完璧なのだが、東雲は出会ったばかりの清伊の事を運命の相手だと思い込んでしまっている、残念なイケメンなのだ。

「運命の相手って、まだそんな事言ってんのか」

「事実そうなんだから、仕方がない」

東雲の前髪が零れて、サラリと頬を掠める。ごく自然に間合いをつめられ、いつの間にかキスをする時のような体勢に持ち込まれていた。

テレビでしか見た事のないような男前にこの距離で迫られたら、たとえ相手が同性でも平静ではいられない。清伊はさりげなく顔を背け、東雲の姿を視界から追い出した。

「どうして目を逸らすんだ？　どうしたらあんたは俺を見てくれる？」

「そうだな。恋愛感情とはまた別だけど、仕事のできる男にかっこいいと思うし、尊敬できるかな」

「……鎌とノコギリを取ってくる。清乃が使ってたものが納戸《なんど》にあるはずだ」

東雲はそう言うと、くるりと踵《きびす》を返して茶の間を後にする。

危うくイケメンオーラに呑まれるところだったが、東雲が素直な上に単純な性格で助かった。

「悪い男だなあ、別嬪さんは」

「なんとでも言え」

いいように利用されていると気づけば、東雲も清伊を運命の相手だなどとは言わなくなるだろう。良心が疼かないわけではないが、道を正してやるのも優しさだ。

「俺は別に自分から何かをしてくれなんて頼んでない。気にいらないなら出て行ってくれてかまわないんだからな」

「割り切りいいな。まあ、誰にでもいい顔する人間よりは、あんたくらいわかりやすい方が――」

煙羅が何かに気を取られて、言葉を途切れさせる。視線を辿った先には、着替えを済ませた式鬼がいた。その様変わりした姿に、思わず清伊も目を見開く。

アニメキャラクターのイラストがついた長袖Tシャツに、グレーのスウェットパンツ。

長い髪は邪魔にならないよう後ろで一つにまとめられ、どこから引っ張り出してきたのか、首には豆《まめ》絞《しぼ》りの手ぬぐいが巻かれている。

まるで野良仕事を手伝う田舎の中学生といった風《ふ》情《ぜい》だ。当然、さっきまであった色気は微塵も感じら

れない。

「……式鬼、お前いつもの色っぽさを一体どこへ置いてきたんだ？」

「うるさいな。こんなのしかなかったんだからしょうがないだろ。だいたい着替えてこいって言ったのは煙羅じゃないか」

「かわいいだろ、これ。ばあちゃんが買ってきてくれたんだ。でも俺にはちょっとサイズが合わなくて。式鬼にはちょうどいいみたいだね」

それはそうだろう。デザインもさる事ながら、袖丈や着丈、身幅から考えて、間違いなく子供用の洋服だ。

小柄な硯ならばなんとかなると思ったのか、それとも祖母の目には硯は子供のように見えていたのか。おそらく後者だろうが、一番の衝撃はそれを着こなしてしまう式鬼のポテンシャルの高さだった。

「いいじゃないか。かわいらしいイラストのおかげで内面の邪気《じゃき》が抑えられてる。その格好のお前となら上手くやっていけそうだ」

「……俺はあんたとは永遠にわかり合えない気がするけどな」

褒めたつもりだったのに、なぜかジト目で睨まれてしまう。茶の間に気まずい空気が流れた時、タイミングよく用具を持った東雲が現れた。

錆びていない鎌に、小振りのノコギリ、枝切りバサミもある。用意周到な東雲は、ゴミ袋と軍手の用意も忘れなかった。

準備が整うと、それぞれが用具を手にし、黙々と作業に取りかかった。

まだ日は高く、ただ立っているだけで額に汗が滲んでくる。庭仕事をするには不向きな気候だが、意外にも不平を漏らす者はいない。中でも式鬼の熱心さは目を瞠るものがあった。

実際に草木に触れる事で知的好奇心を刺激されたのか、目についた雑草を丁寧に引き抜いては、いちいち名前と効能を訊ねてくる。

その度に清伊は手を止め、スマートフォンを駆使《くし》して式鬼の質問に答えた。ついでにヨモギやタンポポが食べられる事を教えてやったら、「なんでも食うと思ってたけど、人間ってこんなもんまで食うのか」と目を丸くした。

途中何度か休憩を挟みながら作業を進め、日が傾き始めた頃には、雑草が蔓延っていた庭はすっきりと片づいていた。

成長し過ぎた木の枝を切った事で視界が開け、縁側に立つと柵の向こう側まで見通す事ができる。

「かなりすっきりしたな」

こうして雑草を取り除いてみると、改めていい庭だ。植わっている庭木もどれも立派なもので、年代ものの五葉松《ごようまつ》などは、きちんと剪定《せんてい》すればさぞや見栄えがする事だろう。もちろん広さも申し分ない。

「なんかなんにもなくなっちまったな。おい、別嬪さん。空いた場所は何に使うつもりなんだ？」

「決まってるだろう、洗濯ものを干すんだよ。これだけのスペースがあれば、シーツでも布団でも、なんだって干し放題だ……！」

乾いたシーツとフカフカの布団に包まれて眠る、あの至福の時を思い起こし、清伊はたまらず快哉《かいさい》を叫んだ。

他の住人たちとの温度差を背中越しに感じたが、かまうものか。この家の主は自分だ。

「なあ、東雲。確か裏庭に物干し台と竿があったよな。明日朝イチで設置して、さっそく洗濯ものを干したいんだけど」

設置する場所はここがいいと指で指し示していると、抜き忘れの雑草が目に留まった。さくっと抜いてゴミ袋に放り込んだら、縁側で一息入れていた式鬼が「ああっ……！」と悲痛な声を上げた。

「何すんだよ！　もっと大きく育てようと思って一本だけ残しておいたのにっ！」

ゴミ袋を見返してみると、たった今引っこ抜いたのは碇草だった。雑草研究に夢中になるあまり、不純な動機の事など忘れたかと思っていたが、しっかり覚えていたらしい。

「お前、本気でこんなものに頼るつもりだったのか？　男ならズルなんてしないで、正々堂々ぶつかっていけって。だいたい食用じゃない雑草なんか食わせて東雲が腹を壊したらどうするんだよ」

とはいえ、子供のような格好をした式鬼の哀しげな顔を見てしまったら、このまま処分する気にもなれなかった。

幸い根は無事のようなので、縁側から見える場所に抜いた碇草を植え替えてやる。

「……まあ、一服盛られたとしたら東雲が迂闊《うかつ》だったって事だよな」

手のひらの土を払いながらそう言うと、式鬼が驚いたように目を瞬かせた。東雲は眉根を寄せて苦笑する。

物怪のおかげで命拾いした碇草は、清伊の足元で生き生きとハート形の葉を揺らしていた。


その日の夜、清伊は見晴らしのよくなった庭を眺めながら、アパートから持参したカップ麵を啜《すす》っていた。庭掃除に丸一日かかってしまったので、食料を買いに行く暇がなかったのだ。

ちなみに硯と式鬼は風呂に入っている。人間と違って汗をかかないから行水は必要ないと言われたのだが、土の汚れは洗い流すより他はない。

煙羅は庭での作業を終えるなり、フラリと姿を消した。煙の妖怪だけあって、摑みどころのない男だ。

「あいつらが出たら東雲も風呂に入れよ。お湯が冷めてても、追い炊きボタンを押せばまた温かくなるからな」

向かい側に座る男にそう声をかけると、「ああ……」と気の抜けたような生返事が返ってきた。スープで濡れた唇に焼けるような視線を感じるのは、多分気のせいではないだろう。

「それは美味《うま》いのか？」

「美味い。俺は三食カップ麺でも生きていける」

外食は不経済だが、自分で作るのも面倒だ。安価で味もいいインスタント食品は、無駄遣いが嫌いなくせにズボラな清伊にとって、生命線とも言える食品だった。

「気になるならちょっと食ってみるか？　食いかけで悪いけど」

カップ麺と箸《はし》を手渡すと、東雲はまるで困難に直面したかのように顔を強張らせた。恐る恐る少量の麺を口に含み、時間をかけて咀嚼《そしゃく》した後、無言でカップ麺と箸を清伊に返却してくる。残念ながら彼の口には合わなかったようだ。

「……明日からは俺が清伊の食事を作る。だからこれはもう食わないでくれ」

「東雲は料理もできるのか？」

炊事と洗濯を引き受けると宣言していたが、八咫烏だという東雲が人間の食事を作れるというのは予想外だった。

「清乃が作ってるのを毎日見てたからな。和食ならある程度作れると思う。清伊は何が好きなんだ？」

「なんでも好きだけど、野菜を使った料理はありがたいかな」

清伊も自炊はするが、細かく刻んだり、コトコト煮たりしなければならない野菜は、独身男には少々ハードルが高い。そのためどうしても栄養が偏《かたよ》りがちだった。

「そういや昨日、人間みたいに食事する必要はないとか言ってたけど、あんたたちは普段何を食べてるんだ？」

「極論だが何も食べなくても死ぬ事はない。栄養を取る必要はないから、口にするものはあくまでも嗜《し》好品《こうひん》だ。式鬼や煙羅は酒を好んで飲むけど、俺と硯は水で事が足りる」

つまり食費は一切かからないという事だ。

ほんの一瞬羨《うらや》ましく思うも、すぐに「でも」と思い直す。いくら必要がないからといって、酒や水しか口にしないというのはあまりに味気ない。

「別に食べられないわけじゃないんだろ？　どうせ俺の食事を作るつもりなら、自分たちの分も用意したらいいんじゃないか？　カップ麺は口に合わなくても、他に何か気に入るものがあるかもしれないし」

思いつくままそう言うと、東雲がフッと表情を和《やわ》らげた。その瞬間胸がざわついたのは、これが初めて見る東雲の笑顔だったからだ。

心なしか体温が上がった気がして、清伊は慌てて水を口に含んだ。

「清伊がそう言うのなら何か作ってみる。飲みものなら他のやつらも抵抗なく口にできるだろうし。明日は何をする予定なんだ？」

「ああ、明日は朝のうちに買い出しに出て、午後は掃除と柵の修繕をしようかと……」

「そうか、楽しみだな」

「楽しみって、買い出しと大工仕事が？」

清伊にとって家事は仕方なくするもので、楽しむものじゃない。だが東雲は穏やかに微笑んでいて、本当に明日を心待ちにしているように見える。

「それなりに長い時間を生きてきたつもりだけど、庭の手入れをしたのも、カップ麺なんてものを口にしたのも初めてだった。次はどんな事をさせられるんだろうと思ったら、少しわくわくする」

「……ふーん。東雲はMなんだな」

「えむ？」

眉間にしわを寄せながら首を傾げる姿が、モデルのような容姿に不似合いでなんだかおかしい。

思わず吹き出したら、東雲が不意打ちで顔を近づけてきた。

「な、何？」

「怒った清伊はきれいだったけど、笑ってる清伊はかわいいと思って」

「ブッ……、ごほっ！」

大真面目な顔でふざけたセリフを言われ、派手に噎《む》せてしまう。幸い口の中のものは飲み込んだ後だったので、ネギだのナルトだのを吹き出さずに済んだ。

「……あんたたちがどれだけ長生きだか知らないけどな、世間知らずにもほどがあると思うぞ」

「そうか？」

ジロリと睨んでやったら、東雲はなぜか笑みを深めた。むきになる姿を面白がっているような表情だ。

見た目は清伊より若く見える東雲だが、こういうところは年上っぽい。実際は数十年、下手をすると数百年単位で年上なのだろうけど。

「あーっ！　また勝手に接近してる！　ちょっと目を離したらすぐこれだ。おい、人間。それ以上東雲に近づくな。シッシッ！」

風呂から出てきた式鬼が、茶の間で話をしている清伊と東雲を目敏《めざと》く見つけ、大きな声を上げる。犬を追いやる時のように手で払われ、頬がヒクリと引き攣《つ》った。

「式鬼、まだ髪が濡れてる。畳が傷むから濡れたままで歩き回るなよ」

「うるさいなあ、硯は。俺よりうんと年下のくせに、兄貴ぶるなよな」

「式鬼は弟っていうより、子供みたいだけどね」

後ろから追ってきた硯が、バスタオルで式鬼の濡れた髪を拭ってやっている。口答えしながらも、式鬼は大人しくされるがままになっていた。

出会ってたった二日だが、清伊にもぼんやり彼らの力関係がわかってきた。

式鬼は東雲と硯には弱く、煙羅には容赦がない。硯は式鬼をかわいがっていて、東雲には一目置いている。

東雲自身はそういった事に興味がなく、煙羅は蚊帳《かや》の外の存在。

おそらくそんなところだろう。

「そうだ、清伊。風呂に入るのはいいんだけど、どうやって掃除するの？　専用の道具とかあるのかな」

「前に使ってたものは引っ越しの時に処分しちまったんだよな。他にもいろいろと買うものがあるし、明日百均で見てくるよ」

「百均って？」

「百円均一ショップ。日常生活に必要なあらゆるものが百円プラス税で購入できる、庶民にとってなくてはならない、ありがたい場所だ」

百円均一ショップへのリスペクトを込めて丁寧に説明してやると、式鬼の髪をせっせと拭いていた硯の手が止まった。

「あらゆるものって事は、デスクトップ型パソコンとか液晶ペンタブレットとかも売ってる!?」

「いや、さすがにそれは無理だろ。価格破壊とかってレベルじゃないぞ」

だよねとつまらなそうに呟いて、硯が小さく息を吐く。硯の付喪神だという彼の口から、パソコンやタブレットというデジタルな言葉が飛び出した事に驚いた。

「硯はパソコンに興味があるのか？　一体何に使うつもりなんだ？」

「……聞いてくれる？　俺ね、描き溜めたイラストとかマンガとかをSNS上でアップしてみたいんだ。そしたら反応を見ながら同志と交流もできるから一石二鳥《いっせきにちょう》だろ？　そうだ！　清伊は何かSNSはやってる？　イラスト系のサイトとか見たりするの？」

水を得た魚のように、途端に硯が饒舌《じょうぜつ》になる。昨夜同様、これは間違いなく長くなるパターンだ。

式鬼は長話の気配を察知したのか、「じゃあお先」と言い置いて、さっさと部屋を出て行ってしまった。東雲も風呂を理由にそそくさと茶の間を後にする。

残された清伊は仕方なく硯と向き合い、残り少ないカップ麺を啜った。

「SNSはやってないし、特定のサイトを覗いたりもあまりしないな」

「えー何それ、超宝の持ち腐れ！　そうだ、清伊スマホ持ってたよね？　見して！」

勢いに押されて、ポケットからスマートフォンを取り出す。簡単に使い方を説明して硯に渡してやると、硯はTシャツで手のひらを拭いてから、恐る恐るそれを受け取った。

「……これ、ちょっとだけ借りていい？」

「いいけど、妙なサイトに足跡残したりするなよ。通話と課金ももちろん禁止な」

「わかってるよ。健全なサイトを見て回りたいだけだから！」

少し迷ったが、今夜こそゆっくり眠りたい清伊は、硯にスマホを貸してやる事にした。

楽しげな硯を横目に眺めながらカップ麵を平らげ、歯を磨いて自室に引き上げる。布団の中で文庫本を読んでいるうちに眠ってしまい、翌朝目覚めた時には、枕元にスマホが返却されていた。側に一筆箋《いっぴつせん》が添えてあり、達筆な文字で「大事なものをどうもありがとう」と書かれている。

いかにも硯の付喪神らしい気遣いに、つい頰が緩んでしまう。メールでのやり取りに慣れてしまっているせいか、アナログな手紙が新鮮に感じられた。

硯に貸したスマホのインターネットの閲覧《えつらん》履歴が、萌えアニメ関連サイトで埋め尽くされている事に気づいたのは、それからずいぶん経《た》ってからの事だった。


夏期休暇、三日目の朝。この日は予定通り、駅前まで買い出しに出かける事にした。

今日のところはとりあえず必要なものだけを買い、重いものや急がないものは、ネットショッピングで間に合わせるつもりだった。何せ物怪荘から駅までは二キロ以上もの距離がある。炎天下、重い荷物を持ってあの坂道を往復するなんてどんな罰ゲームだ。

「じゃあ行くか。今からなら昼までには帰ってこれるだろ」

「硯と式鬼は？　起こさなくていいのか？」

慣れない庭仕事と初めての入浴で疲れきっていたのか、今朝声をかけても式鬼は目を覚まさなかった。

夜遅くまで清伊のスマートフォンをいじっていたらしい硯も、珍しく寝坊している。

言うまでもなく煙羅の姿は今朝も見当たらない。

「荷物持ち要員は欲しいところだけど、あの二人を連れて行くと、時間も金も無駄に浪費しそうな気がするからな」

百円均一ショップから動こうとしない硯と、商品を手に取っていちいち質問責めにしてくる式鬼の姿が目に浮かぶようだ。東雲も同感だったのか、それ以上追及してはこなかった。

結局東雲と二人でボロ家を出ると、買いもののバッグを手に、駅前までの長い道のりを肩を並べて歩く。

清伊はリネンのシャツに細身のパンツというごくありきたりなスタイルだが、相変わらず東雲は黒の上下を着ていた。

端整な顔立ちに似合っているとはいえ、いかんせん季節は夏だ。家の中ではさほど気にならなくても、外で見るとかなり浮いている。

「その服、せめて色だけでも変えないか？　シャツを白にするだけでもずいぶん違うと思うんだけど」

「そんな目立つ色を身に着けて外を出歩くなんて、俺には考えられない。清伊は勇気があるんだな」

清伊が着ている淡いブルーのシャツを見下ろし、東雲がありえないというように首を横に振った。

「なんで目立ちたくないんだ？　東雲くらい立派なカラスだったら天敵なんかいないだろ？」

「――天敵と言うより、人目につくのが嫌なんだ」

そう言って、東雲は清伊から目を逸らした。

正面を向くと、印象的な瞳が前髪に隠れてしまう。すっきりとした襟足に比べて前髪が少し長めなのは、こうして他人の視線を避けるためなのかもしれない。

東雲くらい見た目がよければそれを利用しない手はないと思うのだが、多分彼には彼の事情があるのだろう。清伊にしても、外見を重視して近づいてくるような手合いは苦手だ。

「でもな、夜ならまだしも昼間に黒ずくめはかえって目立つんじゃないか?」

素朴な疑問を投げかけると、東雲は軽快に動かしていた足を止めた。青い空と白い入道雲を見上げた後、自分の体を見下ろして「本当だ」とボソリと呟く。完璧な見た目に反して、彼には少し抜けたところがあるようだ。

清伊は吹き出しそうになるのをなんとかこらえ、東雲の前に回り込んだ。

戸惑う東雲を尻目に、シャツの袖を捲り上げ、ボタンを上から二つ目まで外して襟元を寛げる。仕上げに前髪の片側を耳にかけてやった。そうするだけで、さっきよりずいぶん涼しげに見える。

「せめて夏場の間くらいはこれくらい崩して着ろよ。じゃないと見てるこっちが暑い」

「あ、ああ……」

ほんの少し肌を見せただけで、驚くほど男ぶりが上がった。逆に人目を引いてしまいそうだが、面倒なので東雲には黙っておく。

「じゃあ、行くか。ここからまだ二十分はかかるぞ」

よしと気合を入れて歩き出すも、東雲は依然として道の真ん中で立ち止まっていた。前髪をかけてやった方の耳を押さえ、顔を伏せている。

「東雲? 耳がどうかしたのか?」

駆け寄って顔を覗き込もうとしたら、さっきよりもあからさまに目を逸らされてしまった。

「指が——」

「指?」

「……いや、別になんでもない」

顔を背けた事でこちらを向いた項《うなじ》が、うっすら朱《しゅ》に染まっている。

(もしかして、照れてるのか……?)

さっき前髪を耳にかけてやった時、清伊の指が東雲の耳に触れた。だがほんの一瞬だったたし、妙な触り方はしていないはずだ。

自分から顔を寄せてきた時は平然としていたくせに、清伊がちょっと耳に触ったくらいでこの反応はなんなのだろう。

「えーと……、なんかごめん」

とりあえず謝ったら、「なんの事だ」とはぐらかされた。照れている事を認める気はないらしい。

仕方なく再び歩き出すと、東雲がピタリと後ろをついてくる。そこからは道すがら、東雲に買いものの仕方を教え込んだ。

お金の種類からレジでの支払い方法まで、事細かく説明する。東雲は呑み込みが早く、清伊の言葉を一度聞いただけで理解した。

そんな事をしているうちに、あっという間に目的地に到着する。平日の午前中とはいえ、駅前だというのに人通りはなく、車もほとんど走っていない。

だがスーパーはあるし、小規模だが商店街もある。日常生活に必要なものは、どうにかそろえる事ができそうだった。

百円均一ショップで消耗品《しょうもうひん》を中心に目ぼしいものを買い、足りないものは商店街で探す。

日用品の買いものを終えると、次はスーパーに向かった。聞いた事のない名前のスーパーだったが、「毎日が特売日」と冠しているところが大いに気に入った。

「ちょっと買いものの練習してみるか。俺は口を出さないから、さっき教えた通りに必要だと思うものを買ってみろよ」

「いくらなんでもいきなり過ぎないか？」

「大丈夫だって。習うより慣れろって言うだろ」

狼狽《ろうばい》する東雲に財布とバッグを手渡し、肩を並べてスーパーの自動ドアを潜《くぐ》る。最初こそ心許なさそうにしていた東雲だが、ズラリと並んだ商品を見るなり目の色が変わった。

買いものカゴを片手に、気になる商品を手に取って一つ一つ丁寧に吟味《ぎんみ》していく。目を細めてキュウリを撫でる姿は、ちょっと危ない人に見えなくもない。

「……なあ、それ買うのか？」

「一番新鮮なキュウリを探してるんだ。表面がトゲトゲしているほど新しい」

キュウリから一度も目を離さずに東雲が答える。自分が食べるわけでもないのに熱心な事だ。だけどこの調子で店中を回られては、サポートに徹するだけの清伊は間が持たない。

「俺、先に外に出てるからな。なんか困った事があったらジェスチャーで教えろよ」

「わかった」

東雲一人をスーパーに残し、清伊は外からウインドウ越しに中の様子を観察する事にした。

清伊を外で待たせているという意識が働いたのか、その後の買いものはスムーズに進んだ。一通り食材を見て回り、東雲がレジに並ぶ。心配だったお金のやり取りも、特に問題はなさそうだ。そうして両手にビニール袋を提げて店から出てきた彼は、なぜか恍惚《こうこつ》の表情を浮かべていた。

「初めての買いものはどうだった？　緊張したか？」

ビニール袋を一つ奪い取りながら、どこか上の空の男に訊ねてみる。

頬を僅かに上気させて「興奮した……」と呟く東雲は、もう完全に危ない人だ。ちょっとからかってやるつもりだったのだが、清伊はそれ以上何も言えなくなってしまった。

なんとか買いものを終え、四十分もの時間をかけて物怪荘に戻ると、玄関扉の前で式鬼が腕組みをして待ちかまえていた。

洋服が気に入ったのか、今日も半袖Tシャツとクロップド丈のパンツを身に着けている。頭の天辺《てっぺん》で髪を団子状にまとめたヘアスタイルは、風呂上がりの女子のようだ。

「なんで二人で出かけてるんだよ！　俺だって一緒に行きたかったのに、抜け駆けすんなよな」

「昼近くまで寝てたくせに何言ってんだ。仕事なら買い出しの他にもたくさんあるから心配するな。とりあえず暑いから中に入らせて」

子犬のように吠えている式鬼を軽くいなし、ガタつく玄関扉を開ける。すると廊下を箒《ほうき》で掃いていた硯が、足音を響かせて駆け寄ってきた。

「おかえり！　清伊、東雲」

「え？　ああ……」

誰かにおかえりなんて言葉をかけられたのは久しぶりで、思わず声が上擦《うわず》ってしまう。だが幸いにも、硯は気づかなかったらしい。なんでもない事のように「ただいま」と返した東雲から荷物を受け取り、買いものはどうだったのかなんて話をしている。

「清伊？　どうした、入らないのか？」

「……今入る。柵の修繕の前にちょっと休憩しよう。おい式鬼、いつまでもむくれてないで中に入れよ」


玄関の外で臍を曲げている式鬼に一言声をかけ、靴を脱いでスリッパに履き替える。

出かける時には上がり框《かまち》にスリッパなど置いていなかったので、これは帰宅する清伊と東雲のために硯が用意してくれていたものだろう。

たたきには自分が履いていたスニーカーと、東雲の黒い革靴、そして硯のものらしい少し小振りなサンダルが並んでいる。

誰かのおかえりを聞く事も、たたきにサイズの違う靴が並んでいる光景も、一人暮らしが長かった清伊にはどうも慣れない。だけど決して嫌な感じではなかった。

「そんなところで突っ立っていられると邪魔なんですけどー」

わざとらしく肩をぶつけながら、式鬼が横をすり抜けていく。三日経っても式鬼の好戦的な態度は変わらない。清伊は軽く息を吐き出し、とりあえず荷物を置こうと台所へ向かった。

台所では東雲が、買ってきた食材を冷蔵庫や戸棚にしまっているところだった。隣に陣取り、収納場所を確認しながら東雲を手伝う。全ての食材をしまい終えると、清伊は椅子にドサリと腰かけた。荷物を持って長い距離を歩いたせいか、脚も腕も張ってパンパンだ。

だが同じように体を酷使《こくし》したはずの男は、相変わらず台所の中を動き回っていた。食器棚からグラスを四つ取り出し、盆の上に並べる。

「お茶淹《い》れるのか?」

「リンゴ酢を買ってきたからジュースにしようかと思ったんだが、お茶の方がよかったか?」

そう言う男の手には、瓶入りのリンゴ酢と炭酸水が握られていた。

「いや、別になんでもいいんだけどさ……。それ、重かったんじゃないのか? 別に今日じゃなくても、ネットでまとめて買えばよかったのに」

「暑さには酢がいいとお店の人が教えてくれたんだ」

どうやらスーパーの店員に勧められたらしい。

清伊と話している間も東雲の手は止まらず、人数分のリンゴ酢ジュースを手際よく仕上げていく。炭酸がシュワシュワと弾ける様子はいかにも涼しげで、見ているだけで疲れた体が癒された。

「荷物、言ってくれたら俺も半分持ったのに」

「持ってくれただろう、半分」

「……ああ。軽い方をな」

むくれて言うと、東雲はグラスの中身をマドラーでかき混ぜながら、唇だけで笑った。

午後は柵の修繕をするつもりだったが、明日以降に持ち越す事にした。心置きなく物怪たちをこき使うためにも、肉体労働は元気な時に行うべきだろう。

最後にハチミツを加えてリンゴ酢ジュースが完成し、東雲と共に茶の間に向かった。ガラス戸と障子を全て開け放した室内は明るく、庭から陽光と共に心地好い風が入り込んでくる。

「わ、何それ? 水、じゃないよね。ジュース?」

東雲が手にした盆を覗き込み、硯がはしゃいだ声を上げた。

「ああ。リンゴ酢で作ってみたんだ。式鬼、お前の分もあるから上がってこい」

庭で碇草を眺めていた式鬼を呼び寄せ、四人で座卓を囲む。休憩するためにわざわざ一ヵ所に集まるという状況が慣れなくて、なんだか落ち着かない。

「いただきます」

口の中でボソボソと呟き、東雲お手製のリンゴ酢ジュースに口をつける。

甘酸っぱい液体が喉を滑り落ち、リンゴの香りがふわりと鼻腔《びくう》をくすぐった。ハチミツが入っているからか、酢を使っているのに全然ツンとしない。とても優しい味だ。

「……美味い」

「うん。美味《おい》しいね、これ。リンゴ酢なんて初めて飲んだけど何杯でも飲めそう」

思わず零れた呟きに、硯が笑顔で答える。その時、リンゴ酢ジュースに胃腸を刺激されたのか、清伊の腹がグウと鳴った。

昨夜はカップ麵一つで凌《しの》ぎ、今朝はコーヒーを一杯飲んだだけだった。その上朝からたくさん歩いたのだから、腹も減るはずだ。

「すぐに何か作る。ちょっと待っててくれ」

そう言い置くと、東雲はグラスに口もつけず、そそくさと台所へ戻ってしまう。どうやら腹を減らした清伊のために食事を用意してくれるつもりらしい。

「健気《けなげ》だねえ」

いつの間に帰ってきたのか、煙羅が気の抜けた調子で呟き、リンゴ酢ジュースをズッと啜った。不在だった煙羅の分は用意していなかったはずなので、彼が今飲んでいるのは東雲のものだ。

「ちょっと、それ東雲のなんだけど！　なんで煙羅が飲んじゃうんだよ！」

「誰のものかなんてどうでもいいじゃねえか。小せえ事言うなよ」

「他人のものを掠め取るやつは小さくないのか!?」

しょうもない言い合いを始めた式鬼と煙羅を、硯が呆れた様子で眺めている。その横顔を目にして、清伊は大事な事を思い出した。

「そうだ、硯。固定電話は使えるようにしてあるけど、ネットは別に工事してもらう必要があるんだ。それで近々回線の開通工事が入る予定なんだけど、俺は仕事に行かなくちゃならないから硯に対応を任せていいか?」

「俺が?」

頼まれ事の内容が意外だったのか、硯は目をぱちぱちと瞬かせた。

「作業は業者が全部してくれるから、硯はただ立ち会ってくれるだけでいい。当日までにパソコンは使える状態にしておくけど、何か問題があったら俺の携帯に連絡して。固定電話の使い方はわかるよな?」

「う、うん、大丈夫。任せて!」

今から東雲にパソコンのいろはを教えるのは大変だし、煙羅と式鬼は問題外。となれば、機械に詳しい硯に頼むしかない。住人たちの中で最も常識的な彼なら、おかしな態度を取って業者の人間に怪しまれる事もないだろう。

「お礼ってほどの事でもないけど、俺が帰るまでの間なら好きにパソコンを使ってもかまわないぞ」

「ほ、本当……!?」

硯の顔が、花が咲いたようにぱあっと明るくなる。嬉しげな顔につられて清伊まで笑ってしまった。

「ああ。でも妙なサイトを見るのは禁止な」

「見ないよ、妙なサイトなんて! ありがとう、清伊!」

パソコンを自由に使える事がよほど楽しみなのか、硯は待ちきれないとでもいうようにゆらゆらと体を揺らしている。無邪気な付喪神の頭をくしゃりと撫でてやると、硯が体を止めて清伊をまっすぐに見上げてきた。

「どうした?」

「俺ね、東雲の気持ちが少しわかるよ」

「……おい、まさか硯まで運命だのなんだのと、わけのわからない事を言い出すんじゃないだろうな」

一人でも厄介なのに、二人はさすがに手に負えない。だが清伊を見つめる硯の目は穏やかで、肌がひりつくような東雲の視線とはまったく違った。

「そうじゃなくて、清伊は俺たちにとってやっぱりどっか特別なんだ。ずっと清乃ばあちゃんから話を聞いてたからかな。知り合ってまだ間がないのに、昔からずっと一緒にいたような気持ちになるんだよ」

そう言って、鼻の頭をかきながら硯が照れくさそうに笑う。

(特別か――)

好意的な言葉、だけど清伊はその言葉を素直に受け取る事ができない。

おそらく別の誰かが清乃の孫だと言って現れても、硯はこんな風に親しげな笑顔を向けるのだろう。東雲だってそうだ。清伊が祖母の孫でなければ、運命の相手だなんて思い込んだりしなかったはずだ。

彼らの心の中心にあるのは今も祖母の清乃であって、清伊じゃない。

「式鬼のあれだって清伊に甘えてるんだよ。本当に嫌な相手には、式鬼ははなも引っかけないから」

「そうかな?」

目の前では式鬼を怒らせた煙羅が、顔面が歪むほど強く髪を引っ張られていた。あんな目に遭うくらいなら、はなも引っかけられない方がましかもしれない。

結局この日の午後は、私物の整理と部屋の片づけだけで潰れてしまった。昼食だか夕食だかわからない食事を慌ただしくかき込み、風呂に入ったらもう寝る時間だ。東雲の手料理をゆっくり味わう余裕もない。

気がつけば、短い夏期休暇は残すところ一日となっていた。

翌日は太陽が上りきる前に住人たちを叩き起こし、全員で柵の修繕にあたった。

渋い黒塀の柵は相当年季が入っていて、ところどころ折れたり腐ったりしている。ホームセンターに行けば、釘で固定するだけのお手軽なウッドフェンスが売っているが、できればこの天然木の渋みを活かしつつ、傷んだ場所だけを直してやりたい。

清伊は特に傷みの激しい場所をスマートフォンで撮影した後、組んでいる木材の寸法を細かく測った。それから柵全体に防腐剤を塗り込み、傷んだ箇所の木を取り外す。

無事な柵を傷めてしまわないよう、ドライバーを使って一つ一つネジを外していく作業は骨が折れた。途中一度だけ昼休憩を挟み、全ての工程を終えた頃には、もうすっかり日が暮れてしまっていた。

「疲れた……。もう今日はなんにもしたくない……」

「さすがの俺も今日ばっかりはどんな美人に誘われたってついてく気にはなれねえなあ」

縁側に倒れ込みながら、式鬼と煙羅が泣き言を口にする。清伊も今日はさすがにクタクタだった。怠け癖が身についている二人には相当きつかったに違いない。

「一日でこれだけ進めば上出来だ。あとは足りない木材を買ってきて補修するだけだな」

「大変だけど自分の手で直すのっていいね。大事にしなきゃって気になるし」

「そう！　それがもの作りの醍醐味《だいごみ》なんだよ。硯は賢いな」

実際は修繕費を浮かせたかっただけなのだが、結果的に物怪の情操教育に役立ったのだから、一石二鳥と言えるだろう。

硯の小振りな頭を撫でてやっていると、東雲が縁側に姿を見せた。手にしている大皿には、食べやすいサイズに切ったスイカが盛られている。

「スイカなんかより酒だ。酒持ってこい、東雲」
板の間に突っ伏したままの格好で、煙羅がろくでなしのような言葉を吐く。その隙だらけの後頭部に式鬼の肘鉄が炸裂《さくれつ》した。いい気味だ。

雑草がなくなった庭は、まだそこら中から柵に塗った防腐剤の匂いがする。たった三日で物怪荘の庭はガラリと姿を変えた。自分一人ではあの荒れ放題だった庭をほんの数日で蘇らせる事などできなかった。

清伊は静かに庭へ下りて、ボロ家とその住人たちを見るともなく眺めた。

スイカにかぶりつきながら談笑をしている彼らの姿は、一見人間と何も変わらない。だけどその正体は妖怪であり、式神であり、付喪神なのだ。この家でただ一人、清伊だけがよそ者だった。

仮に肘鉄を食らわしたのが、式鬼ではなく清伊だったら、煙羅はあんな風に笑って許してはくれないだろう。だがそう思う一方で、東雲や硯から向けられた好意を、自身に対するものだと信じてしまいそうになる。

(気を許しちゃいけない相手なのに、いつの間にか警戒心が薄れてる。ほんの数日でこれじゃ、先が思いやられるな……)

人間ですらない連中と一つ屋根の下で暮らす。その難しさを、清伊はひしひしと感じていた。

✿ ✿

二十歳の誕生日、母親は清伊を残してアパートを出て行った。子供の頃からどこか浮世離れした人だと思っていたが、その印象は大人になっても変わらない。

あの日も「ちょっとそこまで出かけてくるわね」と告げて出て行ったきり、そのまま帰ってこなかった。それからこれまでの十年間、清伊はずっと一人きりで暮らしてきた。

一人は気楽だ。誰かの顔色を窺ったりする必要もなければ、遠慮をする事もない。どんなに質素なアパートだろうが、清伊にとっては城だった。そして清伊は王様だ。

王様は何をしても許される。炊飯器から直接ご飯を食べてもいいし、牛乳だってコップを使わずに紙パックに口をつけて飲む。そんな自由な生活に慣れきってしまっていた清伊は、今まさに、深刻な問題に直面していた。

同居人がいる場合、家のどの場所で、どのタイミングで自慰をすればいいのかがわからないのだ。

性欲はそれほど強い方じゃない。だが、引っ越しの手続きや準備に追われ、もう何日も自慰をしていない。健康な成人男子として、そろそろ処理をしておく必要性を感じていた。

ここでは清伊は王様じゃなく平民だ。住人たちにあれこれ注文をつけられたのも、それが清伊個人のためではなく、みんなのためになるからだった。

「今からマスをかくので、いいと言うまで外に出ておくように」などと偉そうに命じるわけにはいかない。

そこで問題になってくるのが、自慰を行う場所だ。トイレはなんだか虚《むな》しいし、自分の部屋と言っても、障子に鍵がかかるわけじゃない。茶の間で誰かが聞き耳を立てているかもしれないと思うと、到底《とうてい》安心なんてできなかった。

多少息を荒らげても平気で、完全に一人きりになれる場所とくれば、残るは浴室しかない。そう考えた清伊は、夏期休暇最後の日の夜、住人たちが寝静まったであろう頃合いに、ここへ越してきて初めての自慰を決行した。

バスタブに腰かけ、シャワーの湯を出しっ放しにしてゴシゴシと前を扱《しご》く。

音が外に漏れるのを防ぐためとはいえ、水もガスも盛大に無駄にしている。いい大人が人目を忍んで自慰に耽《ふけ》っているという状況も、なんだか間が抜けていた。そうして冷静になればなるほど、起《た》つものも起たなくなってしまう。

焦《あせ》りばかりが募り、もはや快感を追うどころじゃない。

「……くそっ、この調子じゃいつまでやっても出せそうにない」

清伊は必死だった。あまりに必死になり過ぎて、風呂からなかなか出てこない清伊を案じて様子を見にきた東雲の気配に気づかなかった。

「清伊？　どうかしたのか？」

カラリと軽い音を立てて浴室の扉が開き、東雲が顔を覗かせる。前屈みの情けない格好のまま、清伊は石像のごとく固まった。

目と目が合った瞬間の気まずさは、とても言葉では言い表せない。心臓が縮み上がり、このまま止まってしまうんじゃないかと思ったほどだ。

「し、東雲っ……!?　あの、これはその、別に好き好んでこんな事をしてるわけじゃなくて、どちらかと言えばオスとしての義務感っていうか――」

意味不明の弁解を口にして、清伊はうろうろと目を泳がせた。

口では散々偉そうな事を言っておきながら、欲望も満足に制御できない、だらしのない人間だと思われてしまっただろうか。

廊下で乳繰り合っていた煙羅と式鬼ならまだしも、相手はいかにも潔癖そうな東雲だ。ふしだらなやつだと軽蔑されても仕方がない。だが東雲の反応は、清伊の予想を裏切るものだった。

「――それ、俺に手伝わせてくれないか？」

「…………は？」

東雲の言う「それ」が何を指すのかしばらく考えて、自分が今握っているものの事だと気がつく。

「な、何血迷った事言ってんだ？　もしかして寝ぼけてるのか？」

「確かに冷静ではないな。でも本気だ」

パンツの裾が濡れるのもかまわず、東雲が浴室の中に足を踏み入れてきた。眇《すが》められた目が清伊の足先を捉《とら》え、上に向かってじわじわと這い上がってくる。くるぶしから丸い膝、濡れた腿、そしてそのつけ根にあるもの——。

「……ふっ」

東雲の視線に煽られ、どういうわけかさっきまでピクリともしなかった中心にグンと芯が通った。慌てて手のひらで覆い隠すが、今更だ。

「脚を開いて」

潜《ひそ》めた声で、東雲が静かに命じる。いつの間にか足先が触れ合うほど距離をつめられていた。

「清伊？」

どれだけ促されても、東雲の前で脚を開くなんて無理だ。それどころか、まともに目を合わせる事もできない。

顔を伏せて唇を噛みしめていると、東雲が清伊の前に跪《ひざまず》き、力んで震える膝にそっと触れた。自分の体が火照《ほて》っているせいか、その手はひんやりと冷たく感じる。

「清伊が嫌がるような事はしない。約束する」

顔を見上げながら熱っぽく囁かれ、頬に熱が集まってくる。

相手は同居人だ。その上八咫烏で、自分を運命の相手だと思い込んでいる。こんな風に流されていいはずがない。頭ではそうわかっているのに、思いに反して体はどんどん昂《たかぶ》っていく。

手のひらで清伊の膝を撫でた後、東雲がその手に力を込める。ゆっくりと膝が割り開かれ、清伊はふるりと体を震わせた。東雲が触れた場所がじんじんと痺れている。特別な力を使われたわけではないのに、まるで抵抗できない。

東雲が清伊の手を取り、自分の首に回させる。隠すものがなくなり、恥ずかしい場所が東雲の眼前《がんぜん》に曝された。トロリと腿を伝ったのが湯ではない事も、目の前の男には覚《さと》られているのだろう。その証拠に男の喉がゴクリと鳴った。

「し、東雲っ……」
「大丈夫だ。いきなり銜《くわ》えたりしない」
あまりに直截的《ちょくせつてき》な言葉に、かろうじて残ってい
た理性が弾け飛んだ。東雲の肉感的な唇がそこを包
み込む図をうっかり思い描いてしまい、湯に浸かっ
てもいないのに頭がクラクラしてくる。
「くっ、銜えるって……」
「目を閉じて。清伊はただ快感を追うだけでいい」
ドクドクと息衝《いきづ》く場所に、東雲の長い指が絡みつ
く。溢《あふ》れ出る先走りを叢《くさむら》に塗り込めるように擦りつ
けられ、瞼がピクンと痙攣《けいれん》した。
「あ……っ？」
「触れるだけだから、許してくれ」
許しを乞いながら、東雲の手のひらがゆっくり上
下する。親指が敏感な裏筋を辿り、幹を育てるよう
に下から抜き上げられて、腹筋がブルブルと震えた。
「ふ……、あっ、んんっ……！」
唇を噛んでこらえても、どうしても声が漏れてし
まう。艶を含んだ喘ぎは、耳を塞ぎたくなるほどに
いやらしい。
「清伊……」
名前を呼びながら、東雲は盛んに手を動かした。
時折腹の辺りに熱い吐息を感じる。清伊に触れなが
ら、東雲自身も昂っているのだろう。その様子を想
像しただけで、なぜか反り返った屹立の先端が自分
でもわかるほどに濡れてくる。
その時、露出した先端にふうっと息を吹きかけら
れた。同時に鈴口を爪の先で嬲《なぶ》られ、唐突に限界が
訪れる。
「……んっ、あ、ああ……っ!!」
頭の芯がぶれ、一瞬呼吸が止まる。無意識のうち
に手足の指先に力が入り、東雲の項にきつく爪を立
ててしまった。
「くっ、ふうっ……」
腹が濡れる感触と共に、強張っていた全身から次
第に力が抜ける。のろのろと目を開けると、東雲が

白濁に濡れた指を食い入るように見つめていた。

「……悪い。手、汚した」

はあはあと荒い息をつきながら、切れ切れにそう口にする。すると東雲は弾かれたように顔を上げ、黒目がちな瞳を二度三度と瞬かせた。

「どうしてそんな事を言うんだ？　俺はどこも汚れてない」

「どうしてって……」

心底不思議そうに問われて、言葉につまる。自分なら男のモノに触れるのも、精を手のひらで受け止めるのも、絶対にごめんだ。だけど今の東雲を見ていると、そんな風に考える事の方が間違っているんじゃないかと思えてくる。

「これは清伊が俺の手で感じてくれた証拠だろう？」

そう言いながら、東雲が清伊の膝頭に愛おしげに口づける。その瞬間、体で感じる快感とは違う何かが、稲妻のように全身を貫いた。と同時に、達したばかりの中心が、再び脈動し始める。


（なんだ……？　俺の体、また――）

「ふ……、はあ……っ」

体の中で燻《くすぶ》っている熱が、喘ぎになって唇から漏れ出す。触れられてもいない屹立がジクジクと疼いて、痛いくらいだった。

「もう一度？」

「んっ……、あっ――」

東雲の濡れた手が敏感な性器にそっと触れてくる。指先がほんの少し掠めただけで、そこはみるみる硬度を増した。

（ヤバい。なんだよこれ、めちゃくちゃ気持ちいい……）

「清伊、かわいい……」

息を乱した清伊を見つめて、東雲が陶然《とうぜん》と呟く。

もしかしたら自分はとんでもない間違いを犯してしまったのかもしれない。そう思いながらも、男の項に回した手を緩める事ができなかった。

翌朝、晴れ渡った青空やすっきりした下半身とは反対に、清伊の気分はどんよりと曇っていた。

その場の雰囲気に流され、東雲の手であっさり果ててしまった。しかも二回も。

自分はこんなにも快楽に弱い人間だったのかと呆れてしまう。これでは煙羅の事を節操なしと批難《ひなん》できない。

（あんな事しちまって、どんな顔して東雲に会えばいいんだよ……）

今日から仕事なのはある意味助かった。だけど同じ家で暮らしている以上、顔を見ずに家を出るのは不可能だ。ネクタイを締めながらどうしたものかと唸っていると、部屋の障子が前置きもなくスラリと開いた。

「――清伊？　起きてるのか？」

「しっ、東雲!?」

できれば顔を合わせたくないと思っていた相手のいきなりの登場に、動揺のあまり足元の文机《ふづくえ》を蹴飛ばしてしまう。その拍子に抽斗《ひきだし》が開き、中に入っていた小物がバラバラと散らばった。

「わっ、な、なんだ？」

「踏みつけたら危ない。ちょっとじっとして」

東雲が膝をつき、床に散らばった小物を一つずつ拾い上げてゆく。

何かのネジに、端が少し欠けたハンコ。ビー玉やおはじきまである。必要ではないが捨てるには忍びないもの、抽斗の中はそんな感じのもので満たされていた。文机は元々この部屋にあったものだが、抽斗の中まで確認はしていなかった。

「……これもばあさんの持ちものだったのかな」

「多分」

あらかた拾い集めたところで、東雲の動きが止まった。その手には数センチほどの鍵のようなものが握られている。

「鍵？　玄関じゃないな。どこの鍵だ？」

「わからない。でももしかしたら……」

東雲は独り言のように呟くと、おもむろに清伊の手を取り、そのまま部屋を飛び出した。

「な、なんだよ、急にっ」

「いいから一緒にきてくれ」

大の大人が二人、足音を響かせながら廊下を走り抜ける。すると既に起きて茶の間で寛いでいたらしい他の住人たちが、一体何事かとあとをついてきた。

廊下を抜けて玄関までくると、東雲は止まったままの柱時計の前でさっきの鍵を取り出した。見れば時計の文字盤には二つ穴が空いており、この時計がぜんまい仕掛けなのだという事がわかる。

「……もしかしてさっきのやつって、この時計の鍵なのか？」

清伊の問いには答えず、東雲は時計の前扉を開けた。右側の穴に鍵を差し込み何度か回した後、今度は左側の穴に鍵を差し込んでゆっくりと回す。

「時間は？」

「今？　六時五十六分だけど」

腕時計で確認した時刻を告げると、東雲が人差し指で時計の針を動かした。長針と短針を現在の時間に合わせ、振り子をそっと横にスライドさせる。するとコチコチと音を鳴らしながら、振り子が左右に振れ始めた。

「う、動いた……？　この時計、壊れてたんじゃなかったんだ——」

清伊のすぐ後ろで、式鬼が感嘆の声を上げる。澄んだ大きな瞳が、振り子の動きを追って左右に揺れていた。

「ばあちゃん、鍵失くしたって言ってたのに。東雲、どこで見つけたの？」

「俺じゃない。清伊が見つけてくれたんだ」

硯の言葉に東雲が迷いなく答える。実際は文机を蹴飛ばしただけで、鍵を見つけたのは東雲だ。だけどいちいちそれを訂正するのも野暮な気がして、清伊は口を噤《つぐ》んだ。

やがて、カチリと針が重なり合い、ボーンボーンと重厚な音が廊下に響き渡る。——七時だ。

その時ふと、清伊の知るはずのない光景が頭に浮かんだ。

場所はこの家の玄関で、開け放した扉から朝の光が差し込み、家の中を明るく照らしている。玄関を出入りする賑《にぎ》やかな住人たちの姿を、上がり框に腰かけた祖母が、穏やかな表情で見守っていた。

ただの空想だ。だけどその光景は時計の音と共に奇妙な現実感を持って、清伊の脳裏に焼きついた。

「清伊はまだ不安に思ってるのかもしれないけど、俺たちは上手くやっていけると思う」

清伊にしか聞こえないほどの小さな声で、東雲がそっと囁く。間近で視線が絡んでも、思っていたような気まずさは感じなかった。

「……それも予言かよ」

「いや。願望だ」

やけに楽しそうな男に、清伊は苦笑を返す。

共に時間を過ごしたのは、まだたったの四日。だけどなんの根拠もない男の言葉を、清伊も少しだけ信じてみたくなった。

三

（あと十五分か……）

デスクに向かって公用車の定期メンテナンスの手配をしながら、清伊は壁かけ時計で何度も時刻を確認する。ここ最近はいつもこうだ。昼休みが待ち遠しくて仕方がない。

同じ市役所内でも、窓口を設《もう》けている部署の昼休みは交代制だが、清伊が在籍する管財契約課《かんざいけいやくか》では、休憩は十二時から一時のきっかり一時間と決められていた。今日は比較的暇だった事もあって、さっきからちっとも時計の針が進まない。

ようやく正午を知らせるチャイムが鳴り響くと、周囲へのお疲れ様の挨拶《あいさつ》もそこそこに、弁当の包みと水筒を両手に抱え、非常階段を使って外へ出た。

これまではデスクで適当に済ませてしまう事が多かったのだが、近頃はよほど暑い日でない限り、庁舎のすぐ近くにある公園のベンチで食事を取るようにしていた。過ごしやすい季節には争奪戦になるベンチも、今は真夏という事だけあって無人だ。

木陰の下の特等席に着き、息を止めて弁当の包みを開く。シンプルなアルミの弁当箱の中身は、眩《まばゆ》いばかりの彩《いろど》りで溢れていた。

鱈《たら》の甘酢あんかけに、梅肉ソースで和《あ》えた茹で野菜。枝豆とカニカマ入りの卵焼きは、かつおだしで味つけしてある。米が白米ではなく五穀米なのは、健康を考えての事だろう。

見た目の美しさもさる事ながら、栄養面、衛生面まできちんと考え抜かれている。この弁当を作ったのが彼《か》の有名な八咫烏だと言ったところで、一体誰が信じるだろう。作っている現場を目にしている清伊だって、いまだに信じられないくらいだ。

気配りの行き届いた丁寧な仕事ぶりに感心しつつ、清伊は東雲が用意してくれた弁当をきれいに平らげた。名残惜しい気持ちで弁当箱を包みに戻し、ごちそうさまでしたと手を合わせる。今日も素晴らしく美味しかった。

（ほんと、なんでもできる男だよな）

炊事洗濯はもちろん、東雲は大工仕事でも予想以上の才能を発揮し、修繕の仕上げを頼んだ木柵は、とても素人《しろうと》の日曜大工とは思えないほどの出来栄えだった。時々電波な一面を覗かせる事はあるものの、東雲の有能さはそれらを補って余りある。

ボロ家も少しは見られるようになってきたし、掃除魔の硯のおかげで家の中は埃も溜まっておらず、どこもピカピカだ。

式鬼は巫女さんの格好を止めてまともな服を着るようになり、煙羅が常軌《じょうき》を逸《いっ》した行動を取る事もない。今のところ清伊と彼らの同居生活は、まずまず上手くいっていた。

（しかも今日は新しい玄関扉が届く……！）

オーダーした分多少値は張ったが、安全には代えられない。不用心の極致《きょくち》、ネジ式錠ともおさらばできる。これでようやく枕を高くして眠れるというわけだ。

「やけにご機嫌だな三条。さては宝くじでも当たったか？」

鼻歌混じりで持参した麦茶を飲んでいると、背後から声をかけられた。よく通るその声だけで、振り返らずとも誰だかわかる。

「なんだ南波《なみ》か」

「なんだって、なんだよ。失礼なやつだな」

同い年の南波岳《がく》は、入庁八年で都市計画課《としけいかくか》主査の役職についた出世頭であり、同期では唯一連絡先を知る相手だった。仕事ができる上に見た目も悪くないが、何かと清伊に絡んでくるところは、正直時々面倒くさい。

「知ってるか、南波。宝くじの一等に当選する確率ってのは、宇宙船から北海道にダーツの矢を命中させるくらい非現実的な数字なんだそうだ。そんなものに俺は一銭だって払いたくない」

「一円じゃなくて、一銭かよ……」

隣に腰かけ、南波が呆れたように言う。ネクタイを緩めながら手で顔を扇《あお》ぎ出したので、仕方なく冷たい麦茶を恵んでやった。

暑いのならさっさと庁舎に戻ればいいのに、この男は清伊の姿を見かけると必ずこうして声をかけてくる。高校時代に生徒会長をやっていたと聞いて、なるほどと合点《がてん》がいった。要するに一人でいる人間を放っておけない性格なのだろう。

「で？　結局なんで浮かれてたんだ？　金じゃないなら女絡みか？」

「聞いてくれよ、今日家に新しい建具が入るんだ。これでやっと安眠できる」

「家って、例のボロ屋敷？」

夏季休暇中に清伊が引っ越した事を知っているのは、上司と南波くらいのものだろう。上司に転居の届出を提出したら、翌日にはもう南波に漏れていた。新しい家の住所はもちろん、祖母の家を相続した事まで何もかも筒抜けだ。

南波から「転居祝いをやるから家に呼べ」と言われた時は、個人情報を取り扱う役所がこれでいいのかと、上司にクレームの一つも入れたくなった。

「そういやあの地名、最近どっかで耳にした気がするんだけど、どこで聞いたんだっけ。テレビで特集したとか？」

「誰が観るんだ、そんな特集。空き地と雑木林しかないような場所だぞ？」

「だよなあ。記憶違いだな、多分。……で？　いつ招待してくれんの？　転居祝いに金のなる木を持っていってやるからさ」

「祝いの品だけもらっておくよ。無駄にしたらもったいないからな」

すげなく告げて空になったコップを奪い返すと、南波が「なんだよ、つまんねー」とブーたれた。

あの住人たちがいる限り、誰かを家に招くなんて不可能だ。幸い招きたいような相手もいないので、特に困る事もない。

「お前ね、クールで済んでるうちはいいけど、もうちょっと愛想よくしないとどっかで躓《つまず》くぞ。女の子たちから素敵だけど近寄りがたい人って言われるの、嫌じゃないのか？」

「全然。むしろその方がありがたい。女性は何かと金がかかる。できれば近寄りたくないね」

「……なあ、三条。お前、面接で趣味は貯金と金勘《かん》定《じょう》って答えたってほんと？」

「管財契約課に回してもらえたのは多分そのおかげだな」

南波とどうでもいい雑談をしながら弁当セットを片づけていると、胸ポケットの中でスマートフォンが振動した。液晶画面には公衆電話と表示されている。

「悪い、出る」

南波に一言断りを入れてから画面をタップする。

耳に届いたのは、今ではすっかりなじみとなった東雲の声だった。半月余りで公衆電話を利用できるようになるなんて、驚きの進歩だ。

『——清伊？　俺だけど、今、平気か？』

「ああ、ちょうど休憩中だった。何か用か？」

『悪いけど帰りにどこかでガラムマサラを買ってきてくれないか。商店街まできたんだが、ここには売ってないみたいだ』

どうやら東雲は駅前まで買いものに出てきているらしい。汗をかかないとはいえ、暑さを感じないわけではない。ガラムマサラとやらを買うためにわざわざ片道四十分の距離を歩き、しかもそれが徒労に終わったとなるとさすがに気の毒になった。

「それは構わないけど、ガラムマサラってなんだよ？」

『カレーを作る時に使うミックススパイスだ。明日の夕食にしようと思って』

東雲が現時点で明日の夕飯のメニューまで考えている事に驚く。人一倍凝り症なのか、それとも根が真面目なのか。あるいは両方なのかもしれない。

「わかった。ガラムマサラな。他にも何か必要なものがあれば買って帰るけど」

『いやそれだけでいい。仕事中に悪かったな』

「休憩中だったって言っただろ。気にするな」

『声が聞けて嬉しかった。電話ってのは便利なものだな。じゃあ、また家で』

背中が痒くなるような言葉を言い置いて、電話が切れる。

近頃、東雲は少し変わった気がする。臆面《おくめん》もなく恥ずかしいセリフを口にするのは前からだが、どことなく声に甘い響きが混じるようになった。それにどういう心境の変化か、運命という言葉をあまり口にしない。

通話を終えてスマホを再びポケットにしまうと、隣で話を聞いていた南波が前のめりでまくし立ててきた。

「おい、なんだよ今の電話。お前まさかカレーをスパイスから作ってくれるような彼女ができたのか⁉」

「何言ってんだ。そんなもんいるわけないだろ。彼女なんて面倒くさい」

「彼女じゃないならなんだ？　渋ちんのお前が家事サービスを利用するなんて事もないだろうし」

「節約上手と言え。俺は労力には正当な対価を支払うぞ。今の電話は知人というかなんというか……、とにかく彼女とかじゃない」

曖昧《あいまい》に語尾を濁した清伊を、南波が怪訝そうに見返してくる。だが本当の事を話すわけにはいかなかった。祖母から譲り受けた家で赤の他人と一緒に暮らしていると言えば、いらぬ興味を抱かれかねない。

（そもそも相手は人間ですらないしな）

「その知人って、最近急に昼飯のクオリティが上がった事にも関係あるんじゃないの？」

「別に。ただコンビニ弁当に飽きてきただけだ」

「本当に？」

「一時になるな。そろそろ戻るぞ」

これ以上の会話は危険だ。

清伊は空の弁当箱を手に立ち上がると、しつこく食い下がってくる南波を尻目にベンチを離れた。

「三条の知人ねえ……」

数歩後ろを歩く南波が、含みのある言い方で呟く。それには気づかないふりをして、清伊は午後の仕事を片づけるべく足早に庁舎へと向かった。


「今日から例の法度書に項目を増やそうと思う」

東雲の作った夕食を美味しくいただいた後、清伊は茶の間に物怪荘の住人たちを集めてそう宣言した。

表情を変えなかったのは東雲だけで、硯は驚き、式鬼はあからさまに嫌そうな顔をした。煙羅は縁側に寝そべりながら、ニヤニヤと薄ら笑いを浮かべている。

「毎日決められた時間に寝起きしてるし、特に揉め事も起こしてない。ちゃんと真面目にやってるだろ」

「ああ、真面目にやってる。だけどな式鬼、お前が毎晩ウキウキ使ってる入浴剤を買う金は一体どこから出てると思う？」

風呂の気持ちよさを知った式鬼は、今では夜になると誰よりも先に浴室に向かう。試しに入浴剤を買ってやったら、色と香りつきの湯をいたく気に入り、それからは家に入浴剤を常備するようになったのだ。

「硯が深夜アニメを楽しむための電気代は？　水やガスだってタダじゃない。全部俺の給料から支払っているんだ」

「なんだよ、それ。俺らにどっかでかっぱらいでもしてこいって言うのか？」

「違う、その反対だ。自分で金を稼いでこそ消費の楽しみは倍増する。よって今後は住人の小遣い稼ぎを義務化する」

どこかの政治家のように尊大に言い放つと、式鬼はもちろん、硯までもが困惑顔をした。

「そうは言うけど、俺たちにどうやってお金を稼げって言うの？　あるのは住む場所だけで、戸籍も名字も学歴もないんだよ？」

　時々妙に現実的な硯が、戸惑いを隠せない様子で言う。もっともな指摘だ。

「その点は心配ない。家のために何かをしてくれたら、その働きに応じて俺が対価を支払う。もちろん家の事以外で収入を得た場合、その金は全部働いた本人のものだ。金の使い道は自由に決めていい。金策って言われると難しいかもしれないけどこれなら現実的だろ？」

　自分にできる事で物怪荘、またはその家計に貢献する事。それが新たに法度書に追加する条項だった。

　清伊の言葉が予想外だったのか、硯が信じられないというように瞳を揺らした。不機嫌顔だった式鬼も興奮を抑えきれないらしく、忙しなく手指を動かしている。

　彼らのささやかな嗜好品を買うくらい、これまで支払ってきたアパートの家賃に比べれば大した額じゃない。広い家だから多少光熱費は嵩むが、それを差し引いてもまだ若干の余裕がある。それなら浮いた金を使って、住人たちに自ら汗をかいて稼ぐ事の尊さを学ばせてやるのも悪くないだろう。人間らしい道理を学ぶのに、労働はうってつけの材料だった。

　今日の昼休み、南波と雑談をしている時にふと思いついたのだが、我ながら妙案だ。

「でも自分にできる事って、具体的にどういう事をすればいいのかな」

「そうだな……。例えば硯は自分の描いたイラストやマンガなんかをＳＮＳにアップしたいと思ってるんだろ？　それを製本して同人誌として即売会で売ってみるっていうのは？」

「同人誌……！」

　同人誌という単語を耳にした途端、硯の瞳がさっきよりもいっそうキラキラと輝く。

　萌《も》えアニメが大好きな硯は、趣味でアニメのイラストやパロディマンガを描いているらしい。SNSにアップしたいから、スキャナーとスマートフォンを貸してほしいと言われた時は、今や物怪もSNSを利用する時代なのかと驚愕した。

「なあなあ、俺は？　俺は何をしたらいいと思う？」

「式鬼は雑草の効能に興味があるみたいだから、庭の空いたスペースで何か作ってみるとか。ハーブを使って石鹸なんかも作れるって言うし」

「うそ、石鹼って、自分で作れんの!?」

今度は式鬼が少年のように声を弾ませる。最近はTシャツに短パンといったラフな格好でいる事が多いため、本当に十四、五歳の少年に見えなくもない。

「いいねえ。じゃあ俺は寂しい人妻のお相手でもして楽しく稼ごうかな」

煙羅の下品な発言に、茶の間に白けた空気が流れる。清伊自身、場の空気を読めない質《たち》だという自覚があるが、煙羅はその上を行っていた。

「東雲も賛成って事でいいの？」

「ああ。いいんじゃないか」

いつの間にか清伊のすぐ後ろに立っていた東雲が、硯に相槌《あいづち》を打つ。こんな風に近くにいられると、項の辺りがチリチリと焼けるようで居心地が悪い。

「東雲はもう充分働いてるだろ。清伊のご飯作って、洗濯して、パンツにまでアイロンかけてさ。これ以上する事なんて何もないじゃん」

「そうかねえ？　他にもいろいろとあるんじゃないか？　別嬪さんのためにできる事が」

「いろいろってなんだよ、煙羅」

「いろいろはいろいろだろうが。なあ？」

煙羅が横目でこちらを見やりながら、意味深に唇を舐めた。

なぜか煙羅は度々こうして意味ありげな視線を送ってくる。言いたい事があるのならはっきり言えばいいのに、決して言葉にしようとしない。まるで戸惑う清伊の姿を見て楽しんでいるようだ。

内心の動揺を押し隠し、清伊は挑戦的な視線を向けてくる男に一瞥《いちべつ》をくれてやる。すると煙羅は「おおコワ」とわざとらしく肩をすくめてみせた。

「……とりあえず、俺の話は以上。何をするかはそれぞれ自分で考えてみてほしい。俺は風呂に入ってから寝るから、みんなも適当に部屋に戻れよ」

強引に話を切り上げ、清伊はそそくさと腰を上げた。茶の間を出ると、次いで出てきた東雲がピタリと背後に寄り添う。黒い服を着ているせいで、まるで清伊の影みたいだ。

「……何か用か?」

小さく息を吐いてから、ゆっくりと男を顧《かえり》みる。わざわざ訊ねるまでもなく、項に焼けつくような視線を感じた時から、東雲の答えはわかっていた。

「後で部屋に行く。嫌じゃなければ寝ないで待っててくれ」


布団の上に足を投げ出し、清伊は両手で口を塞いでいた。パジャマ代わりのTシャツが首元までたくし上げられ、ハーフパンツは下着と一緒に足元でわだかまっている。背中に感じるのは硬い壁ではなく、火照った男の素肌だ。シャツの前をはだけさせた東雲が、清伊を背中から抱き込んでいた。

「ふっ、う、んんっ……!」

なんでも器用にこなす男は色事にも長《た》けていた。

包丁を自在に操る長い指が先端の丸みを嬲り、大きな手のひらが幹を扱く。先走りのぬめりを借りて下から扱き上げられると、腰の奥から止めどなく快感が溢れ出し、毒が回るようにじわじわと全身に広がった。

「んっ……、くう、ぅ……!」

「清伊――」

洗い立ての髪に鼻先を埋めながら、東雲が耳の後ろに口づけてくる。耳朶《じだ》を口に含まれ、腹につくほどに反り返った屹立がピクンと脈動した。

火照る体を持て余し、清伊は身を捩《よじ》る。少しでも気を抜いたら、とんでもなく恥ずかしい言葉を口走ってしまいそうだ。

感じ入っている清伊に煽られたのか、東雲はいっそう激しく手を動かした。しこった袋を指でより分けながら、強弱をつけて屹立を扱かれる。露《あらわ》になった鈴口を指先で穿《ほじ》られ、電気が走ったみたいに下肢がブルブルと震えた。

「ふ……、ん、あっ……！」

あの日、風呂場で自慰を目撃されて以来、他の住人たちの知らないところで、もう何度も東雲とこんな事をしていた。褒められた事じゃないとわかっているのに、東雲の手が与えてくれる快感を思い出すと、つい彼を部屋に招き入れてしまう。

いけない事をしているという背徳感も手伝って、東雲に触れられるのはたまらなく気持ちがいい。酒やドラッグに溺《おぼ》れる感覚というのはこういう感じなのかもしれない。

（だめだ、もう出る——！）

手で口を塞ぐ事もままならず、長い腕にしがみつく。首を仰け反らせ、男の肩口に後頭部を擦りつけると、こちらを見ていた男と目が合った。

「っ……!?」

「我慢しないでいい。清伊が出すところが見たい」

東雲の黒い瞳が、熱を孕《はら》んで揺れている。汗ばんだこめかみに口づけられ、腹の奥深い場所がキュンと疼いた。

東雲の目は苦手だ。見つめられると体中の細胞が収縮して、上手く息ができなくなる。

「ふ……、あっ、ああ……っ！」

先端の割れ目を指の腹で刺激され、痺れるような快感が全身を突き抜ける。臍の辺りが濡れ、フッと下腹が軽くなった。

「くうっ……!!　はっ、はあっ……」

「——そのまま動かないで」

準備していた桶《おけ》と濡れタオルを手繰《たぐ》り寄せ、東雲が汚れた下肢を丁寧に拭ってくれる。その間清伊は男にぐったりと背中を預け、はあはあと荒い息を吐いていた。

体を清め終えても、東雲は清伊の体を離そうとしない。腹の前で手を組み、清伊の肩に顎を載せて寛いでいる。清伊もすぐには動く気にはなれず、東雲の好きにさせていた。

「今日はちょっと早かったな」

「それはっ、お前が先っちょばっかいじるから……」

「でも清伊はここを指でグリグリされるのが好きだろう?」

そう言いながら、くたりと萎《な》えた性器の先をやんわり摘《つま》む。いたずらな手を叩き落としてやると、東雲は小さく笑って再び清伊の腹に手を回した。

「……なあ、本当に東雲のは、その、出さなくていいのか?」

「俺の事は気にしないでいい」

「って、言われてもさ……」

ずいぶん前から、腰の辺りに硬い感触を感じていた。時々さりげなく尻の狭間《はざま》を突かれていた事も知っている。

同じ男として、そのままではかなり辛いだろう事はわかる。だからといって手伝えと言われても困ってしまうので、清伊はいつも東雲の「気にしないでいい」という言葉に甘えてしまっていた。

「それ、いつもどうしてるんだ? 自然に治まるのを待ってるのか?」

「……本当の事を言っても怒らないか?」

「それは答えによるよ」

「そうか。じゃあ言わないでおく」

秘密主義な男の無防備な腹に、肘鉄を食らわせてやる。すると東雲は「痛い」と抗議しながらも、クスクスと忍び笑った。

吐精を果たした後のまったりした時間を、どういうわけかこの男と過ごしている。最初は違和感しかなかった行為も、今ではすっかり肌になじんでしまった。

「なんでこんな事になってんだろうな……」

「清伊は何も考えなくていい。俺がしたいからしてる。ただそれだけだ」

　東雲に自慰を手伝ってもらうようになって、もう半月になる。気にかかっていた音漏れ問題も、東雲が結界を張ってくれた事で簡単に解決した。結界の中では何をしていても外には物音一つ漏れない上に、よほど強い妖力の持ち主じゃない限り、破る事は難しいらしい。おかげで家の中に誰かがいる状況であっても、気兼ねなく行為に没頭する事ができた。

「……さっきの、小遣い制の話だけどさ、やっぱり俺東雲にはいくらか払わなきゃいけないような気がする。身の回りの事に加えて、こんな個人的な手伝いまでしてもらってるんだし」

　パンツにアイロンを当ててもらっているだけじゃなく、深夜の特別サービスまで受けていると知ったら、式鬼は怒り狂うだろう。硯や煙羅だって、東雲の気持ちを知った上で彼にこんな手伝いをさせている清伊の事を、軽蔑するかもしれない。

　住人たちから蔑《さげす》みの眼差《まなざ》しを向けられる場面を思い浮かべ、清伊はフルリと身を震わせる。すると寒さで震えていると勘違いしたらしい東雲が、肩や腕を擦ってくれた。

「俺が好きで清伊の世話を焼いてるだけだ。何も気にする必要なんてない。それとも清伊は俺に金を払いたいのか？」

　労働には相応の対価が支払われるべきだ。その考えに嘘はない。だけど東雲の示してくれる好意に値段をつけるのは、なんとなく違う気がした。

「……払いたくないかも。別に金が惜しいんじゃなくて、東雲がいろいろしてくれる事を仕事とは呼びたくない」

　素直な思いを口にすると、東雲がこつんと頭をぶつけてくる。柔らかな黒髪が頬にかかってくすぐったい。

「俺も金はいらない。買いたいものなんて何もないしな。……その代わりに、時々でいいからご褒美《ほうび》をくれないか?」

「ご褒美?」

「清伊の唇に口づけてみたい」

耳元で甘く囁かれ、頬がカッと熱くなる。冗談ではない証拠に、触れ合った素肌がじわりと熱を持った。東雲も照れているのだ。

「……ほんと物好きだな。俺なんかのどこがそんなにいいんだ? 東雲は俺をきれいだって言うけど、それは世間を知らないだけだ」

これまでも母に似た細面《ほそおもて》の顔立ちを褒められる事はあった。だけど外に出てしまえば、清伊程度の顔などあっさりその他大勢に埋もれてしまう。南波と肩を並べていても、見劣りするのは間違いなく清伊の方だ。

それに比べて、東雲は誰が見てもいい男だった。黒目がちな瞳はともすれば寂しそうに見え、女心をくすぐるだろうし、ほどよく筋肉をまとったしなやかな体つきは、同性からも羨望《せんぼう》の眼差しを向けられるに違いない。そんな男がどうして自分なんかにこうも尽くしたがるのか、清伊には理解できなかった。

「やっぱりまだ件《くだん》とかいうやつの予言を信じてるのか? 月の女神がどうのっていう」

なんの気なしに訊ねると、男の体が強張るのがわかった。東雲はしばらく沈黙し、それから自分の胸の内を探るように、ポツポツと言葉を紡いだ。

「初めて会った時、清伊が運命の相手だと直感した。でも今は運命かどうかはそれほど重要じゃないような気がしてる。ずっと件の予言を心の支えみたいに思ってきたはずなのにな」

最後は苦々しく呟き、清伊の肩口に顔を伏せる。

「まあ、運命だの予言だのに振り回されなくなったのはいい事だと思うぞ。そのうちお前も目が覚めて、俺の事なんて――」

（俺の事なんて、なんとも思わなくなるに違いない）

それは清伊の望みでもあったはずなのに、どういうわけか胸がざわついた。

途中で言葉を途切れさせた清伊をどう思ったのか、腹を抱く東雲の腕にギュッと力が込められる。

「東雲……？」

「不思議だな。清伊の側にいると嬉しいのに、同じくらいおっかない。——ほら、今も震えてる」

そう言って掲げてみせた手は、確かに震えているように見えた。

「清伊は俺たちの事を怖いと思ってるのかもしれないが、俺が恐ろしいと感じるのはこの世で清伊ただ一人だ。今清伊がどう思ってるのか、俺に触れられて嫌な思いはしてないか、考えると夜も眠れなくなる。清伊だけが俺を浮かれさせる事も、地獄に突き落とす事もできるんだ」

相変わらず東雲の話は要領を得ない。だけど「お前の事が誰よりも恐ろしい」という物々しい言葉が、「運命の相手だ」という言葉の何倍も重く胸に響いた。

「……唇はだめだけど、それ以外なら時々はご褒美をやってもいいよ。別にもったいつけるようなもんでもないしな」

素っ気なさを装ってそう言うと、東雲がさっそく手を取って指先に唇を押し当ててくる。

瞼を伏せたその横顔は、何かに誓いを立てているようにも、一心に祈っているようにも見えた。


翌日、目が覚めて時計を確認したら朝の九時過ぎだった。平日ならば遅刻だが、今日は土曜なのでなんの問題もない。庭に面した障子を開けるなり、暴力的な日差しと蟬の大合唱に迎えられ、今更ながらにああ夏だなと思う。

うーんと大きく伸びをして、パジャマからサマーニットとジーンズに着替えると、洗顔を済ませて台所に向かった。三食きっちり食べるのは清伊だけなので、食事は茶の間ではなく台所のテーブルで取るようにしている。

「おはよう、清伊」

「……おはよう」

流しでぬか漬けのぬかを洗い落としていた東雲が、軽く首を捻《ひね》って視線をくれる。夜明け前に清伊の部屋を出て行ったくせに、疲れた様子など少しも見せない。思えば彼が眠っている姿を、清伊は一度も見た事がなかった。

台所にぬか漬けを切る小気味のいい音が響き、魚を焼いた後なのか、辺りに芳《こう》ばしい香りが漂っている。エプロンを着けて炊事場に立つ男の姿は健全そのもので、昨夜清伊を翻弄《ほんろう》した相手と同じ人物とは思えない。

「どうした？　もうできるから座っててくれ」

「ああ、うん」

席に着くと、温かいお茶の入った湯のみを手渡された。それを一口二口と飲んでいるうちに、たった今切っていたぬか漬けと、炊き立てのご飯が出てくる。ホウレン草の煮浸しに、焼いたアジと出汁《だし》巻き卵。薬味の大根おろしは、花の形をしたかわいらしい小鉢に盛られていた。

自分一人のために、これだけの品を作るのは大変だろうに、東雲は文句一つ言わない。それどころか駄賃よりもキスがしたいなんて、とぼけた事を言う。

「……いただきます」

「どうぞ」

箸と茶碗を手に取ると、東雲が向かい側に腰かけた。テーブルに肘をつき、体を横に向けて脚を組む。水ナスのぬか漬けをポリポリと齧りながら、清伊はこっそり端整な横顔を見つめた。

清伊が食事をしている間、東雲はいつもこうして向かい側に座る。特に話をするわけでもなく、味はどうだとばかりに気遣わしげな視線を送ってくる事もない。そっぽを向いて、ただ黙ってそこにいる。

その取り澄ました表情から、彼の心を読む事は難しい。口づけたいと熱心に請われたかと思えば、今は無表情のまま頬杖をついている。同じ物怪でも、好意も敵意も剝き出しの式鬼とは正反対だ。

（せめて昨夜みたいに考えてる事を口に出して言ってくれなきゃ、東雲を理解するなんて不可能だよな）

こんな風に東雲の事が気になるのは、毎晩のように触れ合っているせいなのだろうか。それとも彼が謎に満ちた物怪だからか。他人の心の機微《きび》に聡くない清伊には、それすらもわからなかった。

「どうした？　口に合わなかったか？」

箸が止まっている事に目敏く気づいた東雲が、心配そうに訊ねてくる。清伊は手にしていた茶椀をテーブルに置くと、フルフルと首を横に振った。

「まさか、どれも美味いよ。そうだ。よかったら東雲も一口食べてみないか？」

「いつも言ってるだろう。俺は人間の食べものを食べる必要はないんだ」

「でも食べても特に問題はないんだろ？　ほら、騙されたと思って一度食ってみろって」

清伊はそう言うと、一口大に割った出汁巻き卵を東雲の口元に運んだ。

「おい、清伊……」

「早くっ、落としちゃうだろ」

ようやく観念したのか、東雲が渋々口を開ける。きれいに並んだ白い歯の奥、ちらりと覗いた赤が朝の空気に不似合いでドキリとした。

出汁巻き卵を口に押し込まれた男は、毒見でもするように慎重に口の中のものを咀嚼《そしゃく》している。美味しいものを食べながら眉を顰めているのがおかしくて、ほっぺたの辺りがむずむずした。

「な、美味いだろ？」

「清伊が美味いと思うならそれでいい」

「なんだよその答え。じゃあ東雲が美味いと思うものって何？」

「……鶏の唐揚げとかかな」

それじゃ共食いだ。

フライドチキンを銜えている大カラスの姿が瞼に浮かび、こらえきれずとうとう吹き出してしまう。

「なんでそこであえて鶏唐？　もうだめ。ちょっと東雲、今俺の視界に入んないで。笑っちゃうから……っ！」

「無茶言うなよ」

ヒーヒー言いながらいつまでも笑っている清伊を、東雲が物珍しげに眺めている。

笑い過ぎてお腹が痛い。ご飯を食べながらエネルギーを消費するなんて、カロリーの無駄遣いだ。だけどもしかしたら、食事はただのエネルギー補給じゃないのかもしれない。東雲の作ったご飯を食べるようになってから、清伊はそんな風に考えるようになった。

「楽しそうなところ悪いんだけど、ちょっといいかな、清伊」

「ぶっ……、ごほっ！」

背後から突然声をかけられ、清伊は派手に噎せた。東雲が慌てて立ち上がり、背中を擦ってくれる。

「おい、硯。食べてる時に後ろから急に話しかけるな。話があるなら食事の後にしろ」

「あっ、そうだよね。ごめんなさい。朝ご飯が終わるまで向こうで待ってるよ」

東雲に叱られて、硯がしょんぼりと肩を落とした。人の都合などおかまいなしの式鬼や煙羅ならいざ知らず、空気を読む事に長《た》けた硯が我を通そうとするのは珍しい。

どうにか咳が治まると、清伊は硯の落ちた肩に手をかけた。

「待てよ、硯。食事しながらでもいいなら聞くから。かまわないだろ、東雲」

「清伊がそれでいいのなら」

お許しが出たところで、清伊は隣の椅子を引いて硯に座るように促す。硯が遠慮がちに席に着くと、東雲はグラスに冷えた炭酸水を注いだ。半分に切ったレモンを絞り、ストローを挿《さ》して硯の前に差し出す。爽やかなレモネードは、硯と式鬼のお気に入りの飲みものだ。

「それで、話ってなんだ?」

「昨日の、同人誌の事なんだけど。昨夜一人でじっくり考えてみたんだ。好きなものを形にできるなんて思ってもみなかったからすごく嬉しい。どうせ作るなら納得のいくものを作りたい。でもいざ自分の描いたものを冷静に見てみたら、なんかすごい……、違和感?　みたいなのがあって——」

レモネードにハチミツを足し入れながら、硯が自信なげに呟く。

「違和感って、具体的にはどんな?　そういや俺、硯のイラストとかってちゃんと見た事ないよな。よければ見せてくれないか?」

そう言うと硯は一旦部屋に戻り、スケッチブックを手に再び現れた。そしてその中身を目にするなり、清伊は思わず絶句する。

驚くべき事に、硯のマンガは人物と背景、吹き出し内のセリフに小さな書き文字に至るまで、全て筆と墨で描かれていた。水墨画のようなタッチで描かれた萌えキャラは、作者の萌えの定義を問いただしたくなるほど、リアルかつアーティスティックだ。

「……ずいぶん絵が達者なんだな、硯は」

まさに「達者」という言葉がしっくりくる。これを見て「禿げ萌え」や、「ぐうかわ」なんて賛辞を口にする者はいないだろう。

「自分でも悪くないとは思うんだけど、でもやっぱりどっか本家とは違うような気がして」

それはそうだろう。何せ女子高生であるはずの主人公の周辺が、厳《いか》めしい髭面のモブキャラで埋め尽くされているのだ。荒々しく無駄に力強い筆致《ひっち》も、本家アニメのポップでかわいらしい世界観の真逆を行っている。更に本人がそのギャップに気づいていないのが致命的だ。

「……えーと、硯はどうしてもそのアニメの二次創作がしたいのか？」

「どういう意味？」

「素人の俺にはよくわからないんだけど、二次創作ってのはオリジナルの世界観を踏襲《とうしゅう》して描くものなんだろ？　それはそれで楽しいのかもしれないけど、縛りがある事で窮屈《きゅうくつ》さを感じる事もあるんじゃないか？」

清伊の言葉に、硯がコクコクと何度も頷く。

「だったら登場人物から話の筋まで、全部自分で作ってみたらどうかなって思うんだ。自分の絵柄で、自分が本当に読みたいと思える作品を作る。そういうのも面白そうだろ」

「たっ、例えばどんなの？」

「例えば？　うーん、例えば硯はおっさん……じゃなくて、渋い大人の男を描くのが上手いし、そういう人がいっぱい出てくる話とかどうだ？　舞台は戦国時代かなんかで、男と男の魂《たましい》のぶつかり合いを描くとか。読んでみたい気がするけど」

「でもそれじゃかわいい女の子が描けない。そんなの本末転倒だよ」

硯の言う本末が何を指すのかは不明だが、要するにかわいい萌えキャラが描けないならそもそもマンガを描く意味がないと言いたいのだろう。

「じゃあひょんな事から戦国時代にタイムスリップしてしまった女子高生が、髭面の男共に混じって戦場で戦うって話はどうだ？」

その場の思いつきだけあって、荒唐無稽《こうとうむけい》にもほどがある。さすがに呆れたのか、硯は俯いたまま返事もしない。黙って様子を窺っていると、地を這うような低い声で「……東雲、紙」と呟いた。

「いいけど、墨をそこらに飛ばすなよ」

東雲が戸棚から書道用紙のような白い紙の束を取り出し、そのうちの一枚を硯の前に置いた。代わりに空になったグラスや器を下げ、汚れた食器を洗い始める。

（もしかして今から描く気か？　ここで？）

息を潜めて見つめていたら、いきなり目の前で何かがドカンと弾けた。もうもうと煙が立ち上り、台所に白い煙が充満する。

「なんだっ、なんか爆発したぞ!?」

「心配はいらない。今窓を開けたから、ちょっとの間だけ辛抱してくれ」

耳に届いた東雲の声はいたって冷静で、少しも慌てた様子はない。煙が消えてなくなると、隣にいたはずの硯の姿も消えてしまっていた。代わりにテーブルの上には、使い込まれた古い硯がポツンと置いてある。

「す、硯はどこに行った？　今さっきまでここにいたよな？」

「大丈夫だ、ちゃんといる」

そう言って東雲が指差したのは、テーブルの上の古ぼけた「硯」だった。顔を近づけて観察してみたら、墨を磨《す》る丘の部分で米粒ほどの何かがわらわらと蠢《うごめ》いている。もしやダニの仲間かと身がまえたが、よく見たら違った。

人だ。極小サイズのたくさんの人が、口々に何かを叫びながら衝突し合っている。

「なんだこれ……、最新式のおもちゃ？　こいつらはホログラムか何かなのか？」

「ほろぐらむとやらは知らないが、そいつらは硯の頭の中が具現化されたものだ。人間だって頭の中でいろんな想像をするだろう？　それと同じだ」

なるほど、極小サイズの人間たちはみなそろって甲冑《かっちゅう》を着ている。どうやらここは戦場で、彼らは刀や槍をぶつけ合って戦っているらしい。何より驚いたのは、今目の前で繰り広げられている戦いの様子が、同時進行で紙に描かれている事だった。

描くスペースがなくなると東雲がタイミングよく新しい紙を補充し、その紙もすぐに絵で埋め尽くされていく。

「なんだかよくわからないけど、すごいな……」

紙の上ではセーラー服の上から無理やり甲冑を着せられた女子高生が、敵方の武将に槍でスカートを裂《さ》かれていた。現れた白い腿の眩さに、兵士たちの間からどよめきが起こる。

内容は実にくだらないが、何より絵のクオリティが素晴らしかった。戦場の臨場感、細部まで詳細に描かれた武具、そして魅惑的なむっちりとした太腿。そこに硯が気にしていた違和感は一切なかった。

「硯、もう紙がない。続きは自分の部屋でやれ」

東雲がそう声をかけると、騒がしかった硯の丘が急に静かになった。さっきと同様、何かが弾ける音がして、白い煙が立ち上る。

テーブルの上から硯が消え、代わりに青年の姿をした硯が現れた。まだ物語の世界に入り込んでいるのか、気が抜けたようにぼんやりしている。

「……続き、部屋で描いてくる。掃除はその後でも構わない？」

「あ、ああ。もちろん」

描き上がった原稿を大事そうに胸元に抱え込むと、硯は危なっかしい足取りで台所を出て行った。

「大丈夫なのか、あれ」

「久しぶりに楽しそうだった。清伊のおかげだ」

「た、楽しそう？　今のが？」

首を捻って訊ねると、穏やかに笑いながら「ああ」と答える。つき合いの長い東雲が言うのだから、嘘ではないのだろう。

「ちょっと、まだ飯食ってんのかよ、清伊！　人に文句言っといて自分が寝坊してんなよな。今から庭に植える苗買いに行くぞ。早く支度しろよ」

硯と入れ替わりに姿を見せた式鬼は、ノースリーブシャツにハーフパンツという軽装に、麦わら帽子を被《かぶ》っていた。まるで夏休みの小学生だ。

「せっかくの休みなのに、今日は休めそうにないな」

食事を終えた清伊のために麦茶を用意しながら、東雲が苦笑する。

「まあ、二人がやる気になってくれたのならよかったよ」
笑ったり、驚いたり、たまにはこんな騒がしい休日も悪くないかもしれない。
清伊はごちそうさまと手を合わせると、いつになく前向きな気分で麦茶を飲み干した。

四

「トマトの葉っぱが萎《しお》れてる。なんでだ清伊?」

「雨が続いたからかな。雨よけをした方がいいかもしれない」

「げっ、うねうねした虫がいる! 煙羅取って!」

「はいはい。土遊びがそんなに楽しいのかねえ……」

式鬼に腕を引かれて、縁側で寝そべっていた煙羅が、面倒くさそうに腰を上げる。

かつて雑草が蔓延っていた庭は、今はきれいに雑草が取り去られ、枝が伸び放題だった庭木も剪定されている。ガランとしていた広い庭に、立派な家庭菜園を作り上げたのは式鬼だ。

意外にも土いじりの才能があったようで、身近なハーブから始めて、今では野菜作りに夢中になっている。ようやくポツポツ実をつけ始めた野菜は、どれも形こそ不ぞろいだが、無農薬の上に味もいいので重宝《ちょうほう》していた。

「雨よけってどうやんの?」

「ちょっと待て。……畝《うね》の両サイドに支柱を立てて、ビニールでアーケードを作るって方法が手っ取り早そうだな」

スマートフォンで検索した結果を伝えてやると、式鬼が「びにいる? ああけいど?」と小首を傾げた。簡単に狐に化ける事もできる物怪のくせに、こうしているとただの無邪気な少年のように見える。

式鬼に限らず、彼らは強い自我を持っており、己の欲望に忠実だ。気に食わない相手でも、役に立つと思えばこうして頼ってくる。そういうところが小憎らしく、またその素直さが好ましくも思えた。

見方が変われば、目の前に広がる世界も違って見える。

ここへきて一カ月半、相変わらず家は歩く度に床が軋《きし》むようなボロ家だし、住人たちは勝手気ままだ。だけど不思議とこの家をさっさと売り払いたいとも、住人たちを追い出して今すぐ一人になりたいとも思わなかった。

「なあ、これなら売れそう？　結構育っただろ」

カゴの上に乗せられた採れたての二十日大根《はつかだいこん》は、色が濃くツヤもいい。大きさも充分で、いかにも美味しそうだ。

「ああ。ただ無人販売所を作るにしても、問題は場所だな。ここは人気がなさ過ぎるし、どこか人通りの多いところに置いてもらえたら助かるんだけど」

だが当然ながら場所を提供してくれるような知人など、思いつくはずもない。こんな時は人脈豊富な南波が羨ましい。

「……まあ、そのうち誰かに聞いてみるから、しばらく待ってろ。これは俺が買い取ってやるよ」

「え？　でも家で使う分は東雲がスーパーで買ってきてるだろ？」

「これは飯のおかずじゃなくて、このまま生で齧るからいいんだよ。ほら、百円でいいか？」

小銭入れから百円玉を取り出し、土で汚れた式鬼の手にポイと載せてやる。

「ケチの清伊が百円くれた……」

「言葉を選べよ、式鬼。不要なもの無駄なものはできる限り排除して、いいと思うものは積極的に取り入れる。俺はケチじゃなくて合理主義者なんだ」

「なんだかよくわかんないけど、さんきゅー。これで新しい入浴剤が買える！」

頬を上気させながら、式鬼が両手をギュッと握り込んだ。そのあまりのいじらしさに、胸がキュンとなる。時々片言になるところも妙にかわいらしい。

「いつの間にか仲良くなっちゃって。なーんかつまんねえなあ」

害虫の除去を終えた煙羅が、縁側にドサリと腰を下ろす。

「別に仲良くなんかないけど、わざわざケンカする理由もないし」

式鬼の言葉に、清伊は激しく目を瞬かせた。初め会った日に「取り殺してやる」と全力で脅しをかけてきたのはどこの誰だ。

清伊と同じように、式鬼の世界も以前とは違って見えているのだろうか。もしそうだとしたら、ちょっと嬉しいような気もする。

「へえ、上手い事やったな、別嬪さん。一体どうやってあの跳ねっ返りを丸め込んだんだ？」

顔は笑っているが、煙羅は不機嫌そうだった。言葉にも若干の棘《とげ》を感じる。彼がいつまでも清伊の事を「別嬪さん」と呼ぶのは、自分だけは気を許すつもりはないという意思表示なのだろう。

「そんな方法があるなら俺の方こそ知りたい。ご機嫌取りは俺が最も苦手とするところなんだ」

「俺の機嫌を取るのは簡単だぞ？　色っぽく誘って脚を開いてくれるだけでい――」

清伊に触れようとした煙羅の手が、ゆらりと揺れる。あれっと思った時には、煙羅は体ごとかき消えていた。


「害虫はあいつの方なんじゃないのか」

火の消えた蚊やりを手に、東雲が鼻を鳴らす。どうやら怒りに任せて消してしまったらしい。

「二人ともそろそろ中に入ったらどうだ？　あんまり張りきり過ぎると熱中症になるぞ」

「はいはい。疲れたし、ちょっと休憩。あー、喉渇いた。東雲、レモネード作って」

「手を洗うのが先だ。部屋の中を土まみれにするなよ、式鬼」

二人の遠慮のないやりとりに、自然と顔がほころんだ。互いに信頼し合っているからこそ、こんな風に気安い会話ができるのだろう。こういう場面を目にすると、彼らはただの同居人ではなく仲間なのだと改めて感じた。

「なあ、最近の東雲ってなんか人間のお母さんみたいじゃない？」

「えっ？」

式鬼にそっと耳打ちされ、咄嗟に答えにつまってしまう。あれこれかまいたがるのが人間の母親なのだとしたら、確かにそうなのかもしれない。だが少なくとも清伊の母は、外から帰った息子のためにレモネードを作ってくれたりはしなかった。

「何？　俺なんか変な事言った？」

「……いや。それにしても暑いな。早く中に入ろう」

式鬼を部屋の中に促し、自分も縁側に腰かけて靴を脱ぐ。素足になってぼうっとしていたら、ポケットに入れていたスマートフォンが震えた。画面には「伯父、携帯」と表示されている。

「伯父さん？　一体なんの用だ……？」

連絡先を交換し合ったものの、伯父から連絡がくるのは初めてだった。ボロ家を「趣ある古民家」などと呼んで煙に巻いた事に、今になって心苦しさを感じでもしたのだろうか。

「――もしもし？　伯父さんですか？」

『やあ、清伊くん。ずっと連絡しなくて悪かったね。毎日暑いけど、その後体調を崩したりはしてないかな？』

何事かと緊張しながら通話ボタンをタップするも、電話の向こうの伯父の声は、屈託のないものだった。どうやらただの安否確認の電話だったらしい。

「ええ。おかげさまでなんとかやってます」

『そこは特別暑いだろう？　うちの母はエアコンが嫌いだったからね。一度勝手に取りつけ工事を頼んだら、電気屋さんを追い返したんだよ、あの人は』

「そうだったんですか。でも少しわかります。俺もエアコンは苦手なので」

伯父の言葉に適当に相槌を打ちながら、清伊は脱いだ靴を爪先に引っかけてブラブラと振ってみる。

エイと勢いよく蹴り上げると、安物のスニーカーは美しい放物線を描き、たった今式鬼が植えたばかりのタマネギの苗の上に落下した。

「げっ」

『清伊くん？』

白いスニーカーの下で、数本もの苗が見事にひしゃげてしまっている。これを見たら式鬼は怒りを爆発させるだろう。もしかしたら泣かれてしまうかもしれない。暑い中せっせと苗を植えていた、ほっそりとした後ろ姿を思い出し、なけなしの良心がちくちくと痛んだ。

『おい、聞こえてるのか？　清伊くん？』

「もちろん聞こえてますよ。どんな場所も住めば都って言いますし、ご心配には及びません」

伯父の話など何一つ耳に届いていなかったが、当たり障りのない言葉でごまかす。それより早く話を切り上げて、ひしゃげた苗を救済しに行きたかった。

『それは何よりだ。とりあえずあと二十分ほどでそっちに着くから。確かその家にはインターホンがなかっただろう。着いたらまた携帯に連絡するよ』

「はい、お待ちしてます……って、え？　ええっ⁉」

（今、なんて言った？）

『それじゃ、また後ほど』

狼狽する清伊の事などおかまいなしで、伯父は一方的に通話を終わらせてしまった。

（二十分後に伯父がここを訪ねてくる？　素性を明かせない住人たちが暮らすこの家に……？）

清伊は束の間放心し、すぐに呆けている場合じゃないと思い直す。片足跳びでスニーカーを回収すると、ひしゃげた苗を手早く直し、急いで住人たちを茶の間に呼び集めた。


「いやあ、驚いたな。あのボ……、荒れ放題だった家と同じ家とは思えない」

（今、絶対「ボロ家」って言おうとしただろ）

やはり伯父もどうしようもないボロ家だと知っていながら、清伊にここを押しつけたのだ。修繕費が予想以上に安く上がったからよかったものの、これで数百万の出費になっていたら、伯父に請求書を送りつけていたところだ。

「ええ。多少元手はかかりましたが、おかげさまで結構快適です。ご存じの通り、辺りには民家すらないような場所ですので日中も静かに過ごせますし」

にっこり笑ってそう言うと、伯父の三条政敬《まさたか》はヒクリと頬を引き攣らせた。

茶の間の上座に坐した伯父は、休日だというのに夏物のスーツを着込んでいる。こうして向かい合ってゆっくり話をするのは初めてだが、伯父は東雲や南波とは違ったタイプの男前だった。

禁欲的な雰囲気がかえって妖しい色気を感じさせる東雲。男らしく精悍《せいかん》な南波。一方伯父は線が細く一見繊弱《せんじゃく》そうなのに、目に力があり芯の強さが窺える。今年五十六になるそうだが、姿勢がいいせいか実年齢よりもかなり若く見えた。

(まあ、食えないところは年相応だけどな)

伯父が部屋の中をまじまじと眺めながら、冷たい煎茶《せんちゃ》を啜る。今日も朝から硯が気合を入れて掃除をしてくれたので、張り替えたばかりの真新しい畳の上には塵《ちり》一つ落ちていない。

「ここに一人で暮らすのは寂しいだろう？　一緒に住んでくれるような人はいないの？」

「知り合いがしょっちゅう家にいるので、退屈はしませんね」

しょっちゅうどころか毎日いるのだが、退屈しないという点は嘘ではない。ちなみにその「知り合い」たちには、無理やり外出してもらっている。式鬼はブーブー言っていたが、予備の入浴剤を買ってきてほしいと頼むと、硯を引き連れて喜んで出かけていった。

引率の東雲には電動自転車を見てくるよう頼んである。電動アシストつきの自転車があれば、日々の買いものを請け負ってくれている東雲の労力も半減するはずだ。

「それはそうと、伯父さんが今日いらっしゃった理由はなんですか？　ここでの暮らしぶりを確認するためじゃないですよね？」

思いきってそう切り出すと、伯父は虚《きょ》を衝《つ》かれたように目を瞠り、やがて溜め息まじりに言葉を紡いだ。

「君がどうしているか気になっていたのも、ここへきた理由の一つだよ。それともう一つ、清伊くんに少し訊ねたい事があってね。……伊織《いおり》は、お母さんは君がここで暮らし始めた事を知っているのかな?」

「母、ですか……?」

伯父と清伊を繋いでいるのは祖母であって、いまだ行方の知れない母ではない。だからこそ、彼の口から母の名前が出てきたのは意外だった。

「いいえ。残念ながら俺が成人した時に母とは縁が切れています。彼女の居場所も連絡先も、俺は知りません」

「そうか……。まったく仕方のないやつだな。実は明後日は母の百か日法要なんだ。内輪で簡単にすませる予定なんだけど、伊織は長女だし、できれば出席させたかったんだ。でも、難しそうだね」

伯父がわざわざ横浜くんだりから出向いてきたのはそういう事かと、ようやく合点がいった。行方知れずになって十年、あの人は実の兄にも自身の消息を告げていないらしい。

「お力になれなくて申し訳ないです。でも母は横浜の家が好きだったから、ふらっと顔を出す事もあるかもしれません」

生まれて間もなかった清伊には、横浜の家の記憶はない。ただ想像はできた。

一階には小さなサンルームがあって、二階からは横浜港が一望できる。廊下の小さな白い窓からの眺めが特に好きだったと、以前母が話してくれた。

「――聞いてもいいかな?」

「なんです? あらたまって」

「君は伊織の事を恨んでないのか? あの時、妹が父に頭を下げていれば、横浜の家に留まる事もできた。君たちは余計な苦労をせずに済んだんだ」

伯父からそう問われ、清伊は改めて母と過ごした日々の事を思い返してみる。

二十年もの長い時間を、母と二人、小さなアパートでつましく暮らした。職場と家を往復するだけの生活に疲れきっていた母は、必要最低限しか息子をかまう事はなかった。時が経つにつれ、母との溝《みぞ》が深まっていくのを感じていたが、清伊にはどうする事もできなかった。

そんな互いに腫《は》れものに触るような日々は、清伊が二十歳の誕生日を迎えると同時に、突然終わりを告げた。母の荷物がなくなっている事に気づいてもさほど驚きはなく、「とうとうこの日がきたんだな」と、妙に納得した事を覚えている。

「俺は……、母に感謝してます。大変な状況の中で俺を産んで、成人するまで育ててくれた。母を恨んでなんていません」

言葉にしてみて、初めて自分の本心を知ったような気がした。

清伊は母を恨んでも、憎んでもいなかった。子供の頃は母親の愛情が恋しかったが、いい大人になった今では、そんなセンチな感情も思い出となって胸の片隅に収まっている。忘れた頃に取り出して眺めてみても、怒りや憎しみは湧いてこない。ただ懐かしく思うだけだ。

「母には過去を忘れて今度こそ幸せになってほしい。苦労していた姿をずっと見てきましたから」

「では君は？　実の父親の顔も知らず、ただ一人の家族だと信じてきた母親に裏切られた君の気持ちはどうなる？　伊織がいなくなってからは奨学金で学校に通っていたそうじゃないか。生活だって相当厳しかったはずだ。君は伊織を責めてもいいんだよ」

伯父の手が、感情を抑え込むように握り込まれる。清伊の代わりに怒ってくれているのだと思ったら、申し訳ないような気分になった。

「俺は裏切られたなんて思ってませんよ。だいたい三十にもなってまだママを恋しがってるなんて、男としてはちょっと微妙でしょう？」

わざと軽い調子で言うと、硬かった伯父の表情が幾分和らいだ。その事に清伊もホッとする。自分の事が原因で兄妹間に不和が生じたりしたら、さすがに寝覚めが悪い。

祖父母が亡くなってしまった今、いざという時に母が頼れるのは、実の兄であるこの人だけなのだ。

「……そうか。君がそう言うのならこれ以上伊織の話はしないよ。その代わり何か手助けできそうな事があればいつでも頼ってほしい。そうだ、ここの修繕費は私が持とう。これまで何もできなかった分、伯父らしい事の一つもさせてくれないか」

手助けできそうな事と言われて一番に浮かんだのは、家の修繕費ではなく、土に汚れた手で百円玉を大事そうに握りしめていた式鬼の姿だった。

「ありがとうございます。でもお金は結構です。知人が手を貸してくれたおかげで費用はかなり抑えられましたから。そんな事より、さっそくですけど別件で伯父さんに助けていただきたい事があるんです」

清伊は伯父ににじり寄ると、ぐいと顔を近づけた。

「……野菜を買い取ってほしい？　もしかして庭の？」

「ええ。実はさっき話した知人が熱心に育てているんですが、俺一人じゃとても食べきれないと思うんです。もちろん無農薬ですし、どれも間違いなく新鮮ですよ。彼はきっとお金なんていらないと言い張るでしょうけど、俺はタダで配るのは違うと思っていて」

「同感だ。無駄なものには一銭だって払いたくないが、いいと思えるものに出し惜しみはしないよ。ぜひとも買い取らせてほしい。季節の新鮮な野菜が食べられると聞けば、妻も喜ぶ」

そう言って、伯父が何度も頷く。横浜でいくつかの飲食店を経営しているという伯父は、無駄を嫌い実利を重んじるタイプの人間のようだ。血の繋がりとは侮《あなど》れないものだと思う。

「ありがとうございます！　彼が聞いたらきっと喜

びます。それじゃ採れた野菜は横浜のお宅に送らせていただきますね。そうだ、ちょうど二十日大根《はつかだいこん》がいい具合に育ってるんです。ご覧になりますか？」

伯父と二人で縁側から庭に下り、水を弾くグリーンリーフや、まだ青いミニトマトを手に取る。午後の穏やかな風が吹き、庭木の梢《こずえ》をサワサワと揺らした。

「木や土の匂いなんて何年ぶりかな……。うん、悪くない」

「俺もここに越してきた時、同じように思いました」

建物の外観には戦《おのの》いたが、茶の間とこの庭だけは一目見て気に入った。自分たちで手入れをした事もあって、今では愛着もある。

「しかしここにいると今が夏だって事を思い知らされるな。家と職場を車で往復しているだけだと、つい忘れそうになるんだけどね」

伯父が天を仰ぎ、ハンカチで額の汗を拭う。そろそろ中に入りましょうかと言いかけたその時、家のすぐ前で大きな車が停車する音が聞こえた。

✡　✡

「式鬼、硯、喜べ。野菜と本が売れたぞ」

縁側に仲良く並んで座り、絹さやの筋を取っている二人にそう声をかける。すると彼らは同時に手にしていた絹さやをポトリと落とした。似たような格好をしているせいか、近頃は反応までそっくりだ。

「……う、うそっ、なんでっ⁉」

「話の流れで伯父さんに家の野菜を売り込んでみたらいい方向に話が転がった。硯の方は偶然だ。たまたま二人で庭にいる時に刷り上がったばかりの同人誌が届いて、知人が趣味で作った本だと説明したら面白そうだから一部譲ってくれって」

その上伯父は、今後も野菜がたくさん採れるようなら、自分の店で使ってもいいとまで言ってくれたのだ。突然の伯父の来訪が天の配剤と思えてならない。それくらいとんとん拍子に話が進んだ。

硯の本については「新たな切り口で戦国時代を描いた意欲作」と説明してみたのだが、伯父は純粋に絵の素晴らしさに感動したらしく、ろくに中も確認せず購入を決めていた。感想を聞くのが怖いような気もするが、何事も結果よければすべてよしだ。

「すごい、清伊って始末屋な上に商魂《しょうこん》逞しいんだね！」

「ああ！　金の事だけは清伊に任せておけば間違いないな」

どちらもとても褒め言葉とは思えないが、硯も式鬼も喜んでくれたようなのでこれもよしとする。

「そういえばそっちの買いものはどうなった？　入浴剤は買えたのか？」

「見てみろよ清伊。これ、バブルバスっていうんだって。男を落とすなら普通の入浴剤よりこっちだって店のおっちゃんが教えてくれたんだ。安いしたくさんあったから預かった金で買えるだけ買ってきた」


（もしやそれは不良在庫を押しつけられただけなんじゃ……）

そんな風には疑いもしないのか、式鬼は満面の笑みを浮かべている。こんな無垢な物怪をカモにするなんて、店のオヤジも罪な事をする。

「東雲の電動自転車は？　気に入ったのはあった？」

台所に向かって呼びかけると、人数分の麦茶を持って東雲が現れた。相変わらず暑さなど感じないみたいに、澄ました表情をしている。

「別に不便はないし、特に必要ないかと思って」

「はい、嘘。自転車って値段が高いから東雲は遠慮してんだよ。指で零《ゼロ》の数数えて震えてたもん」

余計な告げ口をした式鬼を、東雲がジロリと睨む。そんな東雲を今度は清伊が睨みつけた。

「あのな、自転車ってのはありがたい乗りものなんだぞ。車みたいに維持費がかからない上に、免許もいらない。電動アシストつきなら坂道だってラクチンだ。変な遠慮なんかしてんなよ」

「高価過ぎるっていうのもあるけど、どれがいいのかなんて俺には選べない。店員の説明を聞いてもよくわからなかった」

なんでも器用にこなす東雲だが、人間社会の常識全てに精通しているわけではない。店員に促されるまま、高額な買いものをするのは気が引けたのだろう。

「わかった。じゃあ次は俺も一緒に店に行くよ。現物を見ていらないと思ったら買わない。それならいいだろ？」

「ああ。清伊がいてくれたら心強い」

「なあ、どうせならそれ今晩にしない？　そんで帰りにここ行きたい！」

清伊と東雲の会話に割り込み、式鬼がポケットの中から四つ折りにされた紙を取り出す。夏祭りと書かれたB5サイズの紙には、色とりどりの提灯《ちょうちん》がぶら下がった神社の境内《けいだい》の写真に、花火のイラストが加えられていた。

「バブルバスを買った時、店のおっちゃんにもらったんだ。今晩隣町でこんなのがあるから好きな子誘って行ってこいって。花火もあるし、夜店も出るって言ってた」

「へえ、花火に夜店か」

チラシを見る限り、場所は線路を挟んだ向こう側の住宅街の辺りで、かろうじて歩いて行けない距離ではなさそうだった。式鬼と硯を見やると、二人は畳の上に正座をし、やや前のめりになりながら清伊の反応を窺っている。

「それじゃ晩飯の後にでも行ってみる？　あ、でも今日はもうたくさん歩いただろうし疲れてるか」

「全然平気！　ひ弱な人間じゃあるまいし、そんな簡単に疲れてたまるかよ」

「俺も。本も描き上がったばっかりで暇だし」

振り返って東雲の意思を確認すると、しょうがないなというように笑っていた。決まりだ。

「じゃあ早めに夕飯の支度をしてくる」

「俺も手伝うよ。今日は何にするんだ？」

「ちらし寿司だ。それとミョウガとシイタケのお吸いものに、ナスの甘酢漬け」

東雲と二人、肩を並べて台所に移動する。今日のメニューも絶妙な組み合わせだ。ミョウガとナスを選ぶあたり、東雲は清伊の好みを知り尽くしている。

「全部大好物だけど夜店で絶対なんか食うから、腹いっぱいにし過ぎないようにしないと。それにしても夏祭りなんて久しぶりだな。東雲はお祭りとか行った事あるのか？　……東雲？」

饒舌な清伊とは対照的に、東雲は台所に入るなり口を閉ざしてしまう。思いつめたような表情で清伊を凝視した後、戸棚からきれいに畳まれたエプロンを取り出し、慣れた手つきで着けてくれた。

腰に巻きつけるタイプのカフェエプロンは、おそらく祖母が所有していたものだ。よく見るとポケット部分に小花の刺繡《ししゅう》が施されていて気恥ずかしい。

「……サンキュー。で、何から手伝う？　野菜でも洗う――？」

流しで手を洗っていたら、荒っぽく腰を引き寄せられた。いつも飄々《ひょうひょう》としている彼らしくもない、余裕のなさだ。

「……出先で何かあったのか？　それとも外出は気が乗らないか？」

水道の水を止め、振り返らずに訊ねてみる。すると密着している東雲の体が、あからさまに波打った。喜んでいる式鬼や硯を気遣ってか茶の間では態度に出さなかったが、やはり外出に乗り気ではないらしい。

「行きたくないのなら無理に行かなくても……」

「別に行きたくないわけじゃない。……ただ、思い出しただけだ」

「思い出したって、何を？」

「俺が醜い物怪だっていう事を」

吐き捨てるように言い、腹に回った腕にぐっと力が込められる。清伊に触れる彼の手は、いつかのように少し震えていた。

「清伊がここにきてくれて毎日本当に楽しかったから、都合よく忘れてたんだ。どれだけ人間のふりをしても、俺たちは人間にはなれない。そんなの、当たり前の事なのにな」

淡々と話すその声は、いつものものと変わらない。でもなぜか清伊には、東雲がひどく傷ついているように思えた。

彼はこんなにも弱々しかっただろうか。黒い羽根に覆われた巨大な肢体を目にした時、清伊は確かに恐怖した。だけど今の東雲に、強い妖力を持つというあの大カラスの姿が重ならない。

震える手に自身の手をそっと重ねると、東雲がそれに応えるように首筋に口づけてくる。

こんなところを他の住人に見られたら大変だ。さっさと夕食を作らないと夏祭りに行けなくなってしまう。頭ではそうわかっているのに、清伊はしがみついてくる東雲の体を押し退ける事ができなかった。


夕飯を食べ、家を出たのは午後六時過ぎだった。日は傾いているものの、外はまだ薄明るい。人も車も滅多に通らないような寂れた道に、ヒグラシの鳴き声が重なり合って響いていた。

四十分かけて歩き、最寄り駅前に到着する。ちらほら浴衣《ゆかた》姿の女の子の姿が見え、式鬼が「やっぱり俺も着てくればよかった」と地団太《じだんだ》を踏んだ。

サイクルショップで電動自転車を買うと、レジで式鬼がもらってきたものと同じカラーチラシを手渡された。なんでもこれを持って夏祭りに行けば、一枚で一回福引きができるらしい。

店員にこのまま乗って帰るかどうか訊ねられ、迷った末に配達してもらう事にした。これから人混みの中を歩く事を考えたら、手で押しても通行の妨《さまた》げになる。配達の手続きを済ませ、店を出た頃にはさすがに外は暗くなっていた。

人の流れに乗って細い路地を進み、緩やかな坂道を上る。やがて住宅街を抜けたところに、不自然なほど唐突に緑の森が現れた。長い階段の先に、チラシの写真と同じ赤い鳥居《とりい》が見える。

「見ろよ、東雲。鳥居があんなにデカイ。結構立派な神社だったんだな」

「熊野権現《くまのごんげん》。どこの社《やしろ》も威容だけは大したものだな」

東雲の言葉の意味はよくわからなかったが、おそらく彼も予想以上の立派さに驚いているのだろう。

階段を上りきると、広い参道の両脇にはずらりと屋台が並んでおり、辺りには美味しそうな匂いが漂っていた。少し前に夕食を食べたばかりなのに、お祭りの雰囲気にすっかり気分が高揚《こうよう》し、もうお腹が空いたような気になってくる。

「たこ焼きも捨てがたいけど、やっぱり焼きそばかな。東雲はなんにする？」

思わず男の腕を摑んでしまい、清伊はハッとする。

いい歳をして祭ではしゃぐなんてみっともない。きっと東雲も呆れているだろう。そろそろと隣の男を見上げるも、東雲はなぜか心ここにあらずといった様子で、暗闇に浮かび上がるお社を見つめていた。

「東雲？」

「──ああ、悪い。少しぼんやりしてた。俺は別に何もいらないから、俺の分は式鬼と硯にやってくれ」

東雲の大人な発言に、進んで子供の役割を引き受けた式鬼と硯が色めき立つ。

「そんなのはだめだ。食うのも遊ぶのもそれぞれ一人一回ずつ。ここへくる前にそう約束しただろ？福引き券は二人にやるから我慢しろよ」

「なんだよ、相変わらずケチくせえな。なあ式鬼、屋台なんかより社の裏手に行ってみないか？　なんだか面白そうなもん見つけちまってよ」

知らない間にちゃっかり合流していた煙羅が、式鬼の肩を抱いて唆《そそのか》す。そこら中で火を使っているので、彼を追い払う事は不可能だ。

「行きたいならあんた一人で行けば？　俺かき氷食ってみたい！　東雲ついていきてよ」

そう言うなり、式鬼は東雲の腕を摑んで人混みの中へと駆け出した。東雲が振り返って何か言いかけるも、二人の姿は瞬く間に人波にのまれてしまう。

隣から男の気配が消えると、体の片側がスースーするような心許なさを感じた。

「なんだあ式鬼のやつ、つれねえな。しゃあねえから残りものの二人と一緒に回ってやるか」

「頼んでないし、なんなら邪魔なくらいなんだけど」

不承不承言うと、隣で硯もうんうんと頷いている。

だが賑やかな人の群れに紛れてしまえば、不愉快な同行者がいる事もさほど気にならなくなった。

硯が金魚すくいをしてみたいと言い出し、煙羅が俺も俺もと追随する。保護者の気分で無邪気な二人を見守りながら、清伊はいつの間にか笑ってしまっていた。

その後も一つずつ屋台を見て回り、清伊は焼きそばを買って食べた。硯にはリンゴ飴《あめ》を、固形のものを口にしない煙羅には甘酒を買ってやる。

福引き所で六等のポケットティッシュをもらい、比較的人の少ない場所を見つけて休憩する事にした。途中、東雲たちと出会う事はできなかった。

「式鬼と東雲はどの辺にいるのかな？　まさか先に帰ったりしてないよね」

「待ってな、俺が探してきてやるよ」

そう言うと、煙羅は人気のないお社の方へと向かった。一旦煙に姿を変えてから、二人を探すつもりなのだろう。

大きな木の幹に寄りかかりながら、硯と二人で煙羅の帰りを待つ。硯はその手にまだ手つかずのリンゴ飴を握っていた。

「食べないのか？　リンゴ飴」

「なんかもったいなくて。だってこれ、五百円もするんだよ。五百円あったら式鬼のバブルバスが五つも買える」

「なんだよ、それ」

清伊の節約癖が、いつの間にか硯にも伝染してしまったらしい。節約自体は決して悪い事だとは思わないが、リンゴ飴を我慢している健気な青年の姿を見ると少し切なくなった。

「俺はいいと思ったものに金は惜しまないぞ。無駄遣いが嫌いなだけだ。硯はそのリンゴ飴を一番いいと思って買ったんだから、これは無駄遣いじゃない。来年また買ってやるから、我慢してないで食べろよ」

「……うん、そうする。ありがとう清伊」

照れたように笑いながら、慎重な手つきでセロファンを剝がす。硯がリンゴ飴を頬張っている間、清伊は目の前を行き交う人の群れを、見るともなく眺めた。

昨年の今頃、自分はどんな風に過ごしていたのだろう。人いきれにうんざりしながら満員電車に揺られ、帰宅後味気ない食事を終えると、風呂に入って眠る。おそらくそんなところだ。電車内の蒸れて淀んだ空気も、風呂上がりに飲んだビールの冷たさも、なんの変哲もない日常として、今はもう記憶の中に埋もれてしまった。

だけど今日の事はきっと来年も再来年も覚えている。人混みの中に飛び込んでいった式鬼。金魚すくいにはしゃぐ煙羅と硯の姿。リンゴ飴をもったいないと言った硯の隣で、幸せそうな人たちを眺めた事。人間にはなれないと言った男の事も、きっとこの先何度も思い出すに違いない。

「ごちそうさま。あーあ、全部食べちゃった」

「来年が楽しみだな」

その時、頃合いを計ったかのように煙羅が現れた。だが彼の後ろに東雲と式鬼の姿はない。

「待たせたな、お二人さん。式鬼たちは神社の外にいる。東雲が珍しくへばってやがるからそろそろ帰るぞ」

鳥居を出てしばらく進むと、東屋《あずまや》があるだけの小さな公園が見えた。黒い人影がベンチに腰を下ろし、頭を抱えるようにして項垂れている。その側を式鬼らしい小柄な人影が、落ち着きなく歩き回っていた。

「東雲っ！」

硯が名前を呼びながら駆け寄り、東雲がゆっくりと顔を上げた。その顔を見るなり、心臓がキュッとなる。ひどい顔色だ。それに表情も優れない。

「東雲、気分悪い？　大丈夫？」

「大丈夫だ。せっかくここまできたのに、水を差したな」

心配そうに顔を覗き込む硯に、東雲が苦笑を返す。

思えば台所で話をした辺りから、東雲は少し様子が変だった。もしかしたらあれは、体調が悪かったせいなのだろうか。

東雲はいつも清伊の体調を気遣ってくれる。なのに自分は彼の不調に気づけなかった。

硯みたいに駆け寄って労《いたわ》りの言葉をかけてやりたいのに、何を言えばいいのかわからない。すると少し離れた場所でぼんやり突っ立っている清伊に気づいて、東雲の方から話しかけてくれた。

「ちょっと人の多さに驚いただけだ」

「……具合が悪い時は無理しないでそう言えよ。びっくりするだろ」

「今度からそうする。心配かけて悪かった」

しばらく無言で見つめ合い、やがて東雲が小さく微笑んだ。その表情を見て、ようやく肩から力が抜ける。柄《がら》にもなく緊張していたらしく、握った手のひらがぐっしょりと汗ばんでいた。

「なあ清伊、帰りは乗りもので帰ろうぜ。ここから家までだとかなり歩かなきゃいけないだろ？」

「たまにはいい事言うな、式鬼。よし、すぐタクシーにきてもらおう」

平気だと言い張る東雲を宥《なだ》めすかし、スマートフォンでタクシー会社に迎えの車をお願いする。十分もしないうちに現れたタクシーに乗り込み、運転手に行き先を告げた。

「煙羅？　乗らないのか？」

「俺はもう少しブラついてから帰るよ。ちょっと気になる事があってな。心配しなくても風に乗れば家まではほんの一瞬だ」

　確かに煙になってしまえば、なんの労力も使わずに家に帰り着く事ができるだろう。

「放っておけって。どうせ浴衣姿の女を口説きたいだけなんだから」

「さすが俺の事はお前が一番わかってるよな、式鬼」

　だらしなく頬を緩めた煙羅に、式鬼がイーッと歯を剝く。気になる事という言葉が引っかかったが、気にし過ぎだったらしい。

「じゃあ先に帰るけど、あんまり遅くまでフラフラしてるなよ。不審者と思われたら大変だからな。刃《にん》傷《じょう》沙汰《ざた》もごめんだぞ」

「別嬪さんは一言多いな。わかったよ。用が済んだら今日のところはまっすぐ家へ帰る。ほら、もう行けよ」

　煙羅を一人残し、タクシーが発車する。毎日息を乱しながら上る長い坂道も、車ならすぐだ。

　式鬼と硯もさすがに今日は疲れたらしく、帰るなり早々に部屋に引き上げた。清伊は茶の間に布団を敷くと、東雲を横にならせる。自室では本当に休んでいるかわからないので、目の届く場所で休ませる事にした。

「清伊は心配性だな。平気だって言ってるのに」

「お前の言う事は信用できない。たまにはガーガー鼾《いびき》かいてる姿でも見せてみろよ」

「それは勇気がいるな」

　少し笑ってくれた事に、ホッと胸を撫で下ろす。

　清伊は東雲に「きちんと寝ておくように」ときつく言い置いて、シャワーを浴びるために浴室に向かった。カラスの行水で茶の間に戻ってくると、東雲が壁に凭れてガラス戸の外をぼんやりと眺めていた。

「東雲？」

月の光が室内を照らし、東雲の横顔を白く浮き上がらせている。声をかけるのが躊躇《ためら》われるほど、重く、静謐《せいひつ》な佇まいだった。

東雲が清伊に視線を移し、おいでと手招きをしてくる。なんとなく一人にはしておけず、清伊は東雲に歩み寄った。ズルズルと腰を下ろした東雲に腕を引かれ、半ば強引に隣に座らされてしまう。

「どうして寝てないんだよ。具合が悪いなら横にならないと」

「別に具合が悪かったわけじゃない。ただあの場所にいたくなかっただけだ。熊野権現は各地にあるが、俺にとってはどこも古巣みたいなものだからな。俺を知ってるやつがいるかもしれないと思って」

そう言えば、八咫烏というのは熊野の神様の使いなのだと、どこかで聞いた事がある。だがお社を目にした時、東雲の様子は明らかにおかしかった。普通は自分と縁が深い場所には、親しみや懐かしさを感じるものじゃないだろうか。

「それの何がいけないんだ？　ただの昔の知り合いだろう？」

質問に答えたくないのか、東雲が清伊から目を逸らした。

東雲は普段から感情をあまり表に出さず、口数も少ない。だけど瞳だけはいつも雄弁だった。自分でもその自覚があるのか、胸のうちを探られたくない時、彼はこうして目を逸らしてしまう。

「言いたくないなら無理には聞かないけど……」

「そうじゃない。清伊にはいつか聞いてほしいと思ってた」

東雲が投げ出していた脚を片方だけ胸に引き寄せ、膝の上に顔を伏せる。長めの前髪がさらりと零れ、横顔を覆い隠してしまう。咄嗟に髪を梳《す》いてやりたい衝動に駆られ、清伊はそんな自分に驚いた。

なんだか今日の自分はおかしい。相手が硯や式鬼ならまだしも、一人でなんでもできる東雲を甘やかしてやりたいと思うなんてどうかしている。

「俺の肢が三本あるのは知ってるだろう?　うち一本は曲がっていて使いものにならない。あの肢は母親が捻じ切ろうとしてああなったものだ」

「母親が?」

おかしな方向に捻じれた肢。その痛々しい姿を思い出し、清伊は眉を顰めた。

「ただ不格好なだけならいい。だけど曲がった肢が錘《おもり》になって今じゃ満足に空を飛ぶ事もできない。俺は人間じゃないが、カラスとしても、できそこないだ――」

語尾が震えたような気がして、清伊はたまらず東雲の腕に手をかけた。瞬間、あからさまに彼の肩が跳ねたが、手を払い除けられる事はなかった。

「お前の母親はどうしてそんな事をしたんだ?　自分の子の肢を奪おうとするなんて、普通じゃないだろ?」

「俺が異質だったからだ。巨大な翼と三本の肢を持つカラスなんて、群れのどこを探してもいない。人間の世界と同じで、他と明らかに違う者は忌避《きひ》され、排除される。そうなる前にせめて忌々《いまいま》しい肢を取り去ってしまいたかったんだろう。だが俺の体が規格外だったせいで、母親はやり損なった。肢は醜く折れ曲がり、結局俺は群れを離れる事になった。清乃に拾われたのはそれからずいぶん後の話だ」

東雲がどうして自分を「醜い」と言うのか、清伊にはずっと不思議だった。確かに大きさも見た目も普通じゃないが、艶々の黒い羽根は美しいし、その姿には言葉では言い表せない威厳がある。だけど東雲にとっては、自分が醜いせいで母親から傷めつけられ仲間を失ったという、刷り込みにも似た思いがあるのだろう。きっと気が遠くなるほどの時間、この男は自分自身を蔑みながら生きてきたのだ。

「昼間、清伊はここで伯父さんと母親の話をしてただろう?」

無言になった清伊を気遣ったのか、にわかに東雲の声のトーンが変わる。隣を見ると、膝に伏せていたはずの顔がこちらを向いていた。

「なんだよ、聞いてたのか。でも外出してたはずなのにどうやって？」

「これが簞笥《たんす》の後ろに落ちてた。誓って言うがわざとじゃない。偶然だ」

東雲が手にしているのは、盗聴器代わりにもなるという彼の羽根だ。どうやら東雲は自分の羽根を介して、昼間の伯父との会話を聞いてしまったらしい。

「清伊は母親を恨んでないと言っていた。でも俺は普通の体に産んでくれなかった母親の事を、心のどこかでずっと憎んでいた」

途切れがちにそう語り、色が変わるほど強く下唇を噛む。窘める代わりに指で触れると、大きな手に指を握り込まれた。

「清伊は心もきれいだ。でも俺は汚い。歪んだ醜い肢は俺の存在そのものだ」

いつもは憎らしいくらいに取り澄ました東雲の顔が、苦しげに歪められる。

夕方東雲が不安定だったのは、清伊と伯父の会話を聞いて、過去の出来事を思い出したからなのかもしれない。更に縁のある神社に出向いた事が、彼に追い打ちをかける結果になった。

「今でもまだ、お母さんが憎いか？」

東雲は何も答えない。それが答えだった。同時に母を許せずにいる自分を心から恥じている。

クールなように見えて、東雲は優しい。だけど彼のそんなところが、時々ひどくもどかしかった。

「母さんは一度も俺に手を上げなかった。それでもかまってもらえないのは寂しかったし、俺を置いて出て行った事を恨んでた時もある。東雲が自分を醜いって言うなら、俺だって同じだ」

子供の頃、母は一番近くにいながら、誰よりも遠く感じる人だった。世間に揉まれ、それなりに苦労を知った今だからこそ、たった一人で息子を育てた彼女の苦しみが理解できた。

「東雲がお母さんの事を許せないと思うのは当然だ。それくらいひどい事をされたんだからな。忘れろとは言わない。でもどうせなら今を大事にしてほしいって思う。せっかくこうして一緒にいるんだからさ」

東雲の母親がした事は許せないが、いつまでも過去に捕らわれたままでいてほしくなかった。

異形であろうが、忌避される存在であろうが、東雲は東雲だ。過去に何があろうと、清伊も物怪荘の住人たちも、今ここにいる東雲を大事に思い、必要としている。

「……俺は狡《ずる》いんだ。清伊に嫌われたくないのに、こうして弱みを曝け出して、慰めや許しの言葉を期待してる。欲張り過ぎて、自分で自分が嫌になる」

「そんなの別に普通だよ。誰かに気にかけてもらえると人は安心する。お前は人じゃないけど、スーパーでおばちゃんたちに交じって買いものしたり、毎日俺のために飯作ったり、もう人みたいなものだろ？」

大真面目な顔でキュウリを選別していた姿が蘇ってくる。思わず頬を緩めると、東雲の睫毛がピクリと震えた。まっすぐな視線に捕らえられ、目を逸らすタイミングを逸してしまう。

整った顔がジリジリと近づいてきて、鼻の天辺がぶつかった。乾いた唇に東雲の吐息を感じ、息が上手く吐けなくなる。

「どうして息を止めるんだ？」

「……なんとなく。顔、近いし」

「近い？　まだ触れてもいないのに？」

そう言いながら、やけに慎重な手つきで頬に触れてくる。生まれたての子猫にでもなったような気分だ。

「口づけてもいいか？」

「そういうの、恥ずかしいからいちいち確認するなよ」

東雲の耳を摘んで、自分の方へと引き寄せる。そのまま指を滑らせ、艶のある黒髪を梳き上げた。さっきからずっとこうしたかったのだと言ったら、この男はどんな顔をするだろう。

指の腹で耳の裏側を撫でてやると、くすぐったそうに首をすくめて控え目に笑う。ああこんな顔をするのかと思った時には、唇が触れ合っていた。

弾力を確かめるようにゆっくり唇を押し潰され、音を立ててチュッと吸われる。東雲との初めてのキスは、官能とはほど遠い穏やかで優しいキスだった。

「……終わり?」

「いや。まだだ」

もう一度、今度は覆い被さるようにして口づけられた。上唇を食《は》み、唇全体を強く押し当て、軽く吸う。何度もそれを繰り返されているうちに、体から力が抜け、目を開けている事すら億劫《おっくう》になってくる。瞼を閉じてされるがままになっていたら、スッと唇が離れていった。

「あ――?」

「止めないから、口を開けて」

うっすらと口を開くと、濡れた舌が唇を一撫でした後、ぬるりと中に押し入ってきた。

「ん……、うっ……」

舌と舌を擦り合わせながら、喉奥まで深く犯される。思わせぶりに上顎を嬲られ、体の内側を直接舐められたみたいに背筋がゾクゾクした。砕けそうになる腰を、東雲の腕が支えてくれる。そのまま抱き寄せられ、口づけがいっそう深くなった。

最初の穏やかさが嘘のように獰猛《どうもう》なキスだ。熱い舌に口中をかき回され、酸欠を起こした時みたいに頭がクラクラする。縋りつくものが欲しくて、清伊は無意識のうちに男の首に腕を巻きつけていた。

「んっ……、ふ、あっ……」

「清伊……」

合間に名前を呼ばれて、腹の奥がきゅんと疼く。

たかがキスだ。しかも同性との。それなのに馬鹿みたいに興奮していた。これまで女性相手に交わしてきた口づけが、まったくの子供だましだったのだと痛感する。

「大丈夫？」

甘い声音で問いかけてくる男の瞳は、いつもより も闇の色が濃く感じられた。唇はどちらのものとも 知れない唾液で濡れそぼち、赤い舌がそれを思わせ ぶりに舐め取る。

「信じらんね……、お前、エロい……」

「エロい？　それは褒め言葉か？」

ある意味、セックスよりもいやらしいキスだった。 吸われた舌はまだ痺れているし、腰から下に力が 入らない。強い酒でも流し込まれたみたいに、頭が ぼんやりする。こんな生真面目そうな顔をしていな がら、キスに持ち込む動作はやけに手慣れていた。 まったく、油断のならない男だ。

「……別に褒めてない。それに約束破ったな。口づ けるのは唇以外の場所って言ったのに」

「でも清伊の目は気持ちよかったって言ってる」

指摘されて、かあっと頭に血が上った。見なくて も首の後ろまで赤くなっている事がわかる。電気が 点《つ》いていなくて助かった。

「俺も気持ちよかった。ただ口と口をくっつけただ けなのに、相手が清伊だと思ったら頭の中のごちゃ ごちゃしたものが全部吹き飛んだ」

そう言って東雲が満足そうに微笑んだ。

清伊も同じ気持ちだ。キスなんてセックスの前戯 としか思っていなかったのに、今のキスはそうじゃ なかった。

唇を合わせただけで心と体が弛緩《しかん》した。舌を吸わ れると触れてもいない場所が疼いて、目の前の男の 事以外、何も考えられなくなっていた。

「唇だけじゃ足りない。もっと深い場所まで触れ合 いたい。清伊もそう思ってくれたんじゃないのか？」

瞳を覗き込まれそうになり、咄嗟に顔を伏せる。

東雲とはこれまで何度も際どい行為をしていたし、 過剰なスキンシップも今に始まったものじゃない。 だけどさっきのキスはこれまでの触れ合いとは明ら

かに違っていた。

口を開いたのも、男の首に縋りついたのも自分自身だ。強要されたわけではなく、自ら進んで男の舌を受け入れた。

(まるでそうなる事を望んでたみたいに――)

「俯《うつむ》かないでくれ。清伊の顔が見たい」

手を取られ、指と指を絡ませながらきゅっと強く握られる。繋いだ手の甲に恭《うやうや》しく口づけてくる男を、清伊は信じられない思いで見つめた。

「……東雲がそこまで俺に執着する理由がわからない。前も言ったけど、俺くらいの容姿の人間ならそこら中にいる。なのに、どうして俺なんだ?」

「人間の誰もがみんな俺たちを受け入れてくれるとは限らない。それだけでも清伊と清乃は充分特別な存在なんだ。でも二人はまったく違う。清乃と一緒にいると安心した。清伊は逆だ。側にいると胸が騒いで苦しいのに、どうしても離れられない。これは人間の言う恋しいとか、愛しいという感情だろう?」

そろそろと顔を上げると、東雲と視線がぶつかった。油断のならない男だと思ったら、今度は縋るような目で熱っぽく見つめてくる。

かわいい男だ。

異性だろうが同性だろうが、人間だろうがカラスだろうが、そんな事はどうだっていいと思えるくらい、この男がかわいく思えて仕方がない。

側にいると胸が騒ぐと言われて、ごまかしようもなく心が浮き立った。手の甲に口づけられた時など、胸が高鳴ってうるさいほどだった。

騎士みたいな仕草が似合う男前のくせに、その上無垢《むく》でかわいいなんて、反則だ。

(マズイな。相手は物怪だっていうのに、このまま何もかも受け入れてしまいそうだ)

「清伊――」

鼻先を触れ合わせ、甘えるように擦りつけてくる。キスの気配に、清伊はそっと目を閉じた。だが唇に吐息を感じた瞬間、茶の間の障子がスパンと勢いよく開いた。

「……ッ!?」

「――何してんの?」

慌てて目を開け、東雲の体を押し退ける。

そこにいたのは式鬼だった。青白い月明かりを浴び、怖いくらいの無表情で清伊と東雲を見下ろしている。東雲と二人きりでいるところを、よりにもよって式鬼に見られてしまった。

「二人で夜中にコソコソ、一体何してるんだって聞いてんだよ」

「式鬼、違うんだ、これは――」

立ち上がろうとしたら、手首を摑まれ、強い力で引き戻された。うろたえる清伊とは対照的に、東雲は少しも動揺を見せない。

「お前にそれを説明する必要があるのか? 俺はお前と煙羅の関係に口を挟んだ事はない。俺と清伊が何をしようと、お前には関係のない事だ」

東雲のそっけない言葉に、人形のようだった式鬼の顔が、みるみる失意の色に染まる。

式鬼は煙羅を使って恋の鞘当てを演出しては毎度失敗している。ここにきたばかりの頃、確か硯がそんな事を言っていた。何かと清伊に反発していたのも、東雲を取られてしまうのではないかという恐れからだったに違いない。それほどに式鬼は東雲の事が好きだったのだ。なのに東雲はそんな式鬼の気持ちを、「関係ない」という一言で撥《は》ねつけた。

「……俺が東雲を好きだって知ってて、なんでそんなひどい事言うんだよ。言い訳くらいしてくれてもいいだろ?」

「取り繕うような真似をして清伊に誤解されたくない。自分の気持ちに嘘もつきたくない」

式鬼が瞳を見開き、口惜しげに下唇を嚙みしめる。今にも泣きそうなその顔を見ていたら、清伊の胸にも鋭い痛みが走った。

「俺たち、清伊なんかよりずっと長い時間一緒にいただろ……？　それなのに俺の事そんな簡単に見捨てんの？　清伊がいたら他には誰もいらないのか？」

「そんな事は言ってない。ただ清伊は特別なんだ。お前とも、硯や煙羅とも、清乃とも違う。他の誰とも比べられない」

「何それ、おんなじ事じゃん。清伊以外はどうでもいいって、東雲はそう言ってるんだよ……！」

式鬼の大きな瞳から、とうとう涙が溢れ出す。これ以上は見ていられず、清伊は東雲の手を振り払って式鬼に駆け寄った。肩に手をかけ、その手応えのなさに驚く。華奢な体は小刻みに震えていた。

「落ち着け、式鬼。どうでもいいなんてそんなはずない。東雲も、もっと他に言い方があるだろう!?」

「――偽善者。あんただって俺の気持ち知ってたくせに。仲間みたいな顔しながら、陰でずっと俺の事笑ってたんだ？」

下を向いていた式鬼が、ゆっくりと顔を上げる。憎しみと悔恨《かいこん》に満ちた目で見つめられ、みっともなく足がすくんだ。

「やっぱり人間の事なんか信じるんじゃなかった」

「式鬼……」

「俺、馬鹿みたい。こんな風に裏切られるくらいなら、一人でいた方がずっとましだ。人間なんか……、清伊なんかいなきゃよかったのに!!」

思いきり突き飛ばされ、壁にしたたかに体を打ちつける。だが痛みは感じなかった。そんなものより投げつけられた言葉の方がよっぽど痛い。

気丈な式鬼が泣いていた。数時間前はあんなに楽しそうにしていたのに。泣かせたのは他でもない、清伊だ。

式鬼が部屋を出て行ってしまっても清伊は動けなかった。追いかけたところで、今はかける言葉も見つからない。

「清伊、大丈夫か？」

「……式鬼が近くにいる事、東雲は気づいていたんじゃないのか？」

清伊に向かって伸ばされかけた手が、途中でピタリと止まる。やはり東雲は障子の向こう側に式鬼がいる事を知っていたのだ。

(気づいていながら、東雲は俺に触れる事を止めなかった。式鬼が傷つくとわかっていたのに――)

「誰が見ていようが関係ない。俺は清伊に触れたいと思ったから触れた。それだけだ」

「だからっ、そういう問題じゃないだろ?」

東雲を責めるのはおかしい。彼に触れられて嬉しいと思った自分も同罪だ。それでも式鬼の気持ちを思うと、気づかないふりを通そうとした東雲に、苛立ちを覚えずにはいられなかった。

「……俺の事はいいから式鬼のとこに行けよ。行って、俺とお前はなんでもないんだって説明してこい」

「なんでもない? それは清伊の本心か?」

東雲が痛みをこらえるように眉を顰める。

嘘だ。なんでもなくなんかない。本当は式鬼のところにも行ってほしくなかった。だけどそれを口にしたら、これまで一つずつ積み重ねてきた彼らとの関係が壊れてしまう。

「清伊――」

「もう、いいから行けって! 今はお前と話したくないんだよ!」

これ以上東雲の側にいたら、またわからなくなる。甘い言葉に逆上《のぼ》せ上がって、この男の事以外考えられなくなってしまう。そうなるのが怖かった。

息がつまるほどの沈黙が続き、東雲が小さく嘆息する。ゆっくり立ち上がると、清伊の前を通り過ぎて静かに茶の間を出て行った。

彼はこれから式鬼の部屋に行くのだろう。泣いている式鬼を慰めて、優しい言葉をかけてやるに違いない。

そうしろと言ったのは自分のくせに、東雲が自分以外の相手を甘やかす場面を想像しただけで、苦々しい感情が胸に広がった。身勝手な話だ。

「なんだよこの愁嘆場《しゅうたんば》。人間でもないやつら相手に、何やってんだ……」

独りごち、ずるずるとその場に座り込む。自分で自分がわからない。こんな経験は初めてだった。

「しくじったなあ、別嬪さん。そんな顔しちまって、出来心だって言い逃れもできねえぜ」

「……あんたも盗み聞きかよ。一体どこから入ってきた？」

顰め面《つら》で訊ねると、煙羅が親指で外を指し示す。縁側では蚊やりが細い煙を上げていた。

「言っておくけど覗いたのは今夜と最初の夜だけだ。それ以外は東雲が抜け目なく結界を張ってやがったからな」

最初の夜というのは、浴室での自慰行為を東雲に見られてしまった、あの情けない夜の事だろうか。

（あれを見られてたのか……）

よくよく考えれば、神出鬼没《しんしゅつきぼつ》の煙羅の目から逃れられる場所など、この家にはない。誰にも覚られずに自慰行為をするなんて事は、東雲の力を借りなければ不可能だった。

「それにしても驚いたよ。まさか堅物《かたぶつ》そうに見えたあんたが、こうもあっさり東雲に落とされちまうなんてな」

「落とされてない。あんなのは駄賃みたいなものだ。硯と式鬼にやる小遣いと同じだ」

煙羅が顎の無精髭を擦りながら、「駄賃ねえ」と呟く。

これ以上誰かと話す気になれず、清伊は自室に戻ろうと立ち上がった。だが煙羅は側にピッタリと寄り添い、後ろをついてくる。

「くるなよ。俺はもう寝る」

部屋に入って戸を閉めようとすると、煙羅がすかさず足を中に滑り込ませてきた。そのまま強引に半身を割り込ませ、清伊の腕を掴む。

「な……っ？」

「東雲の代わりに今夜は俺があんたを慰めてやるよ。どうせ今頃あっちも上手くやってるんじゃないのか」

「くだらない事言ってないで、手を離せよ」

きつい目で睨みつけても、煙羅は動じない。それどころか不敵に笑いながら、挑発するように指で顎の下をくすぐってくる。

「じゃあ一人寝のお供《とも》に一つだけ忠告しておいてやる。あんたは親切心で野良猫に餌をやったつもりだろうが、あいつらにとっちゃその餌が全てなんだぜ？　俺からすれば清乃もあんたも無責任だと思うね。先に死んじまうとわかってて気まぐれに餌をやったりするんだからな」

「……中途半端にあいつらにかかわるなって、そう言いたいのか？」

訊ねても煙羅は答えない。清伊を冷めた目で見据えたまま、人を食ったような笑みを浮かべている。

「所詮《しょせん》は別の世界に生きる者同士だ。どう頑張ったって根っこのところじゃ相容《あいい》れない。あんたはよくやった方だよ、別嬪さん。だけどこれ以上一緒にいたっていい事なんかないぜ」

それだけ言うと、煙羅は清伊の腕を離し、目の前から姿を消した。そしてようやく待ち望んだ静寂が訪れる。

煙羅の言葉は、きっと正しい。彼が清伊の事を歓迎していなかったのは、清伊という異分子が自分たちのためにならないと最初からわかっていたからだ。

そして実際その通りになった。清伊が中途半端に受け入れた事で東雲を惑わせ、式鬼を傷つけた。

式鬼や煙羅が言うように、清伊さえこの家にこなければ、関係が変に拗《こじ》れる事もなく、彼らはずっと穏やかな日々を送れたのかもしれない。

「……邪魔者は俺か」

溜め息交じりの呟きが、いつまでも消えずに宙を漂う。いつもは気にならない風が枝葉を揺らす音が、その日はやけに耳について眠れなかった。

五

「あれ？　今日は手作り弁当じゃないの？」

いつものように公園のベンチで昼食を取っていた南波《ななみ》が声をかけてきた。寛《くつろ》いだ様子でネクタイを緩めているところを見ると、既《すで》にランチを終えて戻ってきたところらしい。

「コンビニの味が恋しくなる時もあるんだよ。お前も天麩羅《てんぷら》やら寿司やらばっかり食ってると腹が出るぞ」

「俺はジムで鍛《きた》えてるもん」

野太い声でかわいこぶってみても、気持ちが悪いだけだ。白けた視線を送ると、南波が苦笑して隣に腰を落ち着ける。シャツのポケットに手を伸ばし、はたと何かに気づいたように動きを止めた。

「煙草？　携帯灰皿持ってるなら別に吸ってもいいぞ」

「いや、いい。実は禁煙中なんだ」

思いもよらない返答に、清伊《きよい》は思わず目を剝《む》いた。南波は今時珍しいヘビースモーカーだ。空気よりも煙を吸っている方が多いんじゃないかと思うほどだったのに、その南波が禁煙なんてただ事じゃない。

「まさか健康診断、引っかかったのか？」

「違う違う。ただの心境の変化。いたって健康だから心配無用だ。それより弁当作ってくれる彼女はどうしたんだよ？　ケンカでもした？」

「言っただろ、彼女なんていない」

「ああ、ただの知人だっけ」

嫌な含み笑いをしながら、南波が顔を覗《のぞ》き込んでくる。清伊は無粋《ぶすい》な同僚に背を向けて、カップみそ汁をずずっと啜《すす》った。

東雲《しののめ》と一緒にいるところを式鬼《しき》に見られてから、三日が過ぎた。

清伊の顔など見たくないのか、式鬼は清伊の活動時間には部屋に閉じこもっている。一方、清伊は東雲の事を避けてしまっていた。硯《すずり》は何も聞いてこない。何も言わず、ただ物言いたげな視線を送ってくるだけだ。夏だというのに家の中の空気は寒々しく、ひどく息がつまった。

今日も住人の誰かと顔を合わせるのが嫌で、いつもより二時間も早く家を出た。出かける間際に廊下で東雲とすれ違ったが、朝飯と弁当はいらないとだけ伝え、逃げるようにその場を離れた。

東雲はひどく疲れた顔をしていた。きちんと休めているのか訊《たず》ねようとして、寸前で言葉が引っ込んだ。

彼の体からはいつもと違う香りがした。爽《さわ》やかな夏草の香り、式鬼が好んで使う入浴剤の香りだ。

「最近やっと少しデレてくれるようになってきてたのに、またツンに逆戻りか」

「不気味な表現するな。だいたいお前相手にデレた覚えはない」

味気ない昼食を終え、清伊はごちそうさまでしたと手を合わせる。無駄に肥《こ》えた舌が物足りなさに疼《うず》いているが、カップみそ汁とコンビニおにぎりでも充分腹は満たされた。味だってそう悪くない。これまでが贅沢《ぜいたく》過ぎたのだ。

「なあ、三条《さんじょう》。今晩暇なら久しぶりに飲みに行かないか？」

「外食なんて不経済の極みだ。行きたいなら一人で行けよ」

にべもなく断ると、斜め後ろで南波が深々と嘆息する。

「あのさあ、お前みたいに能力あるやつがいつまでも主事《しゅじ》に据え置かれてるのは、そのつき合いの悪さが原因なんだってわかってる？　飲みに誘われたらよほどの理由がない限り断るなよ。大事な相手なら尚更だ」

自分で自分の事を「大事な相手」だなんて、自信過剰もいいところだ。だが悔しい事に、実際清伊にとって南波はどうでもいい相手ではなかった。おそらく大事な相手という言葉の中には、上司や仕事関係の相手という意味も込められているのだろう。

真摯《しんし》な助言を無下《むげ》にできるほど、清伊は大物でもなく、思い上がってもいなかった。それに今は早く家に帰りたいとも思わない。

「……わかったよ。今日はお前につき合う。店なんか俺にはわからないから、適当なとこ見繕ってくれ」

あっさり受け入れられるとは思っていなかったのか、南波は目を丸くして固まっている。高そうな革靴を蹴ってやると、何度か瞬きをした後、安堵《あんど》したように微笑んだ。

南波が連れて行ってくれたのは、庁舎からそう遠くないスペインバルだった。カウンター席だけのこぢんまりとした店で、並んだ料理の中から食べたいものをチョイスするというスタイルらしい。

南波は絶品だというピンチョス数種と、エビのアヒージョを注文した後、飲みもののメニューを手渡してくれた。

「どれ選んでも間違いないと思うけど、明日に響くから美味《うま》くても飲み過ぎるなよ」

洒落《しゃれ》たメニューを見ても、こういう場所に不慣れな清伊にはよくわからない。ザッと目を通した後、「お前と同じものでいいよ」と告げて、酒のオーダーも南波に任せる事にした。

南波が頼んだシェリーで喉を潤していると、皿に盛られたピンチョスが次々とテーブルに並ぶ。

見た目にも楽しいピンチョスは味も格別だった。中でもハモン・イベリコとチーズのピンチョスは、ハムの塩気とチーズのまろやかさが口の中で混じり合い、なんとも言えない美味さだ。それを辛口のシェリーで流し込むと、心地好い酩酊感《めいていかん》が疲れた頭と体にじわりと広がった。

「美味いだろ？　ムール貝のトマトソース煮も食う

か」

「食う」

朝は白湯《さゆ》を一杯、昼はカップみそ汁とコンビニおにぎりで耐え忍んだせいか、なじみのない異国の味が殊《こと》のほか美味《おい》しく感じられる。オリーブオイルが体に沁み入るようだった。

「それで？　ただの知人と何があったんだ？　酒も入った事だし、さすがの三条も口が滑らかになったんじゃないのか？」

「またそれか。しつこいぞ、南波」

肉厚のムール貝を頬張っていると、グラスにシェリーを注《つ》ぎ足してくれながら南波が柔《やわ》らかく笑った。憎たらしい薄ら笑いや不遜《ふそん》な笑みは見慣れているが、優しげに笑う南波というのは珍しい。

「あれ、まだだめだった？　それじゃ俺の方から先に告白しようかな。あのさ、実は俺、来年の春に結婚しようと思ってるんだ」

「……お前、彼女いたのか？」

「それ、いつ聞いてくれるんだろうってずっと思ってたんだぞ。それらしい話題振っても、お前はちっとものってこないし」

驚いた。モテる割にあまり浮いた話を聞かないとは思っていたが、意外にも身持ちの堅いタイプだったらしい。突然の禁煙も今後を見据えての事だろう。調子のいいところもあるが、さすが元生徒会長だけあって、根は真面目な男なのだ。

「そうか。南波は家族が増えるんだな。おめでとう、心から祝福するよ」

なんとなく南波は幸せな家庭を築けそうだなと思った。子煩悩《こぼんのう》な、甘い父親になりそうだ。

「ありがとう。三条は喜んでくれると思ってたよ。あ、でもまだ他のやつらには内緒な。一番に言わないと上が臍《へそ》を曲げるんだ」

わかったと頷《うなず》き、南波のグラスにシェリーを注いでやる。ちょうどボトルが空になったので、おすすめのものをお願いしますと追加オーダーした。

「じゃあ次はそっちの番な。いい加減話しちまえよ。本当は彼女と例の家で同棲してるんだろ？」

「彼女と暮らしてるわけじゃない。……でも、同居人がいる」

そこまでもったいぶるような話でもないかと、清伊は南波に事実を打ち明けた。南波はさほど驚きもせず、チンとグラスをぶつけてから美味そうにシェリーを呷《あお》る。

「じゃあ知人ってのはその同居人の事か？」

「ああ。だけど正直戸惑ってる。これまでずっと一人だったから、他人との距離の取り方がわからない。それでも最初はなんとかなるかもしれないって思ってた。でも最近は――」

「重荷に感じるようになってきた？」

重荷という言葉の響きに、アルコールで火照《ほて》った体がスウッと冷えたような気がした。だが帰りたくないと思っている時点で、似たようなものかもしれない。

「いや、そうじゃない……。ただ相手とどう接したらいいのかわからないんだ。俺はこんな性格だから、何をしても拗《こじ》れるだけのような気がして」

幸せいっぱいの同僚に泣き言を言っている自分が嫌で、清伊は勢いよく酒を呷ってグラスを空ける。とばしている自覚はあったが、あの日の出来事やこれから先の事を考えたら、飲まなきゃやってられないような気分だった。

「今の家で暮らすようになってから、三条、ちょっと変わったよ。だからなんだかんだ言いながらも上手くやってるんだろうなって思ってた。でもそうじゃないなら、先に耳に入れといた方がいいのかもな」

南波はカウンターの上で手を組むと、難しい顔をして黙り込んでしまう。調子のいいこの男が、仕事以外でこんな真面目な顔を見せるのは滅多《めった》にない事だった。

「おい南波、先に耳に入れといた方がいいって、一体なんの話だ？」

「実はお前の家のある辺りが市街地再開発事業の候補地に挙《あ》がってる」

「再開発、候補地――?」

カウンターは客で埋まっているし、店内には軽快なラテン・ポップが流れている。それなのにその瞬間、全ての音が消えたような気がした。

「交通の便こそ悪いが、都内にありながら土地がありと余っていて、地価が安い。大型ショッピングモールを誘致《ゆうち》するにはもってこいの立地だ。正直この事はお前に話すべきかどうか迷ってた。新生活に水を差すのも嫌だったしな」

「でも、まだ決定じゃないんだろ?」

「もちろん計画自体が動くのはこれからだ。だけど動き出したらあっという間だぞ。あそこに住み続けるにしても、時期を見て売りに出すにしても、前もって知っておいた方がいい。同居人がいるならいろいろと話し合う事もあるだろうしな」

都市計画課で主査を務める男の言葉だけに、信《しん》憑性《ぴょうせい》は高い。それに決してありえない話ではなかった。

最寄り駅の南側は住宅地、北側には荒れた空き地と雑木林が広がっている。物怪荘があるのはこの北側だ。昔は私立大学のキャンパスがありいくらか人の往来もあったようだが、キャンパスが取り壊されてからはすっかり寂れてしまった。まったくと言っていいほど人が住んでいないので、公共機関や商店は全て南側に集まっている。もし計画が実現すれば南北の格差は是正《ぜせい》されて、地域全体の活性化にも繋がるはずだ。

(悪くない話だ。店ができればバスも走るようになるだろうし、今より格段に暮らしやすくなる。そうなれば住宅需要は高まり、地価も一気に跳ね上がる)

人間にとってはありがたい。だけどワケありの住人たちにとっては喜ばしい事とは言えないだろう。

人目につく機会が増えれば、正体がバレる危険性も高くなる。下手をしたらあの場所にはいられなくなるかもしれない。彼らはようやく得た居場所を失うかもしれないのだ。

だけどその一方で、誰にも干渉されない生活を取り戻す絶好の機会だとも思う。

（再開発が始まったら、土地とあの家を売る事もできる――）

物怪荘を処分して、適当な場所に部屋を借りる。騒がしい同居人はいないし、ふざけた法度《はっとがき》書も必要ない。元の気ままな王様の暮らしに戻るのだ。

「……三条？　どうかしたのか？　もしかして気分悪い？」

俯《うつむ》き、口元を手のひらで押さえた清伊に、南波が心配そうに声をかけてくる。だがそんな気遣いの言葉に、清伊はろくに反応を返す事ができなかった。

「……聞きしに勝る僻地《へきち》ぶりだな。マジでうちの管轄内なのか？　まだ十一時過ぎなのにコンビニしか開いてないじゃん」

改札を抜けるなり、南波が目を白黒させる。比較的開けている駅前でこの調子だと、家の周辺を目にした時にはどんな反応を見せるのだろう。

「悪かったな、南波。あとはタクシー拾って適当に帰るから、お前も気をつけて帰れよ」

「酔ってフラフラのくせして何言ってんだ。ついでだから噂の家も見せてよ。周りの感じも知りたいし」

どうやら南波は本気で家までついてくる気らしい。ここまで送ってもらっておいて追い返すのも気が引けるが、家には説明に困る住人たちがいる。

「でも、同居人に何も言ってないし……」

「じゃあさ、今から友達連れて帰るからって連絡入れておけば？　コンビニでなんか手土産買って行こうぜ」

「待てって、もう遅いしお前も明日に響くだろ」

「清伊――」

改札出口で揉《も》み合っていたら、前方から名前を呼ばれた。耳に心地好いバリトンが、人気のない駅構内に響く。

「東雲……」

いつもと同じ黒の上下に身を包み、柱に凭《もた》れるようにして男がひっそりと佇《たたず》んでいる。

こうして見ると、東雲はやはり常人とはどこか違った。夜の闇に紛れてしまいそうな黒い服をまとっていても、ただそこにいるだけでパッと目を引く。

「……誰？　三条の知り合い？」

「言っただろ、同居人だ」

「マジかよ⁉　って事は、このイケメンが店顔負けの豪華弁当作ったり、スパイスからカレー作ったりしてんの？　男前の上に料理上手とか、どれだけポイント高いんだよ！」

一人で盛り上がっている南波には目もくれないで、東雲がゆっくりと近づいてくる。その視線は揺るがず、まっすぐに清伊だけを見つめていた。

「遅いから迎えにきたんだ。一緒に帰ろう」

なんと答えればいいのかわからずに、清伊は東雲から目を背けた。

三日も東雲の事を避け続け、今朝は今朝で逃げるように家を出てしまった。本音を言えば、まだ東雲と向き合いたくはない。この瞳に見つめられると、自分自身も知らない胸の内まで暴かれてしまいそうで怖かった。

「こんばんは。俺は三条の同僚で友人の南波岳《がく》と言います。君の同居人を遅くまで連れ回してごめんね。今から三条を家まで送り届けようと思ってたんだけど、君も一緒にタクシーに乗っていかないか？」

口を噤《つぐ》んだ清伊に代わって、南波が人のよさそうな笑みを浮かべて東雲に手を差し出す。その手を握り返す間も、東雲の視線は南波ではなく清伊に注がれていた。

「ありがたいんですけど、俺は自転車なんで」

「こんな時間にわざわざ自転車で三条を迎えにきた

の？」

自転車というのは、先日購入した電動自転車の事だろう。歩いて四十分の距離も、電動自転車なら時間も労力も半分以下で済む。

だがその割に、東雲はやけにくたびれていた。シャツは胸元近くまではだけ、髪が乱れている。そもそも彼はどれくらいここで待っていたのだろう。清伊は東雲に今日遅くなる事も、この時間の電車に乗る事も伝えていない。

「東雲、お前、いつからここにいるんだ？」

「電車の本数はそれほど多くないし、この辺りで待ってればそのうち会えるだろうと思って」

東雲の返事は質問の答えになっていない。一つわかるのは、飄々《ひょうひょう》とした態度でなんでもやりこなすこの男を、こんな風にくたびれさせてしまったのは自分らしいという事だけだった。

「――南波、悪いんだけど、俺こいつと帰るから」

「そうか？　お前がいいならそれでもかまわないけど……」

顔を上げ、東雲の視線を受け止める。目が合うなり腕を取られて、体をぐいと引き寄せられた。

「お世話をおかけしてすみません。ここまで清伊を送ってくれてありがとうございました」

南波を労《ねぎら》い、東雲がぺこりと頭を下げる。南波はそれに手を振って応《こた》えると、切符を買って再び改札を潜《くぐ》った。

「今度またゆっくり遊びにこさせてもらうよ。じゃあな、三条。同居人くんも。気をつけて帰れよ」

「そっちもな。ぼんやりして線路に落ちるなよ」

白い歯を見せて笑い、南波が逆方向のホームに向かう。その後ろ姿を見送ってから、清伊は東雲と正面から向き合った。

憔悴《しょうすい》しきった顔に胸が痛むのに、少し削《そ》げた頬や鋭さを増した眼差《まなざ》しに、不謹慎と知りながらもドキドキした。

「……悪い、待たせたな。行こう」

そう言って歩き出そうとするも、足がふらついてしまう。思い返せば、ビール以外のアルコールをあんなに飲んだのは久しぶりだ。体も驚いているのか、なかなか酔いが醒《さ》めてくれない。

「酔ってるのか？　何か飲みものでも買ってこようか？」

「じゃあ、水」

駅前のベンチに清伊を座らせ、東雲が足早に駐輪場へ向かう。いくらも経《た》たないうちに電動自転車を手で押しながら戻ってくると、途中で買ったらしいペットボトルを清伊に手渡し、人一人分の距離を置いて東雲もベンチに腰を下ろした。

「ありがとう」

礼を言ってキャップを開け、一口口に含む。冷たい水のおかげで、逆上《のぼ》せた頭が少しだけすっきりした。もう一口飲んでから、ペットボトルを東雲の肩にぶつけてやる。

「……まだ半分も飲んでないじゃないか。水が飲みたかったんだろう？」

「アルコールで腹がタプタプだから残りはお前にやるよ。間接キスだぞ」

「間接キス？」

「唇を触れ合わせずにする口づけだ。どうだ、ロマンチックだろ？」

東雲がくすりと笑みを漏らし、ペットボトルに口をつける。喉仏が上下に動く様を横目で眺め、清伊はふうと息をついた。

別に水が飲みたかったわけじゃない。だが乾いてカサついた東雲の唇を目にした瞬間、彼の渇きを癒してやりたいと思ったのだ。

子供の頃、あの海で母もきっと同じような気持ちだったのだろう。それなのに当時の自分はあまりに幼く、彼女のささやかな愛情に気づけなかった。

（今なら母さんにも「半分こしよう」って言えるのにな……）

清伊はベンチの上で膝を抱えると、隣で水を飲んでいる男の肩に寄りかかった。

ペットボトルの水を分け合い、自分以外の誰かに半身を預ける。思えば二十年共に暮らした母親にさえ、こんな風に気を緩めて寄りかかる事はできなかった。

（いつの間にか俺は東雲の事を無条件で信じてる。この男は絶対に自分を見捨てたりしないって）

清伊がどんなわがままを言っても、東雲は絶対にいなくなったりしない。母といた頃の清伊のように、哀しいくらいひたむきに、清伊の側《そば》にいようとするに違いない。報われないかもしれないとわかっていても、そうせずにはいられないのだ。

物怪のくせに、もっと上手く生きられないものかと思う。でもそんなところが清伊と似ている気がした。だからこそこんなにも東雲の事が気になるのかもしれない。

「清伊はさっきの人とは仲がいいのか？」

ペットボトルを空にした東雲が、前を向いたままで訊ねてくる。寄りかかった男の右半身が緊張していた。不用意に体を動かしたら、清伊の体が離れていってしまうと思っているのかもしれない。

「悪くないけど、よくもないな。でもいいやつだとは思う」

どんなにすげない態度を取っても、「また三条がツンツンしてる」と笑って受け流し、こっちのパーソナルスペースまでズカズカ踏み込んでくる。この上なく面倒くさいが、それ以上に南波の気安さに救われてもいた。

「それは特別って意味か？」

数少ない連絡先を知る相手という意味では特別だが、東雲の言う「特別」はそういう意味じゃないだろう。

そうだとも違うとも言えず、清伊は重い腰を上げ、うーんと伸びをした。相変わらず足元は頼りないが、それでも少し休んだだけでずいぶんましになった気がする。

「いいやつは、いいやつだよ。それ以上でも以下でもない。……そろそろ帰るか」

そう言って振り返ると、複雑な顔つきをした東雲が、こくんと一つ頷いた。


男二人を乗せ、電動自転車が上り坂をスイスイ上っていく。東雲の背中越しに流れる景色を眺めていると、自然と笑みが零《こぼ》れた。

「自転車の二人乗りなんて子供の頃以来だな。なんか新鮮」

「よそ見してないで、しっかり摑まっててくれ。落ちたら大変だ」

確かにいい歳をした男が、浮かれて自転車から落ちるなんてかっこ悪過ぎる。清伊は素直にいう事を聞き、東雲の体にしがみついた。

布越しに伝わる東雲の体温が、いつもより少し高い。電車の到着を待つ間も、駅の近くを探し歩いていたのかもしれない。

「……なあ、今日の晩飯って、なんだった？」

「豚肉の生姜《しょうが》焼きと、ジャガイモのみそ汁。おからとホウレン草の白和《しらあ》えだ」

今日も清伊の好きなものばかりだ。遅くなると連絡を一本入れていれば、東雲は手の込んだ夕食を用意する必要もなかったし、夜更けに駅の周辺を探し回る事もなかった。そう思うと、改めて申し訳なさがこみ上げてくる。

「明日の朝食うよ。……なんの連絡もしないでごめん」

謝罪の言葉を口にして、目の前の広い背中に額を押し当てる。すると東雲が清伊の手の甲をポンと叩いた。気にするなと言ってくれているらしい。

自転車が緩やかなカーブを曲がり、左手の視界が急に開けた。草木の合間に見慣れた街並みが見え、その上にまん丸の大きな月が浮かんでいる。

「でっかい満月だな。大判焼きみたいだ」

「大判焼き？」

「甘い生地で更に甘いあんこを包んだ和スイーツだよ。丸くて、あの月みたいな黄金色をしてる。疲れた時に食うとたまらなく美味い」

「清伊には月が甘いお菓子に見えるんだな」

そう話す東雲の体が不自然に揺れる。声を殺して笑っているのだ。式鬼に説明してこいなんて勝手な事を言ったのに、東雲は怒っていなかった。全部許されている事にホッとする。

「……この間は無神経な事言って、悪かった」

「別に清伊が謝る必要はない。式鬼をいじめたのは俺だからな」

いじめるという表現に思わず笑ってしまった。東雲の様子から、それほど深刻な状況ではなさそうだと察しがつく。

「変に拗《こじ》れてないならよかったよ。ええっと、二人はその……、つっ、つき合ってるとか？　昨夜も朝まで一緒にいたんだよな？」

東雲の腹に回した手に、知らず知らずのうちに力がこもる。

今朝、東雲の体から式鬼が愛用している入浴剤の匂いがした。長時間側にいない限り、あんな風に他人の香りが移ったりはしない。

二人が仲直りしてくれたのなら嬉しい。だけど式鬼を慰めているうちに、東雲が心変わりをしてしまっていたとしたら。そう思うと胸の中がザワザワして、一日中気が気じゃなかった。

「……清伊は重曹《じゅうそう》で入浴剤が作れるって知ってたか？」

「へっ？　重曹？」

唐突にまるで関係のない話を振られ、肩透かしを食う。はぐらかされたのかと思ったが、そうではなかった。

「重曹に片栗粉やらクエン酸やらを混ぜて固めると入浴剤になるんだ。三日で半年分は作ったと思う。

おかげで寝不足だ」

東雲が苦笑しながら言う。そこでようやく清伊も理解した。東雲の体から式鬼の匂いがしたのは、この三日間、彼の入浴剤を作らされていたからだったのだ。

（なんだ、そうか……）

緊張で冷たくなった指先に、じんわりと熱が戻ってくる。自分で思っていたよりも、東雲の答えを聞くのが怖かったみたいだ。

「式鬼ときちんと話ができたのか？」

「話はした。清伊はどうでも、俺にとって清伊は特別な相手だ。何もないなんて嘘でも口にしたくない。だから式鬼にもそう伝えた。……怒ったか？」

鼓動がトクトクと駆け出し、頬に熱が集まってくる。昂《たかぶ》る感情が抑えきれず、清伊は目の前の広い背中に顔を伏せた。

怒るわけがない。自分でもどうかしてるんじゃないかと思うくらい、東雲の言葉が嬉しかった。

「……式鬼はなんて？」

「俺には何を言っても無駄だとわかったって呆《あき》れてた。久しぶりに清乃《きよの》の話もした。式鬼と思い出話をするなんて、なんか変な感じだったな」

東雲の声は心なしか弾んでいた。これまで彼には思い出を語らうような、親しい相手はいなかったのだろう。以前は祖母の話など聞きたくもないと思っていた清伊だが、今は不思議と苛立《いらだ》ちは湧いてこない。それどころか東雲と祖母との思い出話ができる式鬼が、少し羨《うらや》ましかった。

見上げれば頭上には相変わらず大きな月がある。手を伸ばせば届きそうな気がしてくるのは、まだ酔っているせいだ。

「……子供の頃はどれだけ速く走っても月の位置が変わらないのが不思議だったな。今見てもやっぱり不思議だ」

太陽の光と違って、月の光は穏やかで優しい。ずっと見ていられるからか、つい月を目で追う癖がついてしまった。黙って月に見入っていると、東雲が再び清伊の手に触れた。体は熱いのに、彼の指先はいつもと同じようにひんやりしている。

「――清伊は俺の名前の意味を知ってるか？」

「東雲か？　夜明け前の空の事だろ」

「清乃が一番はじめに俺に与えてくれたものがこの名前だ。だがこれほど俺に不似合いな名はないと、ずっと思っていた」

そう言って、東雲が自嘲《じちょう》気味に笑う。

巨大な黒い翼を広げて空を飛ぶ姿は、さながら夜の化身のようだろう。夜明けを意味する東雲という言葉は、確かに彼の見た目とは相反しているように思える。

祖母はどんな思いを込めて、彼に「東雲」という名をつけたのか。訊ねてみたくても、彼女はもうこの世にいない。

「東雲って名前で呼ばれるのは不本意なのか？」

「まさか。ただ分不相応だと思うだけだ。それに今はこの名前を気に入ってる。昔の名前がなんだったか思い出せないくらいにな」

「そっか……」

それきり会話が途切れ、深夜の道路に電動自転車のモーター音が響く。辺りに民家はない。あるのはガードレールと道路灯、そして生い茂った草木だけだ。

変化のない道を延々と進むうちに、別の世界に迷い込んでしまったような錯覚に陥《おちい》った。今にも物陰から人ならざるものが、ひょっこり顔を出しそうな気さえしてくる。そういう意味では、やはりここは特殊な場所なのだろう。

「人間じゃないやつら相手に人間らしくふるまえなんて、傲慢《ごうまん》な考えだったよな」

「なんだ、ずいぶん弱気だな。初めて家にきた日の事を忘れたのか？　清伊は俺の首を引っ摑んでいい加減にしろと怒鳴った。あと散らかした羽根を片づけろとも言われたな」

「よく覚えてるな、そんな事」

冷静さを失っていたとはいえ、清伊の言動も相当常識外れだ。できればさっさと忘れてほしい。

「一緒に時計のネジを回しただろう？　あの日、自分の中で長い事止まっていた時間が、やっと動き出したような気がしたんだ。忘れられるわけがない」

あの時東雲は、俺たちは上手くやっていけると思うと言い、清伊もその言葉を信じてみたいと思った。ほんの二ヵ月前の事なのに、もう何年も前の出来事のように感じられる。

物怪荘に越してくる前の清伊は、小さな自分だけの城で、王様のように気ままに過ごしていた。給料のほとんどを生きるために使い、残った金を将来のために貯蓄した。

朝起きて働いて、時々昔を思い出し、夜になるとまた眠る。

不満はないが満たされる事もない、加不足のない日々。そんな毎日が物怪荘にきてから一変した。そしてもう、元の暮らしには戻れそうにない。

「忘れられそうにないって言うのなら、俺だって同じだよ。毎日思うようにならない事ばっかりで、ペースが乱されっ放しだ。禿《は》げたらお前らのせいだからな」

「責任を取らせてくれるのか？」

艶を含んだ声で言われ、頬にじわじわと熱が集まってくる。アルコールのせいじゃないのは明らかだ。

この男と出会わなければ、きっとこんな風に脈拍がおかしくなったりする事もなかった。深夜に自転車の二人乗りをする事も、月を大判焼きみたいだと言って笑われる事もなかったはずだ。

側にいると調子が狂うのに、離れた途端《とたん》自分の一部が欠けてしまったみたいに不安になる。東雲の言う「特別」は、きっとそういう事だ。

（俺にとっても東雲は特別な相手だった。こんな風に思う相手は、東雲しかいない）

もし祖母が清伊に物怪荘を遺《のこ》さなければ、東雲にもあの面倒な住人たちにも出会う事はなかった。あの家が、清伊と彼らを引き合わせてくれた。

「……そうだな。こうなったら他のやつらにも責任を取ってもらおうか」

「清伊?」

腹に回した手に再び力を込め、男の広い背中に頬を寄せる。

もう戻れないのなら、前に進むしか道はないのだ。


翌朝、浅い眠りから目覚めた清伊は、顔を洗うよりも先に玄関に直行した。壁にぶら下がった額縁を手に取り、苦心して練り上げた法度書を抜き取る。それから茶の間に住人たちを集めると、彼らの前で法度書を二つに裂いた。

「この時代遅れな法度書は今日をもって処分する。短い人生、規則に縛られて生きるなんてナンセンスだからな」

そう口にしてから、ああ彼らは人間じゃなかったんだっけと思い出す。しかも彼らにしてみれば、一生は決して短くない。むしろうんざりするほど長いのだろう。だが人間も物怪も、どうせなら楽しく生きた方がいい事に変わりはない。

「せっかく書いたのに、もったいない」

東雲の抗議の声を黙殺し、ゴミと化した法度書を丸めてクズカゴへ捨てる。空になった額縁の中には、幕末の志士《しし》の有名な句を書き留めた色紙を入れた。おもしろき事もなき世をおもしろく、というあれだ。

「勝手にあんな規則作っておいて、無責任だよな、この人」

座卓に行儀悪く肘をつき、式鬼が不機嫌さも露《あらわ》に言う。いつの間にかこの人呼ばわりされているが、それも仕方がない。式鬼にとって清伊は憎い恋敵《こいがたき》なのだ。

「式鬼、お前の言い分もわからなくはないけど、今は内輪《うちわ》揉めなんてしてる場合じゃないと思うぞ」

「何それ、どういう事？」

声のトーンを落として慎重に切り出すと、部屋の隅でお茶を啜《すす》っていた硯が、事件かと身を乗り出した。

最近知ったのだが、大人しそうに見えて硯は結構物見高い。指摘すると「クリエーターの性《さが》だよね」と、なぜかドヤ顔で返されてしまった。伯父という読者を得た事で、自分の作品に自信が持てるようになったのなら何よりだ。

「この辺り一帯が市街地再開発事業の候補地に挙がってるらしい。再開発が決まれば大規模な商業施設が建ち、深夜営業のコンビニやらファミレスやらが濫立《らんりつ》する。交通の便もよくなるはずだ。急場凌《しの》ぎの建売住宅が大量に建てられて、安さと利便性につられた人間が大勢押し寄せてくる。ここらは一気に騒がしくなるだろうな」

あくまで大型ショッピングモールの誘致に成功した場合の話だが、可能性がないわけではない。

「へえ！　レンタルショップもできる？　俺、劇場版アニメのＤＶＤ借りたい！」

「寂しい人妻も大勢押し寄せるかな」

女子高生のようにキャッキャと騒ぎ出した硯と煙《えん》羅《ら》に、清伊だけでなく式鬼まで冷ややかな目を向けた。

「浮かれてる場合か。人が集まるって事は、もうこれまでみたいに気安く過ごせなくなるって事なんだぞ。万が一誰かに正体を知られるような事があったら、あんたらも俺もここにはいられなくなる。物怪荘は取り壊されて、否応なしに解散だ」

「ふん、それこそあんたが望んだ通りの筋書きじゃないか。邪魔な俺たちを追い出して駐車場と自動販売機でせこせこ稼ぐ絶好の機会だろ」

式鬼の鋭い切り返しに、清伊は内心で舌を巻いた。長い時を生きているだけあって、人の本質を見抜く確かな眼識《がんしき》を持っているらしい。

「ああ。正直心が揺れたよ。それは認める。だけどよくよく考えればここは俺だけの家じゃない。伯父さんの店に野菜を卸《おろ》す約束もしたし、何より電動自転車を買ったばかりだ」

「――は？」

式鬼が言葉の意味がわからないとばかりに、ポカンと口を開けた。

「十枚もの万札を手放して身を切るような思いで電動自転車を買ったのに、いくらも活用しないうちに交通不便地域の見直しなんかされてたまるか。運賃二百円のバスに悠々と追い抜かれるなんて屈辱《くつじょく》だ。今更ここを再開発なんて冗談じゃない……！」

そう言って頑固親父のように座卓に拳《こぶし》を叩きつけると、ただ一人、煙羅だけが拍手喝采《かっさい》した。

「いいねえ、それでこそ別嬪《べっぴん》さんだ！」

「でもどうやって再開発を止めさせる気だ？　計画を変えさせるなんて簡単な事じゃないだろう？」

壁に凭れて話を聞いていた東雲が、冷静に訊ねてくる。束の間視線が絡み、体の深い場所にポッと火が灯《とも》った。

いつからか東雲を見ると、胸が焼けるような感覚に襲われるようになった。男に触れたいという衝動を、清伊は頭を振って追いやる。東雲との事も式鬼の事も、目下《もっか》の問題が片づいてからだ。

「だからそれをこれから考えるんだよ。今晩仕事から帰ったら、さっそく作戦会議だ」

仕事を定時で上がり、清伊はいつも通り午後七時に帰宅した。出迎えてくれた東雲に駅前で買ってきた大判焼きを手渡すと、驚いたような顔をした後、歯を見せて笑った。

手土産を買って帰るなんて生まれて初めての経験だ。店で人数分の大判焼きを注文した時はむず痒い思いをしたが、こうして喜んでもらえると、なんだかすごくいい事をしたような気分になる。

「確かに小さな月みたいだな。清伊の食事が済んだらみんなで食べよう。飲みものは何がいいんだ?」

「煎茶《せんちゃ》。熱いやつな」

「わかった」

熟年夫婦のような会話を交わしながら、部屋着に着替えるために自室へ向かう。茶の間を横切る際、式鬼に思いきり舌を出されたが、お返しに役所仕込みの冷笑をおみまいしてやった。こうしてちょっかいを出してくるくらいなのだから、一応は一時休戦の申し出を受け入れてくれたのだろう。

東雲が用意した夕食をありがたくいただいた後、清伊はタブレット端末を手に茶の間に移動した。住人たちは既に集まっていて、温め直した大判焼きを頬張っている。

「大判焼きって美味しいね。周りの部分までほんのり甘いのはどうして?」

「ハチミツが入ってるんだと。あ、おやつ食ったら後で歯を磨《みが》いとけよ」

「はーい」

付喪神《つくもがみ》が虫歯になるのかどうかは不明だが、念のため一言言い添えておく。その硯の隣では、式鬼が熱い煎茶に顔を顰《しか》め、畳の上に寝そべった煙羅が、大判焼きを銜《くわ》えながら硯が描いた同人誌をペラペラと捲っていた。

「おい、硯。この絵草紙《えぞうし》はいつ色っぽい展開になるんだ?」

「ならないよ。それは真面目な歴史マンガなんだから。表紙にも全年齢向けって書いてあるだろ?」

「ねえ東雲、俺のお茶は抹茶ラテにして」

「今食ってる最中だからちょっとだけ待てるか?」

さして広くもない部屋に、大の大人が四人。大判焼きを食べながら自由に寛いでいる。

(……なんだよこれ。まるで家族のだんらんみたいじゃないか)

緊張感が足りないと諫《いさ》めるべきところなのだろう

が、なんとなくそれも躊躇《ためら》われる。清伊は結局何も言わずに空いているスペースに陣取ると、胡坐《あぐら》をかいてタブレット端末を立ち上げた。

インターネットに接続し、市街地再開発事業に関するレポートを拾い読みしていく。いくら気心の知れた仲とはいえ、こればかりは直接南波に探りを入れるわけにはいかない。

（成功例はたくさん出てくるけど、さすがに失敗したケースのレポートは少ないな）

「清伊のお茶、半分もらっていいか」

いつの間にか隣にきていた東雲が、清伊の湯のみを携《たずさ》えて訊ねてくる。

「なんで？　お湯が足りないならまた沸かせばいいだろ」

「しばらく清伊に触れそうにないからな」

耳元で意味深に囁かれてようやく理解した。東雲が欲しいのはお茶ではなく、間接キスだ。

「……勝手にしろ。俺の分も残しておけよ」

タブレットに視線を落としたままぶっきらぼうに答えると、東雲が声を出さずに笑う気配がした。

ふと、庭から吹き込む風に誘われ、伏せていた顔を上げる。物怪荘の茶の間は相変わらず賑やかだ。式鬼はまだむくれているし、煙羅は下品な事を言って硯を怒らせている。

こうして見ると彼らの醸《かも》し出す空気感は、家族のそれとはやはりどこか違った。仲のいい友人同士でも、睦《むつ》まじい恋人同士でもない。だけど確かな繋がりがある。それはこれまでずっと一人だった清伊にとっても、かけがえのないものだ。

簡単じゃなくても、もうやるしかない。本当の意味で清伊が腹を括《くく》ったのは、この瞬間だったのかもしれない。

「――よし、休憩終わり。今から再開発事業の流れを大まかに説明する。何度も同じ説明をするのは面倒だから一度でしっかり頭に入れる事。俺も都市計画に関しては門外漢《もんがいかん》だから不充分な部分もあるだろうが、わからない点があれば指摘してほしい」

そう前置きしてから、準備していた簡易資料を四人に手渡す。事業の発案から実施、管理運営までの工程をフローチャート化したものだ。

「事業を、計画・実施・工事の三段階に分けて考えた場合、おそらくまだ計画の段階だ。どこに何を建てたらより効率よく街を活性化できるか、会議室の中でああだこうだ言い合っている最中だろう」

「じゃあまだ時間はあるって事？」

「いや、それほど余裕はない。計画自体を代行業者に丸投げする可能性だってあるしな」

実はそれが最も嫌なパターンだった。数をこなす事を求められる民間企業は、役所に比べて格段に動きが速い。効率的な誘致のノウハウはもちろんの事、企業ならではのコネクションも持っているので、外部からの介入はいっそう難しくなる。

「もたもたしてると事業に税金が使われる事になる。それだけは絶対に避けたい」

何より一番心苦しいのはそこだ。市民の血税を無駄にしないためにも、予算が組まれる前の今の段階で、なんとしても計画の芽を摘《つ》む必要があった。

「うーん。金が絡むと別嬪さんは凄味《すごみ》が増すな」

感心したように言われ、反応に困る。清伊は一つ咳払いをすると、気を取り直してタブレット画面をスクロールした。

狙い目は調査人の感情が入る余地のある実態調査だ。そこになんらかの手を加えて、候補地には相応《ふさわ》しくないという方向に誘導する。

「とにかく何か方法を考えてみよう。ただ俺が表立って動く事は難しいと思う。一応立場的には行政側の人間だからな」

「口だけ出して手は出さないなんて、ずいぶん勝手な言い分だな。餌《え》づけまでして俺たちの味方のふりしてさ、本当はあんたも敵方なんじゃないの？」

剝き出しの敵意がザックリと胸を抉《えぐ》る。人間のように言葉や態度を取り繕わない分、彼らの言葉は辛《しん》辣《らつ》だった。そしていつだって本心しか口にしない。

「そういうお前は怖気づいてるんじゃないのか、式鬼？」

「……あんた今なんて言った？」

「俺に嫌味言ってる暇があったら、自分にできる事は何か考えろよ。もう一人には戻りたくないんだろう？　俺だって同じだ」

相手は常識も建前も通用しない物怪だ。だからこっちも本音で話をする。わかってもらえないなら、わかり合えるまで何度でもぶつかればいい。式鬼から陰で自分を笑っていたんだろうと言われて、清伊は沈黙する事の愚かさ思い知った。

「だったらあんたには何ができるって言うんだよ。たった今自分はなんにもできないって宣言したばっかりじゃないか！」

「力はないけど、俺はこの中の誰より世間ってやつを知ってるつもりだ。俺は俺のやり方で自分の居場所を守る。そう決めたんだよ」

強気な言葉で自分自身を鼓舞《こぶ》すると、湯のみを呷って煎茶を一気に飲み干す。

本当はまだなんのアイデアも思いついていない。ここを失うかもしれないと思うと、不安で胸が押し潰されそうだ。だけど何があっても最後まで諦めないと決めていた。

諦めて背を向ける事こそが一番の裏切りなのだと、清伊は知っているのだ。

六

「嬉しいな。家に招待してくれるって事は、三条もやっと俺に心を開いてくれたと思っていいんだよな?」

「別に心を開いてないから呼ばなかったわけじゃないけど、一昨日は迷惑かけたのに追い返しちまったからな」

役所での仕事を終え、清伊は南波を伴《ともな》ってなじみの駅に降り立った。先日の礼に晩飯でもごちそうさせてくれと声をかけると、南波は二つ返事で了承した。清伊と違ってフットワークの軽い男で助かる。

「ほんとに手土産用意しなくてよかったのか? 転居祝いはまた日を改めて送らせてもらうけどさ」

「お礼なんだからそんなに気を遣わないでいいよ。それより申し訳ないんだけどここから歩きなんだ。毎日タクシー使うわけにもいかないし、ご存じの通りここはバスも通ってないんでな」

「いいよ。この辺りを歩いて見て回りたかったからちょうどいい」

人のいい笑顔を浮かべる南波を見ていると、さすがの清伊も良心が痛む。

今日南波をここに連れてきたのは、礼をするためじゃない。ここが再開発事業に適した場所ではないと、彼の潜在意識に植えつけるためだった。

都市計画課主査ともなれば、多少なりとも発言権はある。南波がこの場所に難色《なんしょく》を示し、他にもっと適した候補地があるとでも発言してくれれば、しめたものだ。住人たちも今の平穏な暮らしを守るためならと、協力を約束してくれた。

「じゃあ行こうか。結構歩くけど、メタボ対策にはもってこいだぞ」

「俺はともかく、三条はもう少し太った方が女子受けすると思うけどな。ウチの女性陣がお前の隣に並びたくないって言ってたぞ。肌の質感とか顔の大きさとか、いろいろ比べられそうで怖いんだとよ」

「お前、そんなしょうもない話につき合ってやってるのか？　案外暇なんだな」

「女子受け狙ってんの、俺」

どうでもいい話をしながら、清伊は通い慣れた道とは別の道に南波を誘導する。

清伊が普段使っているのはアスファルトで舗装された公道なのだが、今から行くのは散策を目的に作られた遊歩道だ。歩けない事はないが、暗くておっかない上に、物怪荘まで一時間近くかかってしまう。

あえてその道を選んだのは、立地の悪さを強く印象づけるためだった。

「なんか鬱蒼《うっそう》としてるな……。三条はいつもこんな道を通ってるのか？」

「まあな。慣れればそう悪くないぞ。手軽にハイキング気分を味わえるし、足腰の鍛錬《たんれん》にもなる」

ちょうど最も薄気味悪い雑木林に差しかかったところで、南波が「ハイキング……？」と胡乱《うろん》げに呟いた。視線の先の木立には蔦《つた》が絡まっていて、風もないのにガサガサと音を立てる様がいかにも不気味だ。

三十分ほどかけて暗い雑木林を抜け、ようやく視界が開けてくる。きちんと舗装された道路に出ると、南波はあからさまに安堵の息をついた。

だがそこに書かれた道路標示を見るなり、みるみる顔色を失くす。センターラインと共にペイントされていたのは、よく見る「止まれ」ではなく「カエレ」の文字だ。

「なんだこれ……？　カエレなんて道路標示、見た事ないぞ」

「帰れ？　何言ってるんだ、南波。ちゃんと止まれって書いてあるじゃないか」

（硯のやつ、書体はゴシック体に寄せろってあれほど言ったのに、あれじゃどう見ても行書体じゃないか――）

パニックに陥っている南波は、幸い無駄に達筆な道路標示の不自然さに気がついていないらしい。

「さ、三条にはあれが止まれに見えてるのか？」

「当たり前だろ。なんだよ、飲む前から酔っ払ってるのか？　ほら、おかしな事言ってないで行くぞ」

そう言って南波の手を取ると、清伊は先を急いだ。畳みかける事で恐怖が倍増する事は、遊園地のお化け屋敷とホラー映画が証明している。

「なあ三条、この辺りはちょっと暗過ぎないか？街灯は少ないし、信号機すらないなんて……」

「信号の取りつけ基準を満たしてない上に、街灯が少なくて不用心だと抗議する住民もいないからな。でももう少し行ったら自動販売機がある。そうだ。喉が渇いただろうし、水でも買ってきてやるよ。ここで待ってろ」

「えっ!?　お、おい、三条っ……！」

怯える南波を一人残し、清伊は緩やかな上り坂を駆け上がる。途中、道端に立っている白いワンピース姿の女に目配せをすると、うざったそうにシッシッと手で追い払われた。

「待てよ、三条――」

慌てて追いかけてきた南波が、女の存在に気づいて立ち止まった。清伊は少し離れた電柱の陰に素早く身を隠し、こっそり二人の様子を窺う。黒い髪と真っ白なワンピースが風に揺れていた。

「あの、お一人ですか？　こんな場所を女性が一人で歩くのは危険です。よければ目的地までご一緒しますよ。ああ、ご心配なく。俺は怪しい人間じゃありません。連れもいますし――」

「………見つからないのです」

それは不思議な声色だった。確かに女性の声なのに、同時に地を這うような呻《うめ》き声が聞こえるのだ。

「み、見つからないって、何がです？」

訊ねる南波の声は明らかに震えていた。それでもこんな場所に女性を一人置いていけないという理性が、どうにか今の彼を支えているのだろう。

女が南波の言葉に反応し、伏せていた面をゆっくりと上げる。黒髪の隙間から現れたのは、女性の白い顔ではなく、ポッカリ口を開けた闇だった。

「もうずっと、私の顔が見つからないのです……」

そのあまりの不気味さに、筋書きを考えた清伊まで悲鳴を上げそうになってしまった。狐《きつね》の化け物の方がずっとかわいげがある。

「あ……う、ああ……！」

女と対峙《たいじ》していた南波は、腰を抜かしたらしい。顔を真っ青にしてあわあわと何事か呟いている。

「だ、大丈夫か、南波……？」

駆け寄って背中を支えてやると、南波が腰にしがみついてきた。目には涙まで浮かんでいる。大の男をこれほど怖がらせるなんて、式鬼の本気の威力は凄まじい。

「さ、さんじょ……、女が、顔のない女がそこに……っ！」

「女？　女なんてどこにもいないぞ？」

「バカな、そんなはず……！」

辺りを見回しても、既に誰もいない。段取り通りだ。かわいそうな南波は、頭を抱えて震えている。

「……なあ、三条。本当にお前には何も見えないのか？　カエレの文字も、顔のない女も？」

「俺には何も。ただこんな場所だから、いわくつきの話は数えきれないほどあるだろうな。でもそれをいちいち気にしてたらここでは暮らしていけないし」

自動販売機で買った水を手渡すと、南波は喉を鳴らしてそれを飲んだ。本当は酒を飲みたい気分だろうが、せっかくの演出を夢だと思われては困る。

「顔色が悪いな。晩飯はまた別の機会にするか？　ここは交通の便も悪いし物騒だから、昼に庁舎の近くでランチでも奢《おご》るよ」

交通の便が悪いのと物騒というところを強調しながら言うと、南波がコクコクと頷いた。同意を得たところで、清伊はポケットからスマートフォンを取り出し、タクシー会社に車を寄こしてほしいと連絡する。現在地を伝えて電話を切り、まだぼんやりとしている男に語りかけた。

「すぐにきてくれるって。一人でも帰れそうか？」

「あ、ああ。悪いな。でもお前こそ、ここから一人で歩いて帰るなんて大丈夫なのか？」

「俺は慣れてるし、何かあったら同居人に迎えにきてもらうよ」

「そうだな、そうした方がいい……」

ほどなくしてタクシーが到着した。南波を後部座席に押し込み、お願いしますとドアを閉める。

ゆっくりと発車するタクシーを見送りながら、清伊は気のいい同僚兼友人に心から詫びた。この後南波を乗せたタクシーは、人気のない場所でエンストを起こすのだ。

（悪く思うなよ、南波。ほとぼりが冷めたら、寿司でも肉でも、好きなものなんでも奢ってやるからな）

「あれ、もう帰しちまったのか？　せっかくこうして狐火《きつねび》も呼んだのに」

現れたのは煙羅だった。その隣にふわふわと漂っている青い火の玉は、呼んだという狐火だろう。タクシーの点火プラグに不具合を生じさせ、エンストを起こさせるのは彼の役目だが、まだこんな場所でのんびり油を売っている。その気になればいつでも追いつけると踏んでいるのだろう。

「あれ以上は逆効果だ。万が一、お祓《はら》いやら地鎮祭《じちんさい》に予算を割《さ》くなんて斜め上の行動に出られたら困る。だいたい不用意に仲間を呼び寄せたりして、悪目立ちしたら元も子もないぞ」

「へいへい。それじゃ、そろそろ行きますかね」

「やり過ぎるなよ、煙羅。エンストだけで充分だからな！」

ひらひらと手を振り、煙羅が風に乗って姿を消した。

これで南波は間違いなくこの場所に悪印象を抱いただろう。あとは他に理想的な候補地でも見つかれば言う事はないが、それはまた別の方法でアプローチするしかない。

「さて、俺も帰るか」

帰ったら反省会だ。その前にまず、自分だけ仲間外れだと臍《へそ》を曲げていた東雲を、どうにか宥《なだ》めなければならない。

（時間がいくらあっても足りないな――）

だがその後帰宅した煙羅のもたらした新情報を聞き、清伊はますます焦る事になるのだった。

「ウチの都市計画課はデベロッパーに再開発事業の全てを丸投げする事に決めたようだ」

エンジントラブルを起こしたタクシーの中でロードサービスを待つ間、南波は我慢していた煙草を吸ってしまったらしい。おかげで煙羅は車内に入り込む事ができ、南波の携帯にかかってきた電話の内容を聞けたのだという。

電話は枡山《ますやま》という男からで、例の件は代行を頼む事になりそうだという話だった。枡山というのは都市計画課の主幹であり、南波の直属の上司だ。

「そうなったら具体的にどんな問題があるんだ？」

「残念だけど今日の頑張りはあまり意味を成さないかもしれない……」

東雲に答えを返しながら、どんどん気が滅入《めい》ってくる。

せっかく南波を驚かせても、彼の声がデベロッパーまで確実に届くとは限らない。その上計画の進行はスピーディーになり、状況を把握するのは今以上に困難になる。最悪の展開だった。

なんの落ち度もなく、あれほど怖い目に遭《あ》わされた南波は、完全なビビり損だ。

「ちょっと。俺がワンピースまで着てやったのに、意味がないってどういう事だよ。もう頼まれたってやらないからな」

「そんな事言って、式鬼はノリノリだったじゃないか。俺なんて字の形が違うってだけで怒られたのに」

諍《いさか》いを始めた二人を尻目に、清伊は握りしめた拳を口にあて、どうしたものかと思案する。

依頼先はだいたい予想がつく。だがそこから先はまったく予測できない。南波はいっそう口が堅くなるだろうし、今夜の事でことはもうかかわりたくないとさえ思っているかもしれない。

「次こそ俺にも何かさせてくれ。一人で留守番は一度で充分だ」

いつの間に側にきたのか、隣で胡坐をかいた東雲が声をかけてくる。仲間外れにされた事がよほど気に入らなかったのか、珍しくそっぽを向いていた。

美しいカーブを描く耳に、清潔そうな項《うなじ》。少しむくれた無防備な横顔を眺めていたら、ちょっといじめてみたくなった。

「なんだよ拗《す》ねてるのか？　意外とかわいいところもあるんだな」

耳元に唇を寄せ、からかうように言ってやる。すると髪の隙間から覗く形のいい耳が、見る間に赤く色づいた。

置いていかれて拗ねたり、からかわれて赤くなったり、近頃の東雲は本当に人間みたいだなと思う。もしかしたらこれが彼の本来の姿なのかもしれない。

ぼんやりとそんな事を考えていると、畳の上についていた手に何かが触れた。ひんやりとした東雲の手だ。大きな手のひらが優しく甲を撫でた後、そっと指を絡ませてくる。

「あんたのために何かしてやりたいのに、何もできないのがもどかしいだけだ」

冷たかった東雲の指が、清伊の熱を吸ってじわりと熱くなる。たったそれだけの事で、波立っていた心が驚くほど落ち着いた。

「そうでもないよ。こうして東雲の側にいるとなんかちょっと安心するし」

嘘でも気安めでもない。体の熱と一緒に、不安まで吸い取ってくれるみたいだった。他人といても気づまりなだけだったはずなのに、今では東雲の少し冷たい肌に触れるとホッとする。

「ちょっと、そこの二人。この暑いのにくっついて何ヒソヒソやってんだよ」

「式鬼は子供だなあ。こういう場合は空気読んであげなきゃ」

「なんで俺が空気読まなきゃならないんだよ。むしろこっちが気を遣ってほしいくらいなんだけど!?」

清伊と東雲を置き去りにして、式鬼と硯が再び言い争いを始める。煙羅は我関せずとばかりに縁側で酒を飲んでいた。十二畳の茶の間は、今日もわいわいと騒がしい。

「――すぐにでも次の手を考える。もたもたしてる時間なんてないもんな」

「清伊は清伊らしくやればいい。何があっても俺が清伊を必ず守る」

だから離れるなとでも言うように、絡めた指に力がこめられる。さっきよりもいっそう赤く染まった耳朶《じだ》を目にした瞬間、彼に心まで搦《から》め捕《と》られてしまったような気がした。


金曜の夜、市役所での仕事を終えていつもの時間に帰宅した清伊は、今しがた届いたばかりの荷物を前にして首を捻《ひね》った。荷物は南波からで、その中身は季節はずれも甚《はなは》だしいヒイラギの苗木だ。

「これってやっぱり魔除けのつもりだよな？」

南波が災難にみまわれた日から、まだ二日だ。おそらく翌日には園芸店にこれを買いに走ったのだろう。彼がこの地域に恐怖心を抱いているのは明白だった。

とりあえず礼の電話を入れると、金曜の夜だというのにワンコールで電話は繋がった。

『三条？　わざわざ電話なんて珍しいな』

「ついさっきヒイラギが届いたんだ。あれって魔除けだろ？　さっそく庭に植え替えさせてもらうよ」

『できるだけ玄関の近くに植えろよ。っていうか、できればすぐにでも別の場所に越してほしいくらいなんだけど』

清伊の身を案じてくれているのが伝わってきて、なんだか申し訳ない気持ちになる。毎日メザシを齧《かじ》る事になっても、南波への結婚祝いは奮発《ふんぱつ》してやろうと決めた。

「これの礼も兼ねて今度こそ飯でも奢るよ。ちょうど金曜だし、なんならこの後はどうだ？　わざわざ出てくるのも面倒だろうから、俺がそっちに行ってもいいし」

『えっ!?　……あ、ああ。気持ちは嬉しいんだけど、今日はこの後先約があるんだ』

その時ピンときた。いわゆる第六感というやつなのかもしれない。

いつも気持ちのいい返事をするこの男が、ほんの一瞬言い淀んだ。暇さえあれば飲み歩いているくせに、金曜の夜にワンコールで電話に出たのも、誰かからの連絡を待っていたと考えるのが妥当だ。清伊には詮索《せんさく》されたくない相手となれば、ほぼ間違いなく仕事の関係者だろう。

「――そうか、それは残念だな。今日のところは家で侘《わび》しくキュウリでも齧って過ごす事にするよ。ところで南波、その相手とはどこで待ち合わせてるんだ？」

『ええ？　そんな事聞いてどうするんだよ』

「俺ってどちらかというと引きこもりがちだろ？　同世代の男が仕事終わりに街でどう過ごしてるのか、純粋に興味があるんだよ」

友人の事だから尚更知りたいんだと持ち上げると、南波はあっさり待ち合わせ場所と時間を教えてくれた。探りを入れられているとは疑いもしない。

聞きたい事をあらかた聞き出し、清伊は早々に通話を終える。

茶の間を覗いたら、縁側に座って式鬼が硯の同人誌を読んでいた。今日もアニメのイラスト入りのT

シャツを着て、迷彩柄《めいさい》のハーフパンツを穿《は》いている。髪型はここ最近はずっとお団子ヘアだ。

「なんだよ。なんか文句でもあるのか？」

「いや。よくできた顔のやつは、何を着てもやっぱり美形なんだなと感心してた」

「そりゃそうだろ。昔から男でも女でも、俺に落とせなかったやつなんて――」

勢い込んで言い募るも、式鬼が途中で言葉を途切れさせてしまう。話している途中で、東雲の顔が浮かんだのかもしれない。

「ああ、わかるよ。式鬼くらいきれいな子に迫られたら、男でも女でもグラッとくる。アニメ柄がついたシャツを着こなすなんて、レベルが高過ぎて俺には絶対真似できないな」

「……あんたに褒められても、全然嬉しくないし」

「その格好も充分イケてるけど、ばっちり化粧してきれいな格好をしたら、今よりもっと魅力的になるんじゃないかな」

舌先三寸で褒めそやしつつ、チラリと表情を盗み見る。式鬼はまんざらでもない顔をしていた。もう一押し、あとは式鬼の負けん気を引き出すだけだ。

「式鬼は和服のイメージが強いけど、ゴージャスなドレスも似合うような気がするんだ。それともさすがの式鬼でも洋服を着こなすのは難しいか？」

「フン、俺に着こなせない服なんかあるかよ。ワンピース姿だって女より可憐《かれん》だっただろうが」

「ワンピースはな。でもドレスはわからないぞ。露出度も高くなるし、その分ごまかしも利《き》かない。さすがに本物の女性には勝てないかもな」

その時、僅《わず》かに室内が揺れたような気がした。式鬼を取り巻く空気も、静電気を帯びたようにどことなくピリついている。

「……あんた俺にケンカ売ってんのかよ？　ドレスだろうがなんだろうが、そこらの女よりずっと完璧に着こなしてやる。露出度の高い、愛されモテカワドレスとやらを今すぐここに持ってきやがれ！」

胸の前で拳を握り、式鬼が鼻息を荒くする。清伊の言葉は、無事負けず嫌いな式鬼の闘志に火を点けたらしい。それでこそ式鬼だ。

「残念ながらこの家にモテカワドレスはない。それより女性と張り合いたいのならぴったりの場所がある。いい女ほど周りがチヤホヤしてくれて、女王様気分が味わえる。おまけにバイト代がもらえて、高い酒も飲み放題」

「はあ？　そんなうまい話があるわけないだろ。今度は何企《たくら》んでんだよ。裏があるなら正直に話せよな」

さっきまでのハイテンションが嘘のように、落ち着きを取り戻した式鬼が疑いの眼差しを向けてくる。元より騙《だま》すつもりもないので、清伊はたった今思いついたばかりの計画を式鬼に話して聞かせた。

「今晩南波たちは業者からの接待を受ける。まだ顔合わせの段階だろうけど、そこである程度再開発事業の方向性が決まるのは間違いない。式鬼にはあらかじめ店に潜入して、彼らの話を引っかき回してほしいんだ」

公務員への接待は禁止されているが、それはあくまでも表向きの話だ。接待する側はポケットマネー、あるいは使途不明金で接待費用を処理し、される側は店で偶然出会って意気投合した相手と私的な飲食を楽しんだという名目をつける。以前に比べるとずいぶん減ったとはいえ、ままある話だった。

「つまりオヤジ共をたらし込んで、ここから意識を逸《そ》らせるように仕向ければいいって事？」

「そういう事。話が早くて助かるよ。今のところ十時に六本木《ろっぽんぎ》って事しか確かな情報はないけど、あの人たちが使う店なら目星はついてる。俺も何度か連れて行かれた事があるから、支配人とも顔見知りだ。慢性的な人手不足だって困ってたし、金曜の夜に店に入ってくれる助っ人は大歓迎だろうな」

人助けにもなっていい事尽くめだと説き伏せると、式鬼は硬かった表情をほんの少し緩めた。

「高い酒ってやっぱり美味いのかな？　日本酒以外にも種類がいろいろあるんだろ？」

「もちろん。キャバクラやらクラブやらには、ここは世界の酒屋かってくらい酒がそろってる。使われるのが血税なら看過《かんか》できないけど、お偉いさんのポケットマネーならまったく問題ない。思いきり酔わせて景気回復に一役買ってもらおう」

「……ふうん、今回のはあんたにしてはいい考えなんじゃない？」

「ああ、俺もそう思う」

式鬼と顔を見合わせて、ニッと笑う。

いつの間にか、これまで対立してばかりだった式鬼と意気投合している。そんな自分に、清伊は内心で苦笑した。

午後八時、清伊は襟刳《えりぐ》りの大きく開いたTシャツに、裾を軽くロールアップしたネイビーのテーパードという姿で、六本木のファストフード店にいた。その上ディスカウントショップで買った黒縁眼鏡をかけ、髪も普段は使わないワックスで無造作に遊ばせている。

「はぁ……」

店のウインドウに映る自分の姿をまじまじと眺め、深々と溜め息をつく。一応学生風を装ってみたのだが、醸し出す雰囲気が明らかに若者じゃない。表情の乏《とぼ》しいこの顔のせいもあるが、どれだけ若者ぶってみてもどこかくたびれているのだ。

「仕方がないとはいえ、おっさんの若づくりほど見るに堪《た》えないものはないな……」

苦々しくそう呟いた瞬間、すぐ近くでシャッター音がした。堂々とし過ぎているが、本人の了承を得ていないのだからこれも立派な盗撮だ。

「おい、東雲。人の事を勝手に撮るなよ」

「悪い。その格好の清伊があんまりかわいいんで、つい」

清伊のスマートフォンを手にした東雲が、ばつが悪そうに視線を逸らす。何かあった時のために操作方法を教えてほしいと言うから貸してやったのに、カメラの使い方を覚えた途端にこれだ。

今回の作戦の要でもある式鬼は、見事に華麗《かれい》な美女に扮《ふん》して、六本木のとあるキャバクラにいた。雑居ビルの二階で営業しているその店は、六本木という場所にありながら、良心的な価格設定で気安く楽しめると人気の店だ。ちなみに何かあった時の護衛役にと、煙羅にも店内に忍び込んでもらっている。彼なら煙草の煙が充満した店内を自由に動き回る事ができるからだ。

一応清伊もこうして近くで待機しているのだが、東雲がここにいるのは予定外の事だった。

「別に東雲までついてくる事なかったのに。スマホがあればどこにいても連絡がつくし」

「留守番は一度で充分だと前にも言っただろう。それに側にいれば俺なんかでも何かの役に立つかもしれない」

東雲が自分の事を「俺なんか」と言うのは、おそらくあの曲がった肢が原因なのだろう。母親に折られたという肢のせいで、あんなに立派な翼を持っていながら東雲は満足に空を飛べないらしい。

「……別に役に立たないからついてくるなって言ってるわけじゃないからな」

「ああ、わかってる」

東雲が小さく頷き、唇だけで笑んでみせた。

近過ぎる距離にうろたえ、飲みものを手に取ってさりげなく体を離す。イケメンの会心の笑みに周囲の女性客が活気づいたが、当の本人は他人の視線などまるで気にならないようだった。油でべとつくテーブルに肘をつき、ゆったりと足を組んでいる。通行人の邪魔にならないよう、さりげなく横に流しているところが心憎い。

こうして街中にいても、東雲は目立つ。女の子たちの反応を見る限り、やはり誰の目にも彼は魅力的に映るのだろう。うっかり向かい側に座る男に見惚れていると、東雲の眉がぴくりと動いた。

「……きたみたいだな」

「……っ、ほんとか？　南波も店にいるのか？」

「一人だけ声が若い人間がいる。多分この前の人だと思う」

東雲が聞いているのは店内の音声だ。式鬼の盛り髪の中に仕込んだ東雲の羽根が、客との会話を拾っていた。東雲にしか聞こえないのが難点だが、それでも中の状況をリアルタイムで把握できるのはありがたい。

「中はどんな状況だ？」

「空々しい挨拶《あいさつ》を交わし合ってる。店に断って相席するみたいだ」

「式鬼はそのテーブルにいるか？」

「ああ。さっそくボトルを入れさせた。ドンペリゴールドって確か高い酒だったよな」

キャバ嬢歴は一時間にも満たないくせに、ドンペリ、しかもゴールドとは恐ろしいやつだ。清伊が客なら、絶対に隣に座ってほしくない。

「何かそれらしい会話が始まったら報告してくれ。俺はここから店に出入りする人間をチェックする」

「わかった」

それっきり二人して無言になった。清伊は道路を挟んだ向こう側にある雑居ビルの出入り口を凝視し、東雲は頬杖をついて耳を澄ましていた。

「――今、家の近くの事を話してる。式鬼があの辺りにはよくない噂があるって切り出したら、若い男が便乗して別の候補地を検討してはどうか、って」

という事は、若い男というのは間違いなく南波だ。

「他の人間の反応は？」

「かえって話題になっていいんじゃないか。お祓いに予算をつけておけば問題ない、だと」

ある意味予想を裏切らない答えに、思わず店のウインドウに額をぶつけてしまう。あの人たちは市民が納めた税金を、自由に使える余剰金とでも思っているのだろうか。

「……ああ、もう！　これ以上黙っていられるか！」

「清伊!?」

東雲の制止を振り払い、ファストフード店を飛び出す。人波をかき分けて歩道をつっきり、ガードレールを跨《また》ごうとしたところで、後ろから腕を摑まれた。ちょうどその時、横断歩道の信号が青から赤に変わり、停車していた車が一斉に流れ出す。東雲が止めてくれなければ、今頃車の下敷きになっていたかもしれない。

「落ち着け。今、中に乗り込むわけにはいかない。清伊が行けば南波って人が情報を漏らしたと疑われる」

「でもっ、今の話を聞いただろう!?　このままじゃあの場所が……！」

「なんのために式鬼と煙羅に行かせたんだ？　あいつらならなんとかしてくれると思ったからじゃないのか？　それなら俺たちは信じて待つだけだ。違うか？」

「っ……！」

もっともな言い分に、返す言葉もみつからない。

東雲の言う通りだ。今自分が出て行ったところで事態は好転しない。かえって話がややこしくなるだけだろう。

清伊は何度か深呼吸を繰り返し、乱れた気持ちを落ち着かせる。ガードレールに浅く腰かけると、東雲も隣に座った。

その後も東雲は中の様子を逐一《ちくいち》清伊に伝え、清伊は周囲に目を配りつつ、東雲の報告を聞いていた。

彼らが入店して既に二時間が経過していた。店は一時間ごとのセット料金のため、そろそろ動きがあってもよさそうな時間帯だ。

「中はどんな様子なんだ？」

そう訊ねるも、東雲はなんの返事も寄こさない。

「東雲？」

「――出てくる。行こう」

　東雲が清伊の手を取り、横断歩道を大股で渡る。歩幅の違いにまごつきつつも、遅れを取らないよう必死で脚を動かした。

　東雲はビルの隙間に身を潜《ひそ》めると、清伊をその背に隠した。確かにここなら人目につかずに、出入りする客の会話も聞き取れそうだ。

「貴重なお時間をいただき、ありがとうございました。実に興味深いお話でした。一度社に持ち帰りまして、後日また改めてご連絡させていただきます」

「こちらこそ、大変有意義な時間を過ごさせていただきました。場所の選定についてもプロの目で実際に見ていただくのが一番でしょう」

　どうやら今日のところはこれでお開きになるようだ。再開発候補地について決定的な事は何も決まっていない。わかった事と言えば、よくない噂がある程度では候補から外すのは難しいという事と、既に外部委託の方向で話が進んでいるという事だけだ。

　こうなってしまったら、調査内容を改竄《かいざん》するくらいしか打つ手はない。物怪荘の住人たちの力を借りれば、それほど難しい事ではないだろう。だけどできるなら卑怯《ひきょう》な手は使いたくなかった。汚すのが自分の手じゃないなら尚の事だ。

「ご来店ありがとうございましたー。ぜひまたみんなで遊びにきてね」

　枡山に南波、そしてデベロッパーらしきスーツ姿の男たちが、目の前を通り過ぎていく。知らない間に清伊は東雲のシャツを握りしめていた。

　このまま彼らを帰したくない。だけどなんの力も持たない自分に、一体何ができるだろう。

（これじゃ口先だけのやつだって思われても仕方がない――）

　自分の不甲斐《ふがい》なさを思い知らされ、きつく下唇を嚙みしめる。その時、一行の前にふらりと男が躍り出た。式鬼と一緒に店に潜入していた煙羅だ。人の姿を保つためだろう、火の点いた煙草を銜えている。

「なああ、兄さんたち。店の中でチラッと聞こえたんだけどよ、あんたらお役人なんだって？　お役人なら俺よりずっと賢いから知ってるよな。温泉ってのはどうやって掘るんだ？　ツルハシかなんかで地面を掘り返してやりゃあいいのか？」

「あいつ……、一体何を？」

声を発するのは危険とわかっていながら、思わず呟きが漏れてしまう。こんな事は予定にはなかったはずだ。

煙羅が危うい足取りで南波に近寄り、だらりと体を預ける。あまりに見事な酔っ払いぶりで、演技かどうか清伊にも判別できない。

「そこらの地面を勝手に掘ったら土地の所有者に怒られますよ。だいたい東京都内で温泉を掘り当てようと思ったら、何千メートルも土を掘らないといけない。簡単な事じゃないんです」

「ほっとけ、南波。酔っ払いの戯言《たわごと》だ」

基本誰にでも親切な友人は、相手が酔っ払いでも適当にあしらったりせず、大真面目に答えている。対して上司の枡山は、清々しいほどの塩対応だ。

「だけど温泉ってのはあったけえ湧き水の事を言うんだろう？　俺ぁこの間見たんだよ、権現《ごんげん》さんの裏手にある岩場から温い水が湧き出してるの。あれは温泉とは違うのかい？」

「権現さん？　どこの神社の事ですか？」

「あんたらがさっき話してたとこの近くだよ。山の麓《ふもと》の森にえらく立派な権現さんがあるだろうが。駅を南にずうっと行ったとこだ」

その瞬間、南波と枡山、そしてスーツ姿の男たちの顔つきが変わった。

「ええ、確かにあります。駅の南側に大きな熊野《くまの》神社が。あの場所に温泉が……？」

「待てよ、酔っ払いの話を信じるのか？　いくらなんでもお人好しが過ぎるぞ、南波」

そう口にしながらも、枡山の声には僅かに期待が滲《にじ》んでいた。南波がバッグから素早くタブレットを取り出し、二、三操作をして枡山の前に差し出す。

「――これを見てください。熊野神社の周囲五キロ以内の場所で、非火山性温泉が確認されたという事例が過去にあるようです」

タブレットを覗き込んだ瞬間、枡山の表情が明らかに変わった。事態の成り行きを見守っていた男たちも、そろって息を呑む。

「……その話が本当なら、再開発の付加価値としては充分過ぎるくらいだな」

「まずは調査が先ですが、いずれにせよ候補地の再検討が必要ですね」

思いがけない展開に、清伊は息を潜めながら目を見開く。計画の打ち合わせをした時、煙羅は温泉の事など一言も言っていなかった。

「本当にそんな事がありえるのか？　地質調査費だって馬鹿にならないんだぞ」

「煙羅が言うのなら間違いない。熱源にはやたら敏感な男だからな」

神社の近くから温泉が出る。もしそれが本当なら、間違いなく再開発事業の目玉になる。空き地と雑木林しかない北側に手を入れようなんて意見は、絶対に出てこないだろう。

「よ、よかった……」

体からドッと力が抜け、壁に背中を預ける。だがその拍子に、すぐ側にあった業務用ダストボックスを蹴飛ばしてしまい、辺りに大きな物音が響いた。

「……ッ!?」

通りにいた男たちの視線が、一斉にこちらに注がれる。顔を背けるのが一拍遅れ、よりにもよって南波と目が合ってしまった。

「――三条？」

東雲が振り返り、清伊の体を覆い隠すように抱きしめてくる。だがもう遅い。しっかり目が合った証拠に、南波は清伊の名を呼んだ。

「三条だろ？　なんだよ、その格好？　だいたいどうしてお前がここに……？」

南波が訝《いぶか》しげに問いかけてくる。普段なら絶対に着ないような服を着て、こんな路地に身を潜めて聞き耳を立てていたのだ。怪しまれるのは当然だ。

「三条だって？　管財課の堅物が仕事でもないのにこんな場所にいるなんて妙だな。おい、南波。お前まさかまだ方向性も決まってないうちから、他部署の人間にプロジェクトの事をしゃべったんじゃないだろうな？」

（まずい……っ）

東雲の胸に顔を伏せ、無駄と知りつつ体を小さく縮こめる。せっかく煙羅の機転で上手く事が運びそうだったのに、清伊が変装までして盗み聞きをしていたと知られたら、彼らに要らぬ疑念を持たれてしまう。その上南波の顔を潰す事にもなる。

やっぱり邪魔者は自分だ。そう思うと、不覚にも涙が滲みそうになった。いい歳をして格好がつかないと体裁《ていさい》を取り繕う余裕もない。

「ごめん東雲、俺のせいで……っ」

「声を出さないで。このままじっとしていろ」

涙声になってしまった清伊を腕の中に囲い込み、東雲が静かに囁く。同時に足元から強い風が吹き上げ、バサリと翼が羽ばたく音がした。同時に黒い幕を広げたように、瞬く間に世界が闇色に染まる。

「しの――」

「あ、あれっ？　今ここに三条っぽい男がいましたよね？」

「……ただの電柱じゃん。なみちゃんったらあれくらいの量で酔っちゃったの？　そんなんじゃいつまで経っても、うちの店でボトル入れられないよ？」

焦ったような南波の声に続いて聞こえてきたのは、若い女性の口調を真似た式鬼の声だった。

「君が代打じゃなかったら私ももっと景気よくボトルを入れたんだけどね」

「マッスー、女の子のせるの上手ー。なみちゃんも見習わなきゃ！」

「はあ……」

ばしんと何かを叩くような音がして、ささやかな笑いが起きる。息を殺して聞き耳を立てていると、「じゃあまたねー」という式鬼の声を最後に、次第に人の気配が遠くなった。

「――行ったみたいだな」

再び大きな羽音がして、世界が色彩を取り戻す。黒い羽根が舞い、東雲がぶるりと身震いをした。彼の背には黒い大きな翼があった。狭い路地では窮《きゅう》屈《くつ》なのか、翼はコンパクトに畳まれている。

「さっきの、南波たちには俺たちの事が見えてなかったのか……？」

「夜だからな。カラスの翼は闇に溶ける。全身を覆い隠してしまえば人間の目には見えない」

「そ、そうなのか……」

「清伊？」

これでなんの憂《うれ》いもなくあの家で暮らせる。南波が枡山に責められる事もない。そう思ったら今度こそ体中の力が抜けてしまい、咄嗟に男の腕にしがみついた。

「悪い。ホッとしたら、腰が抜けた……」

その場にくずおれそうになる体を、東雲が支えてくれる。壁にぶつからないよう器用に翼を広げ、バサバサと二度羽ばたかせた。

「そのまま俺にしがみついていろ。家くらいまでなら……、なんとか飛べるかもしれない」

「折れた肢のせいで飛べないんじゃなかったのか？」

「ああ。でも今なら飛べそうな気がする。絶対に落としたりしないから、清伊も手を離さないでくれ」

自分自身に言い聞かせるように宣言し、東雲は人型から大カラスに姿を変える。それから大きな鉤《かぎ》爪《づめ》で清伊の腰を摑み、フワリと宙に舞い上がった。

「う、わ……っ？」

地面から両足が離れ、思わず声が漏れる。重力に逆らって体がぐんぐん上昇し、気がつけば雑居ビルの屋上に届くほど高く飛んでいた。立ち並ぶ高層タワーの間をすり抜け、遙《はる》か上空に達すると、東雲は黒い翼を目一杯広げた。

（すごい、まるで飛行機の影だ……）

巨大な翼は一度の羽ばたきでぐんと加速した。無数の人工的な灯《あか》りが、尾を引きながらすごい勢いで後方へ流れていく。そのあまりの速さに、目を開ける事すらままならない。

空気は薄く、風は身を切るように冷たい。だけど不思議と恐怖は感じなかった。

ろくに空を飛べなくなったと嘆いていた男の姿は、ここにはない。その羽ばたきは力強く、家までどころか、このままどこまでも飛んでいけそうに思えてくる。

（もう飛べないなんて、自分には何もできないなんて、大嘘じゃないか――）

黒い翼が風を捉えて角度を変え、東に方向転換する。夜明けまではまだ時間があるはずなのに、閉じた瞼の向こうに眩《まばゆ》い光が見えたような気がした。

「帰り際にこれからもここで働かないかって支配人にしつこく言われてさー。うざったいのなんの。確かに酒はたくさん飲めるけど、男共にやらしい目で見られるのって苦痛だよな」

茶の間の畳の上で胡坐をかきながら、式鬼は心底嫌そうに舌打ちをした。

サテン生地のドレスが捲れて白い腿が露になっているが、色気はまるで感じない。さっきまで完璧な女性だったはずなのに、家に帰り着いた途端ただのコスプレにしか見えなくなった。

「でもその格好、ほんとにエロかわいい。ねえ清伊、デジカメ貸してくれない？　売れっ子キャバ嬢を描く時の参考資料にするから」

「俺はいつもの式鬼の方がいいと思うけどな。化粧が濃いのは好かねえ」

「誰もあんたの好みなんて聞いてないから」

式鬼に冷たくあしらわれても、煙羅はだらしなく鼻の下を伸ばしている。口では好かないと言いながら、美しく装った式鬼に魅了されているのは明らかだ。

清伊がデジタルカメラを貸してやると、縁側で即席の撮影会が始まった。純和風の庭をバックに、式鬼がせっせとポーズを取っている。トマトやらピーマンやらまで一緒に写り込んでしまっているのが、間が抜けていて微笑ましい。

「撮影会もいいけど静かにな。うるさくしたら東雲がゆっくり休めない」

「はーい。……でも俺も見たかったなあ、東雲が空を飛ぶところ。あの大きな翼が風に乗ったらきっと壮観だよね」

声のボリュームを抑えて、硯が口惜しげに呟く。

「だからって見たいなんて煽るなよ。また無茶をされたら困る」

家に帰り着くなり、東雲は清伊を腕に抱いたまま意識を失った。飛んでいたのは数分間の事だったが、それでも清伊を抱えて飛ぶのはかなりの負担だったのだろう。家にいた硯に手伝ってもらい、二人がかりで東雲を部屋に運んだ。式鬼と煙羅が帰宅した今も起きてくる気配はない。

「東雲があんな無茶をした理由、あんたわかってんのかよ」

式鬼がモデルの真似事を止め、腕を組んで清伊の前に立つ。

「——ああ、俺のためだろう?」

そんな事、誰かに言われなくてもわかっている。部屋へ運び込んだ際、束の間意識を取り戻した東雲に氷のような冷たい手で頬を撫でられて、心臓がギュッと捩《よじ》れた気がした。

人間の体よりいくらか頑丈とはいえ、物怪は不死身ではない。東雲を失うのかもしれないと思ったら、大袈裟《おおげさ》じゃなく目の前が暗くなった。その時思い知らされたのだ。清伊にとって東雲は、ただの同居人なんかじゃない。気がついた時には、絶対に失えない、唯一の相手になっていた。

「多分式鬼が考えてるよりずっと、俺は東雲に参ってる。今更あんたらの前で嘘やごまかしなんて言わない」

正直に胸の内を告げると、式鬼だけじゃなく、煙羅や硯も意外そうに目を見開いた。

最初はなんてふざけた男だと思った。胡散《うさん》くさい予言なんかを信じ込み、運命なんて言葉を簡単に口にする。そもそも東雲は同性だ。その上人間ですらない。彼と自分がどうにかなるなんて、絶対にありえない。そう思っていた。

清伊のガードが弛《ゆる》んだのは、彼が美男子だったからでも、何くれとなく世話を焼いてくれるからでもなかった。強い妖力を持った物怪のくせに、人間である清伊よりずっと弱々しく見えたからだ。

過去の出来事に捕らわれて、いつまでも自分を責め続けている。一人きりになるのが怖いくせに、人間である清伊なんかを選んで一番苦しい道を歩もうとする。

本当に馬鹿な男だ。こんなにも愚かでひたむきな男を、清伊は他に知らない。

「お前には悪いけど、東雲の事は諦めてくれ。あいつは俺の男だから」

立ち上がって式鬼にきっぱりとそう告げると、きれいにアイメイクを施《ほどこ》した瞳が、みるみるうちに涙の海に溺れた。つけ睫毛《まつげ》が涙に押し流され、桃色の頬に引っかかっている。指で摘んで取ってやったら、一際大きな涙の粒がころんと零れ落ちた。

涙を流す式鬼を見ても、もう同情はしない。式鬼の香りをまとった東雲とすれ違った時、自分でも驚くほどショックを受けた。同時に、東雲を他の誰にも譲《ゆず》れないと身に沁みて知った。

「……俺一度でいいから『この泥棒猫！』ってやつ言ってみたかったんだよね。言われた事なら何度もあるけど、まさか自分が言う羽目になるとは思わなかった」

「ついでに平手打ちもつけとくか？　その方がお互いすっきりするだろ」

言い終えるなり、容赦のない一撃が清伊を襲う。口の中を切ったらしく、舌の上に血の味が広がった。硯はまっ青になって悲鳴を上げ、煙羅はニヤニヤと笑っている。嫌な男だ。

「あいつは野良猫なんかじゃないけど、餌をやった責任は取る。人間の一生なんてあんたらにしたらほんの一瞬だろうが、俺にはそれしかないから」

「あんたは男前だなあ、清伊」

変わらずニヤニヤ笑いを浮かべながら、煙羅が清伊を初めて名前で呼んだ。

「式鬼の事は任せな。人妻の当てもなくなった事だし、俺が存分にかわいがってやるよ」

「はあっ!?　何勝手な事言ってんの？　俺はあんたみたいな節操なしはごめんだからな。初《うぶ》で一途《いちず》な男が好きなんだから！」

「だから、静かにしろって言ってるだろ。騒ぐなら外へ行け！」

そう言ってぴしりと外を指差すと、「そっちは厠《かわや》だよ、清伊」と硯がすかさずつっこみを入れてくる。

生意気な式鬼に、抜け目がない硯。煙羅の食えない態度も、ここにきた時と何一つ変わらない。だけど一つだけ大きく変わったものがあった。

変わったのは清伊だ。

厄介者だと思っていたはずのここの住人たちを、今は必要としていた。彼らのいない毎日なんて想像もできない。

母親がいなくなった時でさえ仕方がないと諦めた自分が、彼らの事は失くしたくないと思っている。

「結局、全部ばあさんの筋書き通りなのかもしれないな……」

清伊にこの家を遺して逝った祖母。不可解な遺言の意味が、今ならわかるような気がした。

風呂を済ませて茶の間に戻ると、さすがにもうみんな部屋に引きあげた後だった。それもそのはずで、あと数時間もすれば空が白んでくる時間帯だ。

清伊は物音を立てないよう注意を払いながら、東雲の部屋に向かった。部屋の前で少し迷い、思い切って襖を開ける。

部屋の中央に敷かれた布団の上に、東雲はいた。だが横になってはいない。膝の上に頭を載せ、窓の外を眺めている。

「……もう起きても平気なのか?」

「目が覚めた時、布団の上だって気づいてびっくりした。まるで重病人だ」

向こうを向いているので、表情はわからない。だけど声は笑っていた。

東雲と向かい合うようにして胡坐をかき、彼を真似て外を眺めてみる。東雲の部屋の窓から見える風景は、驚くほど殺風景だった。木柵の向こうは林で、月どころか夜空もろくに見えない。

部屋の中も窓の外と同じくらい味気ない。備品として元から置いてある液晶テレビと、小振りのテーブル、そして布団が一式あるだけだ。硯や式鬼の部屋と広さは同じはずなのに、物がないというだけでたった六畳の部屋がいやに広く感じられた。

「なんにもない部屋だな。何かで飾ったりはしないのか?」

「別に何もいらない。今のままで充分だ」

「どうして? 欲しいものくらい何かあるだろ?」

「側に置きたいと願うものは一つでいい。欲をかいて一番大事なものを失うのが怖いんだ」

女々しいだろうと東雲が笑う。だけど清伊は笑わなかった。代わりにとうに忘れていたはずの青くさい感傷が、今頃になってしくりと疼く。苦い過去の思い出を東雲に話してみたいと思ったのは、ほんの気まぐれだ。

「……学生の頃、告白されて後輩の女の子とつき合った事がある。一目惚れだと熱心に迫られて、特に断る理由もないし軽い気持ちでＯＫした」

「一目惚れか。清伊はきれいな顔をしてるからな」

得心《とくしん》したように頷かれ、微妙な気持ちになった。自分より容姿の優れた男に言われても、素直に喜べない。

だが実際、彼女も清伊の外見に惹《ひ》かれていたのだろう。人好きのする性格じゃない事は自覚しているし、そもそも一目惚れなんてそういうものだ。

「つき合い始めてちょうど一カ月後が彼女の誕生日で、ブランド物のバッグを買ってプレゼントした。女性に何を贈ればいいのかなんてわからなかったし、店で見かける度《たび》にいいなって言ってたしな。だけどそれから半年もしないうちに、クリスマスにはあれと色違いのバッグを買ってくれと言い出した。まったく同じバッグだぞ？　意味わかんないだろ？」

「買ってあげたのか？」

「買ったよ。私の事が好きじゃないのって泣かれたらそりゃ買うだろ。でも彼女はそれをいくらも使わないうちに別のバッグが欲しいと俺に強請《ねだ》った。それからは彼女の事をかわいいと思えなくなった。好きだのなんだの言っても、結局はバッグみたいにただ手に入れて満足したいだけなんじゃないのか。恋愛なんて時間と金の浪費《ろうひ》でしかないって、そう思うようになった」

確かに好意を持っていた時期もあったはずなのに、もう顔も思い出せない。きっと彼女にとっても自分はいい恋人ではなかったのだろう。楽しい思い出の一つも残してやれなかった。

「品物で計れる気持ちもあるのかもしれない。でも俺は嫌だったんだ。人間は生まれてくるのも生きていくのも、死ぬのにだって金がいる。それならせめて愛くらいは無償であってもいいはずだろう？」

タダより高いものはない。清伊の座右《ざゆう》の銘《めい》だ。だけど本当に大切なものはどこにも売っていない。母親の愛情も、温かい家族も、万札をどれだけ吐き出しても買えないものだ。

「俺はあんたさえ側にいてくれればそれでいい。たとえ自分の全てと引き換えにしても清伊が欲しいんだ」

「……ああ。東雲はそう言うと思ってた」

清伊がこの世を去った後も、東雲はきっと自分だけを思い続けて生きるのだろう。帰らない主人を待つ犬みたいに、何もない空っぽな部屋でいつまでも。この男はそういう男だ。

「ここ、どうした？　どこかでぶつけたのか？」

東雲がそっと頬に触れてくる。肌が擦れるとピリッとした痛みが走った。強烈な平手打ちを食らった時に、式鬼のつけ爪が当たったのかもしれない。

「知るか。気になるなら俺の事、ちゃんと見張ってろよ」

「拗ねてるのか？　かわいいところもあるんだな」

いつかの清伊と同じセリフを口にしながら、東雲が膝立ちになってゆっくりと距離をつめてくる。頬に唇を押し当て、慰撫《いぶ》するように舌先でそっと舐められると、痛みとは違う鋭い感覚が電流のように体を走り抜けた。

「ンッ……！」

鼻から甘えた声が漏れ、カッと頬が熱を持つ。

東雲の両手が肩にかかり、首に触れ、するりと耳を撫でた。清伊の形を指で確かめているみたいな動きだ。

「他に痛いところは？」

「……口の中。左側が切れてる」

大きな手が頬を包み、親指の腹が濡れた下唇を捲る。いたずらな指に粘膜を嬲《なぶ》られ、ひくりと喉が震えた。

微《かす》かな月明かりに照らされた男の顔は、明るい場所で見るよりもずっと艶めいていた。黒目がちな瞳はやや伏せられ、肉感的な唇が薄く開いている。

清伊に触れる手はどこまでも優しく、急《せ》いた様子もない。だけど彼がひどく欲情しているのが、その視線から伝わってくる。

「中、見せて」

命じられて、戸惑いながらも口を開く。親指が口角を一撫でし、そのまま中に押し入ってきた。

きれいに切りそろえられた爪が舌を掠め、誘われるまま指に舌を絡める。目を閉じて硬い爪とふっくらとした指の腹の感触を味わっていると、性急に指が引き抜かれた。驚く間もなく唇を塞がれ、指の代わりに舌がねじ込まれる。

「つう……、んっ……」

汗をかかない東雲の手は、乾いていていつも少し冷たい。だけど押し入ってくる舌は確かな熱を持っていて、優しい手つきとは対照的に、強引に口の中をかき回す。傷口から滲みだした血を唾液と一緒に啜られ、ピクリと瞼が震えた。

「……痛かったか？」

「いや――」

痛いどころか、キスだけでもう腰が重だるくなっている。

舌を絡めるキスは初めてじゃない。当然セックスの経験だってある。それなのに少し口の中を舌で探られただけでもう息も絶え絶《たただ》えだ。

清伊は男の肩に額を載せ、乱れた息を整えた。その間も東雲は、我慢できないというように頰やこめかみに口づけてくる。閉じていた瞼を緩慢《かんまん》に開くと、目尻にもキスを落とされた。

「……東雲って、相手の事、甘やかしたいタイプ？」

「さあな。ただ、清伊の事は必要以上に構いたくなる。笑った顔が見られるならいくらでも甘やかしてやりたい。怒ってる時の顔もいい。毛を逆立ててる猫みたいに高潔で、きれいだ」

「カラスのくせに、猫が好きなのか？」

「そうだな。きれいな猫を見ると清伊の顔が浮かぶ」

猫にするように喉を指でくすぐりながら、東雲がひっそりと笑う。眩《まぶ》しげに細められた瞳と、唾液で濡れた唇がひどく扇情的《せんじょうてき》だ。スッと通った高い鼻はキスの時に邪魔になりそうなのに、さっきはそう感じなかった。

もう一度、今度はちゃんと確かめてみたくて、腿の上に乗り上げて下肢の自由を奪う。少しだけこちらの目線が高くなり、それだけで主導権を奪い返したような気分になった。

「清伊？」

「気性が荒い猫が好きなんだろう？　お望み通り、噛みついてやるよ」

驚きで薄く開いた唇に、自分から口づける。少し首を傾けてやると、やはり鼻はそれほど邪魔にならない。上唇を食むように啄《ついば》んだら、お返しとばかりにチュッと音を立てて吸いつかれた。じゃれ合うみたいなキスは次第に深くなり、気がつけば夢中で貪っていた。

形のいい頭を抱え、奔放《ほんぽう》に動きまわる舌を搦め捕る。腰を撫でられながら舌先に歯を立てられると、ガクガクと膝が震えた。

「ふ……、う、んんっ……」

大きな手のひらが腰の窪みを辿り、背骨の一つ一つを丁寧に指で探る。その優しい感触に感じ入っていたら、背中を彷徨《さまよ》っていたはずの手がスルリと尻を撫でた。

シャツとパンツを着込んでいる東雲に対し、風呂上がりの清伊はTシャツにハーフパンツという頼りなさだ。簡素な作りの衣服は、男の手の侵入を易々《やすやす》と許してしまう。

「……んっ！　ちょ、どこ触って……っ」

抗議した拍子に唇から唾液が零れ、トロリと顎に伝った。東雲は陶然《とうぜん》とした顔つきでそれを舐め取り、喉仏にむしゃぶりついてくる。その間も手の動きは止まらず、双丘の丸みを味わったり、思わせぶりに狭間《はざま》を指で引っかいたりしている。

「や……、し、東雲っ……！」

「――俺は清伊と番《つが》いたい」

番うという聞き慣れない言葉に、蕩《とろ》けてグズグズになりかけていた体と思考が固まった。

セックスよりずっと原始的で、でもどこか神聖な響きがある言葉。ただ欲望を満たすために体を繋げるんじゃない。東雲にとってこの行為は、清伊と一対になるための契《ちぎ》りでもあるのだ。

「清伊」

「……っ」

無言を拒絶と捉えたのか、東雲が名前を呼びながら不安そうに見上げてくる。狡い。こんな顔をされたら、どんなわがままも叶えてやりたくなってしまう。この男のこういうかわいいところに、清伊はすこぶる弱いのだ。

「……わかったよ。お前と番いになってやる。番いになって、死ぬまで側でガミガミ怒ってやるよ」

「本当に――？」

怒ってやると言われて、なぜそんなにも嬉しそうなのか。やっぱり東雲には、少しＭっ気があるのかもしれない。

「なあ、カラスは一度番ったらどちらかが死ぬまで相手を変えないって本当か？」

「そうらしいな。だが俺は執念深い。もし清伊が死んでも、あの世まで清伊を追いかける」

「あの世でカラスに追いかけまわされるって事？　シュールだな」

くだらない話をしながら、互いの服を脱がせ合う。清伊の裸は風呂場での一件の時に見られているが、東雲の体をまじまじと見るのは初めてだった。

いつも黒い服を着ていたせいか、東雲は細身の印象があった。だけど実際は違う。清伊より遥かに逞しい体軀《たいく》の持ち主だ。肩も腕もしっかり筋肉がついていて、触れると硬い。引きしまった腹の下の雄は、怯《ひる》みそうになるほど立派だった。

「怖いか？」

「……そりゃ、ちょっとはな」

「悪いが、もう止めてやれそうにない」

切羽《せっぱ》つまったような声でそう言うと、東雲が口づけながら覆い被さってくる。布団の上に仰向《あおむ》けに転がされ、大きく脚を割られた。東雲はその間に陣取り、キスだけで形を変えた中心をまじまじと見下ろしている。

これまでも東雲には下半身の世話をしてもらっていた。口淫こそなかったが、彼の手で何度も達した事がある。だけど気の持ちようが変わると体にまで影響するのか、さっきから心臓がおかしい。不整脈かと疑いたくなるくらいに、ドコドコと景気よく脈打っている。

「み、見てるだけでいいのか？」

「まさか」

東雲がゆっくりと下腹に顔を伏せ、へこんだ腹に口づけてくる。そのままあむと幹を食まれ、びくりと腰が跳ねた。

「く……、うっ！」

膝を立てて阻《はば》もうとするも、敏感な先端を刺激されて、下肢が思うように動かせない。まるで抵抗できないでいると、東雲はより大胆に唇を動かした。

輪郭《りんかく》をなぞるように舌で辿り、硬くなった幹を唇で扱《しご》く。清伊は足の爪でシーツをかき、手首を噛んで声を殺した。まだいくらも触れられてもいないのに、今にも達してしまいそうだ。

「……もう湿ってきた。ここから清伊の匂いがする。すごく濃い」

うっとりと囁きながら、濡れた先端に鼻先を寄せる。同時に舌で裏筋を刺激され、唐突に限界が訪れた。鋭い感覚が体を駆け抜け、腰がビクビクと戦慄《わなな》く。

「はっ……、あ、あっ……！」

腹が濡れる感触がして、早々に達してしまった事を知った。ここ最近は自慰どころじゃなかったとはいえ、いくらなんでも早過ぎる。呆れるほどの他愛なさだ。

「な、何か、拭くもの……」

慌てて上半身を起こそうとするも、肩を押されて再び仰向けに転がされた。

「じっとして。清伊の世話を焼くのは俺の役目だ」

世話を焼くのが役目だと言いながら、東雲は濡れた腹を拭おうともしない。それどころか手首を捉えられ、布団の上に磔《はりつけ》にされてしまった。

身を捩った事でシーツに粘った体液が滴《したた》り、いたたまれない気分になる。しばらく出していなかったからか、いつもよりずっと量が多い。下腹はもちろん、内腿まで吐き出したものでぐっしょりと濡れていた。

「やっ、見るなって……！」

視線から逃れようと膝と膝を擦り合わせたら、目の前の男の喉仏があからさまに上下した。つられて思わず清伊も唾を飲み込む。

「……そのまま動かないでくれ」

少し掠れた声には、抑えきれない劣情が滲んでいる。同じ男だからこそ、東雲がどれほど飢えているか痛いほどわかった。

東雲が再び下腹に顔を埋め、濡れた内腿にねっとりと舌を這わせてくる。鼠径部《そけいぶ》を辿り、尖らせた舌先で臍の窪みを抉られ、淡い叢《くさむら》に絡んだ白濁まで全て舐め取られる頃には、清伊の中心は再び頭を擡《もた》げていた。細身のそれはふるふると打ち震え、先端からまたも透明な蜜が溢れ出している。

「うっ……、んんっ……！」

裏筋を舐め上げながら、零れ落ちる体液をちゅくっと吸い上げられた。露出した鈴口に舌先を押し当てられて、心臓が大きく脈打つ。

「あ……っ!?」

恐る恐る下腹を見下ろすと、屹立を口に含んだ東雲と目が合った。先の丸みを軽く啄み、見せつけるように舌をひらつかせる。そのあまりの淫らさに、思考回路がショートした。

式鬼は東雲の事を初で一途な男だと思っていたようだが、半分は間違いだ。初な男がこんなにいやらしいはずがない。

「く……！　う、あっ……！」

脳みそがぶれるような感覚の後、腰がふわりと浮く。ああまたイキそうだ、そう思った瞬間、指で根元をきつく縛《いまし》められた。

「ああっ……!?　なに？」

「何度も出すと最後までもたないだろう？　少しだけ我慢してくれ」

東雲はそう言うと、清伊の下肢を持ち上げて自分の腿の上に載せた。輪にした指で清伊の体液を掬い、尻の狭間に塗り込めてくる。

今更「何をするつもりだ」なんて言うつもりはない。この男を自分のものにすると決めた時から、覚悟は決まっていた。

円を描くように窄《すぼ》まりを撫でていた指が、中にぬくりと押し入ってくる。清伊は深呼吸を繰り返し、体から余計な力を抜いた。恐怖で萎《な》えそうになる度、東雲が性器を扱いて気を逸らせてくれる。

指が二本に増えてもそれほど痛みは感じなかった。だが三本目の指を捻じ込まれた時は、さすがに激しい痛みが走った。

「つっ……、うっ……」

呻き声を漏らした唇を、キスで塞がれる。慰めるように舌で唇を愛撫され、指を銜え込んだ窄まりがきゅうっと締まった。

清伊が眉を顰《ひそ》めるとするりと抜け、甘い吐息を漏らせば隙をついて奥へと押し入ってくる。何度かそれを繰り返しているうちに、腰から下の感覚が鈍くなり、これまで味わった事のない、得体の知れない焦燥《しょうそう》が全身にじわじわと広がった。

「まだ痛むか？」

「わからない、でもなんか……」

なんだか自分の体がおかしい。体の内側を弱い火でじりじりと炙《あぶ》られているみたいだった。焼き尽くされるのは怖いのに、このままではもどかしい。

後ろから指が引き抜かれ、焦燥はいっそう深くなる。体が離れていく気配を感じ、清伊は思わず手を伸ばした。

布団に片手をついて上半身を起こすと、男の硬くしなやかな腹の感触を指で味わい、硬く張りつめた場所に手のひらで触れてみる。

「清伊？」

「触らせろよ。俺もお前に触りたい」

目を瞠《みは》った男の顔に口づけ、片腕を回して首に縋りつく。ぴったりと体を密着させ、右手を男の下腹に這わせた。

「ふっ……」

少し触れただけで、男のものはいっそう硬度と角度を増した。太い幹を指の股を使って扱き上げると、面白いくらい先走りが溢れてくる。清伊は乾いた唇を舌で舐め、屹立をより育てる事に没頭した。

自分以外の男のものなのに、驚くほど抵抗を感じない。それどころか自分の愛撫で息を乱す様を見ていたら、手の中の雄茎をかわいがってやりたい、気持ちよくしてやりたいという思いが溢れてくる。

（東雲も俺の体に触る時、こんな気持ちになるのかな。だとしたら変に虚勢を張ったりしないで、もっとこの行為に溺れてもいいのかもしれない……）

張り出した傘の部分をくるりと指でなぞり、これを口に含んだらどんな味がするのだろうと想像する。それだけで栓を失った後孔が、もの欲しげにヒクヒクと蠢《うごめ》いた。

「……っ、く……！」

東雲が何かをこらえるように眉を寄せ、苦しげに下唇を噛む。息をつめて快感に耐える姿は、凄絶《せいぜつ》な色気を放っていた。

清伊は手のひらを忙しなく動かしながら、伸び上がって男の唇を塞いだ。くちくちというやらしい水音が、キスによるものなのか、清伊の手を濡らす東雲の先走りによるものなのかもわからない。

「っ……、清伊……っ！」

切なげな声を上げて、東雲が達する。ドッと手のひらに吐き出された白濁は、見た目も質感も人間のものと変わらない。だが匂いだけはまったく違った。独特の青臭さはなく、青竹のような清涼な匂いがする。

「……なんか、東雲のっていい匂いがするな」

手のひらをまじまじと眺めていると、頬の肉をやんわりと引っ張られた。額にこつんと額をぶつけ、小さな声で「もういいから」と言う。恥ずかしいのか、顔が少し赤い。

「——俺はもういい。今度は俺が清伊に触る番だ」

東雲はそう言うと、清伊の手首を摑んで濡れた指に舌を這わせた。たった今頰を赤らめていた男は、既に獰猛な雄の顔を取り戻している。

自分の精の味に顔を歪め、口直しとばかりに口づけられる。どれほどまずいのかと身がまえたが、思ったほど嫌な味はしない。

舌を絡ませたまま、布団の上に押し倒される。大きな手に脇腹を撫でられて、キスの最中なのに「んあっ」と声が漏れた。

「……清伊の体はどこもかしこも電気が流れてるみたいだ。触れた場所がビリビリ痺れてる」

胸の尖りを指で転がしながら、恍惚《こうこつ》とした表情で東雲が呟く。そう言う東雲の方こそ、体中帯電しているみたいだった。乳首を弾かれただけで、足の爪先まで甘い痺れが走る。

キュッときつく摘まれると、体がブルブルと震えた。感じ過ぎて怖いくらいなのに、もっと深い場所まで触ってほしくなる。

「そんなの……っ、特別だからだろ」

迷いなくそう言いきると、東雲の瞳が揺れた。

特別な相手じゃなければ、こんな事を許したりしない。どんな恥ずかしい行為も受け入れ、浅ましく欲しがってみせるのは、相手が東雲だからだ。

「お前は違うのか？　俺がばあさんの孫じゃなかったら、件《くだん》とかいうやつの予言がまったく見当違いなものだったら、お前は俺を選ばなかった？」

「——清伊の事を想ってる間だけは、自分が本当は惨《みじ》めな物怪だって事も忘れられた。清伊はこんな俺をもう人間みたいなものだと言ってくれただろう。あの時、俺がどんな気持ちだったかわかるか？」

清伊の手を取り、壊れものに触れるみたいに、両手でそっと包み込んでくる。

「俺にとっては清伊こそが夜明けだった」

その時、玄関の柱時計が鈍い音を響かせて、時を告げた。

他人が聞いたら首を傾げるような、奇妙な告白。だけどどんな情熱的な愛の告白よりも、その言葉は胸に響いた。同時に東雲を愛おしいと思う気持ちが、体の深い場所から湧き上がってくる。

清伊も同じだ。ここに移り住んで、代り映《ば》えのしない日々が激変した。誰にも譲れないと思うほどの執着なんて、東雲に出会うまで清伊は知らなかった。

「本当に、この先もずっと俺だけか？　俺が死んでも？」

「たとえ肉体が朽ちても、魂はずっと寄り添ってる。夜が明ける度、俺は清伊を思い出すんだ。丸い月を大判焼きみたいだって言った事も、俺の腕の中でこうしてかわいく鳴いた事もな」

「……まだ鳴いてないだろ」

多分、そんなには。

「ああ。清伊を鳴かせるのはこれからだ。——うつ伏せになってくれ」

促されて、素直に布団の上にうつ伏せになる。脚を開くと、充分に解《ほぐ》した場所が淫らに息衝いているのがわかった。東雲が再びそこに指を埋め、中のきつさを確かめるように内壁を擦る。指が引っかかる度に唾液で濡らし、丁寧に窄まりを寛げてゆく。じれったくなるほど慎重な手つきだ。

「もういいだろ、焦らされてるみたいで、きつい……」

後ろに首を捻って訴えると、東雲が唇だけで意味深に笑った。信じられない、この男はわざと焦らしていたのだ。

「お前……っ、人が悪いにもほどがあるぞ！」

「清伊があんまりかわいいから調子に乗った。指がいいところに当たると腰が揺れるの、自分でも気づいてたか？」

「しっ、知るか、そんなの！」

「そうか」

背後から抱きすくめられ、体が重なり合う。尻の狭間に熱い昂りを感じ、恐れと期待の両方で四肢が強張った。

すっかり欲深くなった窄まりに、濡れた先端をあてがわれ、体中から一気に汗が噴き出す。だが屹立は中に入ろうとはせず、会陰《えいん》を潜《くぐ》り、煽り立てるように行ったりきたりを繰り返している。

深く滑り込んでくる度、傘の部分で袋や裏筋を刺激されて、口からひっきりなしに短い喘ぎが漏れた。

「んっ、あっ……、はあっ……」

「また腰が揺れてる。かわいいな、清伊」

「言うなっ……」

言われなくてもわかる。

今の自分は雄をねじ込まれる瞬間を待ち望んで、いやらしく腰をくねらせている。

東雲の眼前に曝した後孔はキスをせがむ唇みたいに赤く熟《う》れ、淫らに開閉を繰り返しているに違いない。

（こんな擬似《ぎじ》セックスみたいなのじゃ、全然足りない……）

あの熱くて硬い欲望で、じくじくした腹の中をめちゃくちゃにかき回してほしい。中で男の形を感じたい。東雲が欲しくて、頭がおかしくなりそうだった。

「もういい加減、中にこいよ。このままじゃ繋がる前に、また……っ」

「力を入れないで、体を楽にしていてくれ。傷つけたくない」

清伊の手を上から握り込みながら、すぐ後ろで東雲が大きく息を吐く。汗で湿った項に口づけられると同時に、欲しくてたまらなかったものが中に押し入ってきた。

「や……、うあっ……！」

予想以上の衝撃に、目の前をチカチカと星が飛ぶ。太い亀頭で肉輪を押し開かれる痛みに、清伊は歯を食いしばって耐えた。

「もう少しだから、我慢してくれ……」

宥めるように背中や耳朶に口づけ、東雲が萎えた清伊の前を扱いてくれる。

犯されている場所だけでなく、全身が痛みを訴えている。まだほんの先端しか入っていないのに、熱された杭《くい》で体を串刺しにされているみたいだ。

こんな事、この男にしか許せない。東雲だから痛いのも苦しいのも耐えられる。

(お前になら、俺は何をされても平気だ――)

「くっ……、う、ふうっ……」

清伊はできる限り体から力を抜き、自らゆるゆると腰を揺らめかせてみる。後ろから意識を散らせると、痛みがずいぶんましになった。

太い部分さえ収めてしまえば、あとはそれほど苦もなく受け入れる事ができた。根元まで深く突き入れ、背後で東雲が安堵の息をつく。中にいる彼も苦しいのか、時折何かをこらえるような呻き声を漏らしていた。

「東雲？　きついのか？」

「……ああ。清伊の中は熱くてトロトロで、俺の事を締め上げながら吸いついてくる。あんまりよすぎて、頭が煮えそうだ……」

苦しくないかと訊ねたのに、東雲はちぐはぐな答えを返した。こんな時でも気遣いを忘れない男は、いきなり腰を使ったりせず辛抱強く待ってくれる。疼くような痛みが治まると、今度は熱を伴う掻痒感《そうようかん》に襲われた。

「は……、はあっ……、しののめ……」

「悪いが、動く。痛かったら言ってくれ。心配しなくてもそれほど長い時間じゃない」

すぐにでもイキそうなのだと遠まわしに告げると、東雲はゆっくりと中を穿《うが》った。脈打つ熱塊《ねっかい》がじりじりと奥へと進み、肉襞《にくひだ》に押し戻されるようにスルリと逃げていく。排泄にも似た怪しい感覚に、肌が粟《あわ》立《だ》つ。だけど決して不快ではなく、むしろ物足りないくらいだった。

「ん……、ふ、う……っ」

羞恥を押し殺し、清伊は思いきって腰を前後に揺らしてみた。臀部《でんぶ》に力を込めると、脈打つ雄の形がはっきりとわかる。その度に東雲が悩ましげな息をつき、ますます情欲を煽られた。

「もっと奥まで欲しいのか？」

「……ああ、奥までいっぱいに満たしてほしい。他には何も考えられなくなるくらい、お前と一つに溶け合いた――」

全部言いきらないうちに、今度はグンと強く突かれる。ほんの一瞬ピリッとした痛みを感じたが、それを遥かに上回る鋭い感覚が、腰から頭の天辺《てっぺん》まで突き抜けた。

「ん、あっ、ああっ……！」

反射的に中の屹立を食い締めてしまい、東雲が苦しげに「くっ」と呻く。縋るように腹に腕を回され、たまらない気持ちになった。この男を抱き返してやりたい。満足するまでかわいがってやりたかった。

動きやすいよう腰を上げ、抱き返す代わりに腹に回された腕をそっと撫でてやる。汗をかかない東雲の肌はさらりとしていて、触れると気持ちがいい。このままずっとこうして触れ合っていたいなんて、非現実的な事を考えてしまう。

「どうした？　動かないのか……？」

「清伊、清伊……、あんたが好きだ。どうしようもなく――」

（今、なんて……？）

譫言《うわごと》のように何度も名前を呼びながら、男は初めて清伊を好きだと言った。

東雲が零したその言葉に、清伊は泣きたいような気持ちになる。それは人も物怪も関係ない、普遍的な愛の告白だった。

「ああ……、俺も東雲が好きだよ。お前が好きだ」

振り返ってそう言うと、東雲は泣き笑いのように顔を歪めた。清伊の背中に顔を埋め、やがて東雲が緩慢に腰を使い始める。

最初はゆっくりだった動きが、徐々に速度を上げていく。強く穿たれる度、頭の中で火花が散った。先端で奥をグリグリされると、焼けつくような快感が腹の奥から這い上がってくる。

「やっ！　あ、ふあっ……！」

（なんだ、これ。腹の中、溶ける――）

中を犯す雄茎と清伊の肉襞が、摩擦で溶けて混じり合う。実際にはありえない事なのに、本当にそうなっているんじゃないかと思えるほど、東雲との間になんの隔たりも感じなかった。目眩《めまい》がするほどの悦楽《えつらく》も、火傷しそうな熱さも、自分の感じているものかさえわからない。

「やっ、あっ、ああっ……！」

「く……っ、清伊……っ！」

一際強く腰を打ちつけ、東雲が動きを止めた。振動が伝わるほど胴震いをしたかと思うと、腹の奥に熱い飛沫を撒《ま》かれる。中が濡らされる未知の感触に、下腹で渦巻《うずま》いていた愉悦の火種が膨《ふく》らみ、グラリと視界がぶれた。

「んあ……っ、ああっ……!!」

まだ精を吐き出し続けている東雲の雄を締め上げながら、清伊もまた達する。二度目とは思えないほど快楽は尾を引き、頭の中が真っ白になった。

「はあっ……、は……」

息を乱したまま布団の上に倒れ込むと、汗みずくの体を強く抱きしめられた。乱れた鼓動と肌のぬくもりを背中に感じ、愛しさと充足感で胸がいっぱいになる。

「清伊――」

「なんだよ……」

「誰かに強く握られてるみたいに心臓が痛む。もしかして俺はこのまま死ぬのか？」

たった今その雄々しい肉体で清伊を翻弄した男が、力のない声で子供のような事を言う。あまりの落差に、清伊は思わず笑ってしまった。

「お前、死ぬの？　やっと晴れて番いになったばっかりなのに？」

体を震わせて笑っていると、清伊の笑いが伝染したのか、東雲も声を出さずに笑った。僅かな隙間もないほどぴったりとくっついているせいで、心まで繋っているような気がする。だからこそ男の欲望に再び火が点いた事も、手に取るようにわかった。

「まだ全然足りない。もう一回、いいか？」

「仕方がないな」

本当は結構辛い。だけど東雲が望むなら、与えられるだけ与えたかった。

もしも本当に無償の愛があるとすれば、それはこんな感情なんじゃないかと思う。

こうして触れ合っているだけで、愛しさが無尽蔵《むじんぞう》に溢れてくる。それは多分、この世界で信じるに足る唯一のものだ。

(俺にそれを教えてくれたのは、俺を産んだ母親じゃなく物怪の東雲だった)

「あんたが俺に遺したかったのは、これか？」

清伊はもうここにはいない人に、そっと語りかける。当然返事はない。中途半端に開いた薄手のカーテンが、ふわりと揺れただけだった。

「清伊？　何か言ったか？」

「……いや。そんな事より、早くこいよ」

リミッターを外した東雲は、その後も一度では治まらなかった。体勢を変えながら際限なく挑まれ続け、喘ぎ声すら出なくなった頃、東雲はようやく繋がりを解いた。

どちらからともなく指を絡め、乱れた息を整えていると、背中に張りついていた東雲がふっと吹き出した。

「見ろよ、清伊。夜明けだ」

促されて窓の外に目を向ける。いつの間にか空が白み、小鳥が鳴いていた。

「太陽は……、別に黄色くないな」

「太陽が黄色い？　なんだそれは？」

「俺も若いなと思っただけ。……それにしても腹減ったな」

東雲とのセックスは、まるで耐久セックスだ。喘ぎ過ぎて喉はカラカラだし、夜通し体を揺さぶられ続ければ腹も減る。

「すぐに飯を作る。何か食べたいものはあるか？」

「別にいいよ、たまにはゆっくり朝寝しよう。だいたい東雲は昨日倒れたばかりのくせに。少しは体を休ませろよ」

ごろりと寝返りをうち、仰向けになって目を閉じる。

もうすぐ騒がしい住人たちが起き出してくる時間だ。せめてそれまではこの殺風景な部屋で、東雲と二人でダラダラしていたかった。

東雲も同じ気持ちだったのか、清伊の隣で横になる気配がした。

瞼の向こう側が赤い。今日も晴天だ。布団を干したらきっと気持ちがいいだろう。だけどその前にシャワーを浴びて、ドロドロのシーツを洗ってしまいたい。そんな事を考えていたら、だんだん眠くなってきた。

「――清伊？　眠ったのか？」

返事をする代わりに清伊はうっすらと微笑んだ。弧《こ》を描いた唇に、鳥の羽根のような儚《はかな》い感触が掠める。見返りを求めない口づけは、切なくなるほど優しかった。

七

「向かいの部屋がうるさくて朝まで眠れなかったんだけど。イチャつくなら別の場所か、せめて音が外に漏れないようにしてくれない？」

「確かに昨夜はずいぶん盛り上がってたな。清伊の意外な一面を知っちまったなあ」

「一晩中壁も障子もガタガタ揺れて怖かったんだから。家を壊すなって言っておいて、自分が壊すような真似してどうするの」

「……すみません」

結局あのまま眠ってしまい、昼前に起き出してきた清伊は、住人たちの前で平身低頭《へいしんていとう》する羽目になった。初めてここへきた時と立場がまるっきり逆転してしまっている。だがそれも自業自得《じごうじとく》だ。

（よりにもよって昨夜の一部始終を聞かれてたなんて、恥ずかし過ぎる。一生の不覚だ）

畳に額を擦りつけながら、そのまま地面までめり込んでしまいたいような気分になる。顔を上げられずに項垂れていると、グラスが載った盆を手にした東雲が茶の間に姿を見せた。

清伊が目を覚ました時、隣に東雲の姿はなかった。清伊がグーグー寝ている間に、彼は清伊の体を拭き、部屋着に着替えさせた後、汚れものの洗濯を終えて更にブランチの準備までしていたのだ。

「悪かった。俺が結界を張り忘れたばっかりに」

「いや、東雲は何も悪くない。俺がなんでもかんでもお前に任せっぱなしだから」

目が合うなり申し訳なさそうに謝られ、いっそう居心地が悪くなる。その上妙な気恥ずかしさもあって、清伊はわたわたと顔を逸らした。

（ヤバい、なんかめちゃくちゃ照れる……）

自分の気持ちを認めた途端、東雲がこれまで以上にかっこよく見えて仕方がない。恋愛フィルターの効果というより、余計なフィルターが外れたと言う方が正しい。なんと言っても相手は同居人で、同性で、実はカラスの物怪なのだ。色眼鏡で見るなと言うのが無理な話だ。

(それが今は発光でもしてるみたいに眩しく見えるんだもんな)

「昨夜は無理をさせてすまなかった。体は平気か？　レモネードは飲めそうか？」

手にしていた盆を座卓に置き、東雲が清伊の傍《かたわ》らに膝をつく。愛おしげに前髪を梳かれ、体がピシリと固まった。ただでさえ熱いのに、体温が一気に上がり、額にツッと汗が流れる。顔から湯気でも出ていそうだ。

「ちょっと東雲、謝る相手間違ってんじゃないの？　あとそうやってところかまわずイチャつくの、やめろよな」

「わかった、今度から気をつける。そろそろ気が済んだだろ。ほら、レモネードでも飲んで落ち着け」

イチャついているという点については否定せず、東雲が式鬼の前にストローが挿《さ》さったグラスを置く。

炭酸水の上に輪切りにされたレモンとミントの葉が浮かんでいて、見た目にも爽やかだ。

「もしかしてこの葉っぱって俺が育てたやつ？　料理以外にも使えるんだ？」

「ああ。香草にはいろんな使い道があるみたいだ。式鬼がいろいろ育ててくれるから、俺も助かってる」

その一言ですっかり機嫌を直した式鬼が、えへへと照れたように笑う。出会った頃は難しい相手だと思っていたが、今なら清伊にもわかる。式鬼はただ自分の気持ちに正直なだけなのだ。

「東雲がそう言うなら他にも珍しい野菜とか育ててやるよ。いつか田んぼで米も作ってみたいんだよな」

そして恐ろしく単純でもある。

「あれ？　グラスが四つしかない。東雲、一つ足りないよ？」

「俺は清伊の分を半分もらうからいい。かまわないだろう？」

そう言って髪と頬に口づけた後、東雲が清伊のレモネードに口をつける。他の住人たちに何もかも知られてしまった事で開き直ったのか、東雲は清伊に触れる事になんの戸惑いも見せなくなった。

「こら、東雲……っ！　そういう事は人目のない場所でこっそりするもんだ！」

「どうして？　昨夜のあれを聞かれたんなら、今更隠しても仕方がない。それに俺は誰にどう思われても気にしない」

「俺は気にする！」

そうだった。いろいろあって忘れていたが、東雲は自分がこうと思ったら人の話を聞かない、電波な一面を持った男だった。

清伊を壁際に追いやる勢いで、東雲がぐいぐい距離をつめてくる。東雲の首筋からは清伊のシャンプーの香りがした。たったそれだけの事で、ひどく動揺してしまう。

「東雲、お前さんの気持ちはよくわかった。だがそれ以上は勘弁してくれ。目の毒だ。レモネードなら俺の分をやるよ。代わりに酒をくれ」

「そんな事言って、煙羅はお酒が飲みたいだけなんじゃないの？」

「おい。うるせえぞ、小僧」

やっと許してもらえたのか、それとも最初から大して怒ってもいなかったのか、住人たちがいつもの調子を取り戻した。お小言から解放された清伊は、騒がしい面々を横目に縁側へと移動する。

かつては荒れ放題だった庭が、今は式鬼の家庭菜園に占拠されている。

鉢植えされた朝顔は、既に閉じてしまっていた。赤紫色の花をつけた百日紅《さるすべり》。容赦なく降り注ぐ日差しの中、競うように鳴く蝉の声。

空調の効いた職場では、こんな風に窓を開け放す事は許されない。冷えた空気は湿度を孕《はら》んで凝《こご》り、酷使《こくし》した脳と体をいつもじわじわと苛《さいな》んだ。

「それでもやっぱり扇風機くらいは欲しいな」

ここへきた当初よりずいぶん涼しくなったとはいえ、日中はまだ残暑が厳しい。太陽に熱された外気に肌を炙られ、額にじわりと汗が滲んだ。

その時、パンツの尻ポケットに突っ込んでいたスマートフォンが振動した。

ちらりと茶の間に視線を向けると、四人は相変わらずレモネードを囲んでわいわい騒いでいる。清伊はその声が届かない場所まで移動してから、逸《はや》る気持ちで液晶画面をタップした。

『……三条、お前に残念なお知らせがある』

「なんだよ、南波。藪《やぶ》から棒に」

『再開発予定地が決まった。いや、正確にはまだ候補地の段階だが、もう決定みたいなもんだ』

画面に表示された彼の名前を見た時から、この話だろう事は察しがついていた。律義な南波の事だ。例の計画に何か動きがあれば、必ず連絡をくれると踏んでいた。

「……どこに決まった？」

『お前んちの最寄り駅の南側。住宅街を抜けた場所に神社があるんだけど、予定地はその周辺になりそうだ。森と神社しかないだけあって静かで落ち着くし、アクセスも悪くない。穴場のパワースポットって煽りでもつければ、かなりの人を集められるだろう。まあ妥当な線だよな』

「そうか――」

多分大丈夫だろうとは思っていたが、その言葉を聞いてやっと安心できた。

南波が源泉の有無について伏せているのは、社会人としての良識からだろう。実際に湧水状況を確認した後でなければ、迂闊《うかつ》な事は言えない。だがその点については心配ないと東雲も太鼓判を押していた。

都心から電車で一時間弱。自然豊かなパワースポットはそれだけでも充分魅力的だが、そこに癒しが加われば大きな宣伝材料になる。

『友人としてはさっさと家も土地も売り払って、お前に一刻も早くそんなおっかない場所から離れてほしかったんだけど、行政に携わる者としては正直ホッとしてる。そこらをブルドーザーで掘り返して騒がしいショッピングモールなんか建てちまったら罰が当たりそうで怖い』

祟《たた》りや呪いではなく「罰が当たる」と言ってしまうところに、南波の人のよさが表れていた。青い顔をして腰を抜かした姿が瞼に浮かび、悪いと思いつつ笑ってしまう。

『……おい。何笑ってんだよ』

「いや、あの頭の固い連中がお前のオカルトじみた話を鵜呑《うの》みにするなんて意外だなと思って」

『それがさー、聞いてくれよ。枡山さんがさ、今の候補地が浮かんだ時に八咫烏《やたがらす》が飛ぶのを見たって言うんだ。だからもう絶対にそこしかないって思い込んじまったみたいで。そういう信心深いとこがあるんだよな、あの人は』

「八咫烏を――」

『うん。人を正しい道に導いてくれるっていう、あの八咫烏。そいつが東京の空を飛んだんだと。ほんとかよって感じだろ?』

(八咫烏が、人を導いてくれるカラスだって?)

清伊は神話や伝説に明るくない。だから八咫烏について詳しい事は知らなかった。

昨夜東雲は、清伊を抱えたままここ物怪荘を目指して飛んだ。ひょっとしたら、あれにも何か意味があったのだろうか。

『三条?　どうかしたのか?』

「いや、なんでもない。それよりさ、いつかまた遊びにこいよ。ヒイラギも植えたし、もう怖い目には遭わないはずだろ」

『ああ……。いや、待て。うーん……、やっぱりもうちょっと考えさせてくれ』

快活な南波にしては珍しく歯切れが悪い。またも笑ってしまいそうになったが、かわいそうなのでなんとかこらえた。

軽く挨拶を交わして南波との通話を終えると、縁側に面した部屋でただ一つ、閉ざされたままの障子戸が目に入った。スマートフォンを尻ポケットにしまい、なんの気になしに障子を開ける。

清伊がこの部屋に入るのは二度目だった。一度目はまだこの家にきたばかりの頃で、目障《めざわ》りな祖母の面影をかき集めてこの部屋に閉じ込めたのだ。

風を通していない部屋の空気は淀んでおり、埃《ほこり》がキラキラと舞っていた。狭い六畳間に置いてあるのは、小さな文机《ふづくえ》とその上に置かれた遺影だけだ。手前の線香立ては硯が用意したものだろう。

障子戸を全開にすると、サアッと強い風が吹き抜けた。風の勢いで遺影が倒れてしまい、慌てて伏した写真立てを元に戻す。陶器製の線香立ては幸い無事だ。

「硯に泣かれでもしたら面倒だからな」

言い訳じみた言葉を口にしながら、清伊は文机の上を手のひらで拭った。

日当たりはいいはずなのに、室内はどことなく暗く感じる。茶の間の賑やかな声もここまでは届かない。いつも騒がしいこの家に、こんなに寂しい場所があるなんて、なんだか信じられなかった。

「あんたはこの家でいつもどんなふうに過ごしてたんだ？　横浜《よこはま》の家に戻りたいとは一度も思わなかったのか？」

四角く切り取られた祖母は、こちらを見て穏やかに微笑んでいる。視線の先にあるものに思いを巡らせようとして、やめた。考えたところで無駄な事だ。

「あれ……？」

古びた文机を見下ろしていたら、一段目の抽斗《ひきだし》がほんの少しだけ開いている事に気がついた。さっきはきちんと閉まっていたはずなのに、いつの間に開いたのだろう。

真鍮《しんちゅう》の摘みに指をかけ、そっと抽斗を開ける。入っていたのは革表紙の分厚い冊子で、一目で日記だとわかった。

茶色っぽく変色したそれを手に取ってみると、癖がついてしまっていたのか、真ん中の辺りでページが開いた。

三月三日　晴れ

無事に伊織《いおり》の子供が生まれた。

名前は清伊。

たった二行の日記とも呼べない文章の後に、大小の様々な文字で自分の名前がいくつも書かれている。

その後も、清伊の名は何度となく登場した。お食い初《ぞ》めの日、不用意に手を伸ばして椀《わん》をひっくり返した事。伝い歩きの最中に転び、額をケガして母を泣かせた事。うっすら記憶のある事から、清伊の知らない事まで、様々な出来事が記してある。

途中からは文面が明らかに伝聞調になっていて、祖母が誰かからの話を頼りに日記を綴《つづ》っている事が窺えた。

(もしかして、母さんが……?)

手紙か電話かはわからない。だがなんらかの手段で、母はずっと祖母に清伊の話を聞かせていたのだ。その証拠に、母と清伊しか知らないはずの、海へ出かけた日の事も書いてあった。

九月二十六日　晴れ

清伊と伊織は海へ遊びに行ったらしい。

海辺で花火をしたのかしら?

良い思い出が作れていますように。

(残念ながらしょっぱい思い出だよ)

祖母の記した能天気な一文に、つい苦笑が漏れてしまう。だが彼女がそんな風に思うのも無理はない。母子の思い出というのは、幸福感に満ちているものなのだろう。

実家を飛び出した後もこうしてやり取りを続けていたのだから、祖母と母の関係は良好だったに違いない。あの頃の母にはいざという時に頼れる場所も、信頼できる人もちゃんといた。それは清伊にとっても救いだった。

自分の記憶と照らし合わせながら、パラパラとページを捲る。

日記と言っても、毎日きっちり書かれているわけではない。一月近く開く事もあれば、日に何度も短い文章を綴っている事もあった。感情的なところはほとんどなく、日常を淡々と書き記している。字は端正で、癖は少ない。

(この人は几帳面《きちょうめん》そうに見えて案外ものぐさだったのかもしれないな。感情を抑えて書いてるから、きっと人一倍照れ屋なんだろう)

亡き祖母の人柄を想像しながら感慨深く文字を目で追っていると、あるページで指が止まった。

八月十日　晴天
日暮れ前、庭にきれいな鳥が遊びにきてくれた。

東雲と名づける事にする。


他の文章と同じく、感情的な部分は省かれている。だが夕方庭を訪れた鳥に「東雲」と名づけた事が、彼女の気持ちを表していた。

きっと祖母は嬉しかったのだ。黒い翼を持つ大カラスに夜明けの空を意味する名をつけるほど、東雲が自分のところにきてくれた事が嬉しかった。

その日を最後に日常が綴られる事はなく、日記は「いつか清伊にこの家を譲ろうと思う」という一文で締められていた。

突然室内に吹き込んだ強い風が、日記をパラパラと捲る。何も書かれていない白いページを見下ろして、清伊は途方にくれた。

清伊の事を祖母に報告していた母。清伊にこの家を遺して逝った祖母。まだ薄暗い部屋の窓から、東雲と見た夜明け。そんなものが綯《な》い交ぜになって一時に胸に押し寄せてくる。

おそらく、母は母なりに清伊の事を愛してくれていた。祖母は思いがけず得た幸福を、清伊にも分け与えようとしたのだろう。そしてこの家を失いたくないと願う自分は、本当は誰よりも寂しかったのかもしれない。

「ふ……、っ……」

目の奥が熱を持ち、くしゃみをする時みたいに、鼻の奥がムズムズする。だが不意に近づいてきた人の気配に助けられ、すんでのところで涙を流さずに済んだ。

「清伊？　いるのか？」

「——ああ、いる」

東雲の姿が目に入ると、暗い室内から明るい外に出た時のように目が眩んだ。同時に宙をふわふわと漂っていた意識が戻ってくる。

「ここで何をしてたんだ？」

「別に何もしてない。ちょっと部屋を覗いてみただけだ。他のやつらは？」

「今は花火の話で盛り上がってる。昔買った古いやつが出てきたんだ」

「いいな。せっかくだからスイカも買ってきて、食べながら庭でやろう」

日記を抽斗にしまい、代わりに写真立てを手に立ち上がる。バランスを崩しそうになるも、東雲が手を貸して支えてくれた。

「清乃の写真、どこに飾るんだ？」

「……茶の間に。みんなが集まる場所だし、一緒に花火も見られるからな」

東雲に手を引かれ、日の光が射し込む縁側を歩く。部屋の障子戸は閉めなかった。換気が不充分なせいで畳に虫でも湧いたら大変だ。

「買いものの前にまずは掃除をしたいな。空気も入れ替えたいし、布団も干したい。完全に夏が終わる前に家中を虫干ししてやる」

「清伊らしいな」

鼻息荒く宣言したら、ははっと声を上げて笑われた。影のない明るい笑顔に、どういうわけか胸が引き絞られる。

引っ込んだはずの涙が再び溢れそうになり、背伸びをして東雲に口づける。愛しい男の唇は、甘酸っぱいレモネードの味がした。家の中で堂々とイチャつくのは禁止でも、これくらいなら許されるだろう。

「――今のは、清伊らしくない」

「そうか？」

語尾に「悪くなかったけど」とつけ加えた東雲の耳が、庭のトマトと同じくらい赤い。

茶の間からは相変わらず住人たちの賑やかな声が聞こえてくる。何をはしゃいでいるのか、ドタバタと騒々しい事この上ない。

「まったく、騒がしいやつらだな。やっぱりあいつらには例の法度書が必要なのかもな」

冗談めかしてそう言うと、赤い顔をした東雲が幸福そうに目を細めた。

まだ日は高く、庭では夏を惜しんでツクツクボウシが鳴いている。花火をするまでの時間、物怪荘の住人たちとどう過ごそうかと思いを巡らせ、清伊は秋の気配がする澄んだ空を仰いだ。

物怪荘の休日

一

春から夏にかけて、カラスは繁殖期なのだという。

清伊《きよい》がなぜそんな事を知っているかといえば、毎晩身をもって実感させられているからだった。

「ふ……、んっ、あっ……！」

「清伊――」

物の少ない殺風景な六畳間に、東雲《しののめ》の荒い息と、自分の甘ったるい嬌声《きょうせい》が響く。だがどんなに淫らな声を上げても、東雲の結界がある限り、声が外に漏れる事はない。

初めて体を繋げた日に、同居人に一部始終を聞かれてしまうという失態をやらかしてから、清伊は東雲の部屋を訪れる度《たび》、結界を張ったかどうかをいちいち確認するようにしていた。

（あんなばつの悪い思いは一度で充分だからな）

「――清伊？　何を考えてる？」

清伊を布団の上に磔《はりつけ》にして、東雲が吐息混じりに囁く。その艶《つや》のある低音に、項《うなじ》から背筋にかけてゾクゾクと甘い痺れが走った。

伏せ気味の瞳も、互いの唾液で濡れそぼった唇も、たまらなく色っぽい。同性相手にこんな風に欲情する日が来るなんて、この家で東雲と出会うまでは思いもしなかった。

「何って、東雲の事に決まってるだろ」

迷いなく答えながら、額に零《こぼ》れた前髪を耳にかけてやる。すると東雲は表情を緩め、清伊の首筋にすりと鼻先を擦り寄せてきた。

相変わらず、東雲はかわいい。

顔立ちこそ際立って美しい男だが、女性らしいところはどこにもない、それでも清伊には東雲がかわいく思えて仕方がないのだ。

「疲れたのか？　眠いのならそろそろ寝るか」

「……まだ眠りたくない」

肩口に顔を埋めてそう呟《つぶや》いたかと思うと、仰臥《ぎょうが》していた体を勢いよく引っ張り上げられた。両手で腰を支えられ、自然と東雲を跨《また》ぐような格好になる。

「んっ……！　ちょ、東雲っ？」

「悪い。だけどもう少しだけ清伊の中にいたい」

煽るように顎《あご》を齧《かじ》られ、肌がザワリと粟立《あわだ》った。後蕾《こうらい》に収めたままの雄はまだ充分硬く、東雲が身動《みじろ》ぎする度、敏感になった肉襞《にくひだ》を甘く刺激する。

「動いてもいいか？」

「んっ……、あん……っ」

返事をするより先に、東雲が腰を使い出した。雄《ゆう》蕊《ずい》が弱い場所を掠め、女の子のような声が漏れてしまう。咄嗟《とっさ》に手のひらで口を塞いだら、目の前の男がフッと鼻で笑った。

「声を聞かれたくないのなら、抱き合っている間中俺に口づけていればいい」

不敵に笑って、東雲が口を覆った手の甲に舌を這わせてくる。同時にゆるゆると中をかき回され、聞くにたえない嬌声がひっきりなしに零れた。

「あ、んっ……、やあっ……！」

「声が出てる。いいのか？」

「う、るさ……っ」

反論を封じるように、きつく腰を突き入れられた。浅い場所を出入りしていた屹立が、グッと深い場所まで押し入ってくる。

「く……！　うぅっ……」

あまりの圧迫感に、今度ばかりは喘ぎではなく呻《うめ》き声が漏れた。すぐに東雲が動くのを止め、宥《なだ》めるように背中を撫でてくれる。

「苦しいか？　痛むのなら一旦抜く」

「抜くなよ……。そのうち、なじんでくるから」

気休めではなく、本当の事だった。始まりは息もできないくらい苦しいのに、体を揺すられているうちに次第に中が蕩《とろ》け、気がついた時には男の体に自分からしがみつき、もっととせがんでしまっている。

（東雲の繁殖期につき合っているうちに、俺まで盛りがついたみたいだ……）

向き合ってじっとしていると、きつかった後ろが雄の大きさに慣れ、腰から下がじんじんと疼《うず》きだした。同時に触れてもいない胸が尖り、萎《な》えていた清伊の中心に芯が通る。

「もう平気そうだな。ここも硬くなってきた」

長い指で裏筋を辿《たど》られて、反り返った幹の先端から透明の蜜が滴《したた》った。その様子をつぶさに観察されてしまい、いたたまれない心地になる。

「も、いいから動けよ……っ」

恥ずかしい場所から東雲の意識を逸《そ》らしたくて、無防備な男の首に歯を立てる。東雲はそれにわかったと答え、律動を再開した。


「——なあ、東雲。カラスって繁殖期にはみんなこうなるのか？」

「こうなるとはどういう事だ？」

「毎日毎日、こんな風に抱き合ってばかりいるのかって事」


湿った布団の上に手脚を投げ出し、清伊は大仰《おおぎょう》に溜め息をついた。窓からは燦々《さんさん》と朝日が差し込んでいる。眩《まぶ》しさのあまり瞼を閉じると、徹夜明けの目の奥が鈍く痛んだ。

日中働いている清伊を気遣ってか、平日の夜はさすがにこれほど何度も挑まれる事はない。だがその分金曜の夜と休日は容赦がなかった。

言葉や仕草《しぐさ》は甘くても、寝所での東雲はいつも少し意地悪だ。苦しくなる一歩手前まで快楽を長引かせ、清伊が早く終わらせてくれと懇願するまでイかせてくれない。やがて出すものがなくなり、ただ体を震わせるだけになっても、東雲は飽きもせずに清伊の体に触れ、中を穿《うが》ちながら、呼吸まで奪うような激しいキスを仕かけてくる。途中何度も意識を飛ばし、気づけば日が高くなっているというのが、ここ最近の清伊の週末の過ごし方だった。

「我ながら爛《ただ》れきってるな……」

「どこも爛れてなんていないし、見えるところに痕《あと》もつけてない。清伊の体は今日もきれいだ」

蒸したタオルで清伊の体を拭きながら、東雲が大真面目な顔つきで言う。指一本動かすのも億劫《おっくう》な清伊に対し、清伊の世話を焼く東雲は楽しそうだった。とはいえ日中は家事をこなし、夜は清伊の相手をしているのだから、東雲だって疲れていないはずはない。

「東雲ももう休めよ。後でシャワー浴びるし、そんな丁寧に拭く事ないって」

そう口にした途端《とたん》、ふわりと大きな欠伸《あくび》が零れた。

「清伊の方が眠そうだ。俺の事は気にせずこのまま眠れ。目が覚めたら甘くないパンケーキを焼く。せっかくだから縁側で庭を眺めながら食べるか？」

しょぼつく目尻に口づけ、東雲が魅力的な提案をする。甘くないパンケーキならブランチには最適だ。

「東雲って、ほんと俺を甘やかすのが上手いよな」

「ご褒美《ほうび》は清伊の口づけでいい」

どこかで聞いたセリフを口にして、東雲が瞼を閉じる。スッと通った鼻筋と、絶妙に肉感的な唇。髪と同じ色の長い睫毛《まつげ》が、朝日に透けてきれいだ。

清伊はだるい体を起こし、散々キスをして色づいた東雲の唇に軽く口づけた。あれほど濃密に抱き合った後だというのに、子供だましのキス一つで、東雲は嬉しそうに唇を綻《ほころ》ばせる。その顔を見たら、疲労困憊《こんぱい》で何をする気も起きない事も、微妙に脚のつけ根が痛む事も、全部どうでもよくなってしまった。

(俺も大概《たいがい》、東雲に甘いな)

目を閉じると窓の外から、独特のリズムを刻むキジバトの鳴き声が聞こえてくる。いつもは耳障《みみざわ》りにしか感じなかった鳴き声も、鳩たちの精一杯の求愛行動なのだと思えば、不思議といじらしく思えた。

二

「はっきり言って、耳障りなんだよね」

焼き立てのパンケーキにフォークをグサリと突き

刺しながら、式鬼《しき》が苦々しく呟く。

式鬼が食べているパンケーキは、メープルシロップがたっぷりかかったデザート向きのもので、無糖ヨーグルトと共に色鮮やかなベリー系のジャムが添えられている。

一方清伊のパンケーキは甘さ控えめで、上にバターが載せられていた。皿にはグリーンサラダとスクランブルエッグ、分厚く切ったベーコンが盛られている。どちらも完璧なカフェメニューだ。

そろそろ正午になろうという時間なのに、茶の間に硯《すずり》の姿はない。おそらく昨夜も遅くまでマンガを描いていたのだろう。煙羅《えんら》の姿も見当たらないが、特に珍しい事でもないので気にはならなかった。

「耳障り？　あの日以来、結界を張り忘れた事はないはずだけどな」

清伊にカフェオレ、式鬼にはミルクティーの入ったカップを手渡し、東雲が反論する。その涼しげな横顔に、清伊を熱っぽく見つめながらかき口説いてきた昨夜の名残《なごり》は微塵《みじん》もない。

「だからー、静か過ぎて不自然なの！　耳がキーンってなるくらい静かだと、ああ今まっ最中なんだなとか、清伊はまたデカイ声出してんだろうなとか、いろいろ想像しちゃって逆に気になるんだよ」

「ぶっ、ゲホッ……！」

あまりに直截《ちょくせつ》的な言葉に、口に含んだカフェオレを吹き出しそうになる。噎《む》せる清伊の背中を、東雲が擦ってくれた。

「うるさいと文句を言ったかと思えば、結界を張ったら張ったで今度は静か過ぎるだって？　一体俺たちにどうしろっていうんだ」

「いくら二人が蜜月中だからって、限度ってものがあるだろ。確かに音は聞こえないけど、家の中の空気が明らかにいつもと違うんだよ。そこら中ピンク色なの。無駄にエロいの！　はっきり言って超迷惑」

パンケーキが刺さったフォークで東雲を指し、式鬼が鼻息を荒らげる。その勢いに押され、東雲がグッと言葉をつまらせた。

不満をぶちまけた事で多少溜飲《りゅういん》が下がったのか、式鬼が落ち着きを取り戻し、やれやれというように溜め息をつく。

「——俺だって今更あんたらの関係にケチつけたいわけじゃないんだよ。でもさあ、なんだかんだでこのやつらがちゃんと揃《そろ》うのって夜だけだろ？　清伊は昼間は仕事だし、硯は部屋に引きこもってるし、煙羅の野郎は一度外に出たら鉄砲玉で帰ってきやしないしさ。だから寝るまでのほんのちょっとの時間くらい、みんなで過ごしたいって思うじゃん」

式鬼はそう言うと、メープルシロップでひたひたになったパンケーキを、ムグと口の中に突っ込んだ。

いつもの彼からは想像もできない健気《けなげ》な言葉に、キュッと胸が締めつけられる。同じ家で暮らしていながら、それぞれが自分の時間ばかり優先して、ろくに話もしない。式鬼はそれが寂しかったのだ。

この数カ月で庭の家庭菜園がいっそう賑《にぎ》やかになったのは、ただ土弄《つちいじ》りが楽しいからという理由だけではなく、式鬼が一人の時間を持て余していたせいなのかもしれない。

「……そうだな。一緒に暮らしてるんだから、みんなとの時間をもっと大事にしなくちゃな。休みの日に部屋にこもってばっかりなんて確かに不健全だ」

「清伊？」

怪訝《けげん》そうに眉を顰《ひそ》めた東雲とは対照的に、式鬼がぱっと表情を輝かせる。

「じゃあまた前みたいに庭仕事を手伝ってくれる？」

「ああ、もちろんだ。なんなら今から買いものに行くか？　春植え球根が欲しいとかって言ってたよな」

「行くっ！　俺、野菜の苗も見たい！」

無邪気に喜ぶ式鬼の後ろでは、東雲が額を押さえて項垂《うなだ》れていた。

清伊だって東雲と二人きりで過ごせる時間が減るのは寂しい。だけどここは自分たちだけの家じゃないのだ。住人たちと円満な共同生活を送るためにも、行き過ぎたイチャイチャは自重するべきだろう。

「ごちそうさま。すぐに出かける準備してくるからちょっと待ってて！」

清伊がそれに手を上げて応《こた》えると、式鬼は汚れた皿とカップを手に、足取りも軽く茶の間を出ていった。二人きりになった途端、室内に重い空気が漂う。沈黙に耐えられず、先に口を開いたのは東雲だった。

「ずいぶん親切なんだな。ここに来た頃はぶつかってばかりいたのに」

「生意気だけど、式鬼って基本的には素直でまっすぐだろ。そういうやつと一緒にいるのってラクだし、楽しいよ。こっちも変に気を使わなくていいしな」

「俺と一緒にいるよりか？」

（やっぱり拗《す》ねてたか……）

ああ言えば東雲が臍《へそ》を曲げるのはわかっていた。だけど今の爛れきった生活を続けていたら、自分はダメ人間になってしまうような気がする。清伊にとって優先順位の一番は東雲だが、だからって日々の生活や同居人を蔑《ないがし》ろにしていいというわけではない。

（ここらで一度、緩みきった気を引き締めないとな）

「――よし、決めた。今月はもうセックスしない。禁欲週間にする。何事にもけじめは必要だ」

「本気か？　今月はまだあと十日もあるんだぞ？」

顔色を失くした東雲が、指を折って残る日数を数える。他人が聞いたらたった十日で何が禁欲だと鼻白みそうなものだが、東雲にとって十日は許容できない日数だったらしい。

「大袈裟《おおげさ》だな。たかだか一週間とちょっとじゃないか。だいたい少しは体を休ませないと俺だって辛《つら》い。もう若くないんだからな」

先月、清伊は三十一歳になった。人間である清伊の体は、物怪たちと違って着々と老いに向かっている。毎日のように酷使《こくし》した事で腰痛は慢性化しつつあるし、徹夜もきつくなってきた。この先も末長く睦《むつ》み合っていこうと思えば、お互い無茶は禁物だ。

「ご褒美は……？」

「——はい？」

「体が辛いのなら仕方がない。この十日間は清伊の中に入れなくても我慢する。だけどご褒美はそれとはまた別だろう？」

東雲の言うご褒美とは、キスの事だ。どうしたものかと迷ったが、結局キスも不可とした。キスを許したら、なし崩し的に最後まで許してしまいそうな気がする。清伊だって鉄の意志を持っているわけじゃないのだ。絶対にほだされないという自信はない。

「ご褒美すらもらえないなんて、地獄だな……」

「そんな悲壮な顔しなくても十日なんてすぐだって。我慢した分、次はきっとめちゃくちゃ盛り上がるぞ」

自分自身に言い聞かせるように励ますと、ようやく観念したのか、東雲が渋々頷《うなず》いた。

ブランチの後は約束通り、式鬼と駅前の商店街へ買いものに出かけた。気持ちのいい陽気なので、散歩がてら歩いて向かう事にする。

桜は散ってしまったが、林には所々赤や紫色をしたヤマツツジの群生が見える。頬を撫でる風は柔らかく、ほんのり土の匂いがした。

「そもそも清伊が東雲を甘やかし過ぎなんだよ」

「俺が？　向こうがじゃなくて？」

「あの浮かれっぷりは間違いなく清伊が甘やかしてるせいだろ。東雲って元はあんなキャラじゃなかったもん」

駅までは歩き慣れた道のりだが、式鬼と二人きりで歩くのは初めてかもしれない。

今日の式鬼はごく普通の白シャツに、ネイビーのハーフパンツを合わせていた。中性的な美貌は、目深に被《かぶ》ったベージュのサファリ帽で半分隠れてしまっている。全身黒一色で悪目立ちしてしまう東雲とは違い、式鬼は違和感なく日常に溶け込んでいた。

「でもまあ、前のいじけた東雲よりかは今の方がマシかもね。鼻の下伸ばして男ぶりは下がったけど」

「ああ。俺も今の東雲の方が好きだな」

「げー、のろけかよ。ウザッ」

顔を歪《ゆが》めてそう言うと、式鬼がスタスタと歩調を速める。華奢《きゃしゃ》な背中を追いながら、清伊が考えるのはここにはいない男の事だ。

東雲は今でも時々、嫌な夢を見たと言って夜中に目を覚ます事がある。夢の内容は話そうとしないが、おそらく過去に関係したものだろう。それでも以前のように不安定になる事はないし、自虐的《じぎゃくてき》な劣等感も徐々に薄れてきているようだった。何より欲しいものを欲しいとはっきり自己主張できるようになったのは、いい傾向だと思う。

（まあ、そのせいで禁欲週間なんてものを設《もう》ける事態になったんだけどな）

「清伊、遅い。日暮れまでに野菜に水やらなきゃいけないんだから、もっとサクサク歩けよな」

以前は頼み事をする度いちいち文句をつけてきたあの式鬼が、今では進んで用事をこなしている。一年にも満たない僅《わず》かな期間で、えらく勤勉になったものだ。

清伊はペースアップして式鬼に追いつくと、わざと大股で歩いて彼を追い越してやった。

「遅れてるぞ、式鬼。そんなんで日暮れまでに帰れるのか？」

「はあ？　全然遅れてないし！」

歩幅の違いを見せつけられ、負けず嫌いの式鬼が駆け出す勢いで猛然と歩き出す。二人で競うようにして坂道を下りながら、清伊は声を上げて笑った。

翌日は朝から式鬼の庭仕事につき合う事にした。僅かな空きスペースに小さな花壇を作り、昨日買ってきた苗木と球根を植える。

昼前には作業を終え、台所で東雲が用意してくれた昼食を取った。今日のランチはソラマメのポタージュスープと、牛ミンチのタコスだ。食べやすいよう一口大に切られたタコスの横には、立派なソーセージと粒マスタードが盛りつけてある。

朝からたくさん動いて空腹だった清伊は、まだ微《かす》かに湯気を立てているタコスにかぶりついた。カレー粉で味つけをした牛ミンチと、溶けたチェダーチーズの相性が抜群《ばつぐん》だ。具には刻んだレタスが混ぜ込んであるので、濃い味つけでもくどさは感じない。

「東雲ってほんと料理のセンスあるよな。昨日のパンケーキも美味《うま》かったけど、これも最高」

「そうか。それはよかったな」

素っ気なく返され、食事をする手が止まる。どうやら東雲はまだご機嫌斜めらしい。いつものように向かいの席に腰かけて頬杖をついているが、その視線はあらぬ方向を向いていた。

「そろそろ機嫌直せって。ほら、コレやるから」

フォークでソーセージを突き刺し、東雲の唇にグイグイ押しつけてやる。食事時恒例のじゃれ合いだ。

「おーい、東雲?」

最初は嫌そうに顔を背けていた東雲だったが、何を思ったのか、突然正面に向き直った。清伊と視線を合わせると、薄く口を開き、差し出されたソーセージを舌で迎える。思わせぶりに唇で挟み、白い歯がその丸い先端をブチンと嚙みきった瞬間、なぜか背筋に冷たいものが走った。

「……別に機嫌なんか悪くない。普段通りだ」

(嘘だ。めちゃくちゃ不機嫌じゃないか)

普段ポーカーフェイスなだけに、こうも露骨《ろこつ》に態度に出されるとつい腰が引けてしまう。どうやってご機嫌取りをしようか思案していると、珠《たま》のれんを勢いよく払い除けながら、硯が台所に顔を見せた。

「清伊、東雲！　大変だ!!」

この家で暮らし始めて九カ月。大変だと言われたところで、もはや清伊は動じなかった。東雲が淹《い》れてくれた熱いコーヒーを啜《すす》り、硯に隣の席を勧める。

「今度はなんだ?　ストーリーに行きづまったか?」

「違うよ、どっちかっていうとその反対！　同人ゲームのイベントに招待されたんだ！」

「ゲーム?　マンガじゃないのか?」

以前から趣味でマンガを描いていた硯は、清伊の勧めで同人誌を作るようになった。ここ最近は部屋に引きこもる事も多くなり、以前にもまして創作活動に没頭している様子だったのに、ここにきてゲームとはどういう事なのか。

「実はみんなには言ってなかったんだけど……、俺、少し前から登録制のイラスト投稿サイトで新しい作品を発表してるんだ。これまで黙ってて、ごめん」

　硯が額の前で指を組み、重大な秘密でも打ち明けるように重々しく切り出す。一方清伊は、それがどうしたと拍子抜けした。反応に困っていると、東雲が助け船を出してくれる。

「その事とゲームのイベントとやらに招待された事には何か関係があるのか？」

「そこで発表してる作品が、ゲームの世界と現実が混ざり合っちゃう話なんだよ。主人公はニートのゲームおたくで、いい歳して仕事もしないでとあるゲームに没頭してるんだ。そのゲームっていうのが、増やしたお金を投じて一から町を作り上げるゲームなんだけど、主人公はそのゲームの中で自分好みの理想の妹を育成して楽しんでた。ところがある日、架空都市の住人であるはずの妹が現実世界に現れて、主人公の日常が激変するの」

　口で説明しながら、チラシの裏にボールペンでさらさらとイラストを描き上げていく。簡単なものなら、硯に姿を変えなくても絵を描く事は可能らしい。

　硯が描いたのは、むさ苦しい無精髭《ぶしょうひげ》の男と、日本人形のような見た目をした美少女だ。絵が達者なだけに、小汚い主人公からは饐《す》えた臭いがしそうだし、妹の美貌は凄味すら感じさせる。

「なるほど、ＳＦサスペンスか。面白そうだな」

「ううん。萌《も》え要素満載のエロラブコメだけど？」

　腕を組んで頷くと、硯がすかさず訂正を入れてくる。このキャラクターたちが繰り広げるラブコメを想像しようとして、脳が軽くパニックを起こした。

　カオスだ。

「でもさ、ゲームを扱った作品なんて他にもたくさんありそうなものなのに、どうして硯にお声がかかったんだ？」

「サイトでは一応上位ランカーなんだよ。俺の作品を元にした同人ゲームなんかも結構作られてるらしくて。それで主催者さんの目に留まったみたい」

あの、時代に逆行した絵柄で仮想現実を描こうと思った硯もすごいが、それに目をつけたユーザーもかなりエキセントリックだ。人気があるという事は、絵柄と内容のミスマッチ感が、いい方向に作用したのかもしれない。

「よかったじゃないか。一度同人イベントに参加してみたいって、ずっと言ってたもんな。向こうからお願いされるなんて、たいしたもんだよ」

「そうかな……？　ああ、でもどうしよう、俺――」

硯が言葉を途切《とぎ》れさせ、表情を隠すように俯《うつむ》く。

自分の作品には絶対の自信を持つ硯だが、実際に読者と対面するイベントへの参加となると、急に怖くなってしまったのかもしれない。耳に届く言葉が応援や称賛ばかりとは限らないのだ。

（こんな時、なんて言って力づけてやればいいんだ？）

「あー、えっとな、硯……」

「俺のスペースの前に長蛇の列ができて、編集さんの目に留まったりしたらどうしようっ⁉」

俯けていた顔を上げ、硯が勢いよく立ち上がった。その拍子に椅子が倒れ、台所に大きな音が響く。肩を叩いて励まそうとしていた清伊は、片手を上げた間抜《まぬ》けな姿で、ポカンと口を開けた。

「へ、編集さん？」

「ああいうイベントには商業誌の編集さんが見に来たりするもんなの！　もし雑誌での連載が決まったら、アニメ化だってありえるよね。プロの声優さんに上目遣いで『お兄ちゃん』とか呼ばれちゃったら……、ああもうっ、俺ってばどうしよう！」

リアリストの硯が、東雲もびっくりの世迷い言を口にしながら、喜色満面《きしょくまんめん》で空を見つめている。放っておけばどこまでも夢想を続けていそうな硯を、東雲と二人で「ひとまず落ち着け」と宥めた。

「……盛り上がってるところ悪いけど、それはかなり難しいと思うぞ」

「えっ？　どうしてっ!?」

「雑誌に載るって事は原稿料が発生するって事だ。単行本になれば印税も入ってくる。だけど国籍も戸籍もないお前は銀行に口座を開設できない。大金を稼いだところで国に税金を納める事もできないだろ」

清伊に指摘されてようやく現実を直視したのか、上気していた硯の顔が、見る見る青ざめていく。

「き、清伊が俺のふりをしてくれれば……」

「俺は公務員だぞ。副業はできない。わかってるとは思うけど、ここの住人にも替え玉は無理だ」

そう畳みかけると、硯は糸の切れた操り人形のように、バタンとテーブルに突っ伏した。気の毒だがこればかりは清伊にもどうする事もできない。

「って言っても、イベントに参加する事自体はまったく問題ないんだからな？　同人誌がバカ売れでもしない限り、所得として申告する必要もないし」

慌ててフォローを入れてみるも、よほどショックだったのか、硯はピクリとも動かなかった。

（あくそ、また失言だ……）

硯は本気で自分の作品が雑誌に掲載される日を夢見ていたのだ。それを一刀両断に切り捨てるような真似をしてしまった事に、清伊は今更ながらに罪悪感を覚える。

自分の無粋《ぶすい》さに落ち込んでいたら、黙って話を聞いていた東雲が、かわいいイラストつきのマグカップを硯の前に置いた。

湯気を立てながらいい香りをさせているのは、ほうじ茶のラテだ。抹茶ではなくほうじ茶なのは、硯が冬場にほうじ茶を好んでよく飲んでいたからだろう。

「何を落ち込む事がある。硯は金を儲《もう》けるためにマンガを描いてるわけじゃないだろう？　雑誌に載る事がそんなに重要なのか？　作品を楽しんでもらえるなら、形はなんだっていいんじゃないか？」

静かなトーンで諭《さと》され、硯がゆっくりと顔を上げる。赤くなった目には、うっすらと涙が滲《にじ》んでいた。

「……そうだよね。東雲の言う通りだ。なんか俺、有頂天《うちょうてん》になり過ぎて、大切な事を見失ってたみたい」

スンと鼻を啜りながら、手で目元を拭う。何か声をかけてやりたいのに、気の利いた言葉は何一つ浮かばなかった。

「だいたい、イベントに招待されたからって、編集さんの目に留まるとは限らないのにね。うぬぼれもいいとこだ」

「そんな風に言うなよ。硯はたくさんいるユーザーの中から選ばれたんだ。充分すごい事だろ」

「うん……。ありがと、清伊」

硯は硬い笑みを浮かべて礼を言うと、気に入りのマグカップに口をつけた。甘いほうじ茶ラテが気分を和《やわ》らげてくれたのか、カップが空になる頃にはいつもの硯に戻っていた。

「二人のおかげでなんだか気が楽になったよ。変に気負ったりしないで、いつも通りやってみる。東雲、ほうじ茶ラテごちそうさま。すごく美味《おい》しかった」

「ああ。頑張れよ」

硯から空のカップを受け取り、東雲が穏やかに微笑む。その笑顔につられたように硯も笑い、ふっきれた様子で台所を出ていった。

硯がいなくなると、台所は急に静かになる。いつもは気にならない食器を洗うカチャカチャという音が、今はやけに耳についた。

「……東雲って何気にすごいよな」

「すごい？」

東雲が水を止め、タオルで手を拭きながら振り返る。

「さっきの硯の話。俺、間違った事を言ったとは思わないけど、思いやりが足りなかったとは思う。東雲は硯を気遣いながらきちんと諭してやっただろう？　お前のそういうとこ、すごいなと思ってさ」

一人で過ごす事が多かったせいか、清伊は気遣いが下手で、無神経なところがあった。反対に東雲は口調こそぶっきらぼうだが、相手の目線で話ができる。時々耳に痛い言葉も口にするが、それは彼が嘘やごまかしを嫌う、誠実な男だからだ。

「俺はダメだな。ここに東雲がいなかったら、今頃硯はマンガを描くのが嫌になってたかもしれない」

「そんな事はない。俺には人間社会の難しい事はわからない。もし清伊がいてくれなかったら、何も知らずに硯と一緒に呑気《のんき》に喜んでたはずだ。硯だってそれがわかってるから、清伊に一番に相談するんだろう。頼りにしてる証拠だ」

「頼りに？　俺を……？」

その瞬間、目の前がパアッと明るく開けたような気がした。

たった一言で驚くほど心が軽くなる。どうして東雲には、一番欲しいと願った言葉がわかるのだろう。

（キスがしたいな。今すぐこの男に口づけたい）

禁欲宣言をしたのは昨日の事なのに、もう東雲の唇が恋しくなっている。

「清伊？　どうかしたのか？」

「……いや、なんでもない」

東雲には十日くらい我慢しろなんて言っておいて、自分がたった二日で音《ね》を上げるわけにはいかない。清伊は小さく息を吐くと、すっかり冷めてしまったコーヒーに口をつけた。

三

禁欲生活、三日目の朝。

この日も自室の布団で眠り、六時きっかりに目を覚ました。障子《しょうじ》を開け放してから布団を上げ、手早く身支度をする。上着とバッグを手にして台所に向かうと、いつものように東雲が朝食の準備をしてくれていた。清伊が起きてきた事に気づき、ホウレン草を刻む手を止めて、「おはよう」と挨拶《あいさつ》をくれる。

やがて数分も経《た》たないうちに、食卓に理想的な朝食メニューがズラリと並んだ。ブランチや昼食には遊び心のある洋食が出てくる事もあるが、朝食は必ず和食だった。胃がもたれないよう、消化のいい食べものが中心だ。

「……いただきます」

「どうぞ」

手を合わせてから、温かい味噌汁に口をつける。

東雲が作ってくれた朝食を食べる時、清伊はいつも幸せを食べているような心地がした。食材の一つ一つは高価なものじゃなくても、作った人の真心がこれでもかとばかりにこめられている。ほんの一口口にしただけで、心まで満たされたような気分になるのだ。

「スナップエンドウの出来がいい。野菜の世話は式鬼の天職なのかもな」

作業を終えた東雲が、向かいの席に腰を落ち着けながら言う。今日の副菜はスナップエンドウと卵の炒めものだ。東雲の言葉通り、シャキシャキとした歯応えと優しい甘さがクセになりそうだった。

「ほんとだ、美味いな」

「へえ、そんなに美味いなら俺にも一口恵んでくれよ。ついでに日本酒も出してもらえたら嬉しいね」

言葉と同時にそろりと忍びよってきた腕に、強引に肩を抱かれる。振り向いて確認するまでもなく、こんな失礼な真似をするのは一人しかいない。

「煙羅、帰ってきてたのか」

「ついさっきな。今日も別嬪《べっぴん》だな、清伊。色っぽい痕までつけて、目の毒だ」

指でツッと項を辿られ、背中の産毛が逆立つ。首を竦めて体を震わせていたら、正面に座っていた東雲がゆらりと立ち上がった。

「人のものに勝手に触るな。今すぐ清伊から離れろ」

煙羅を睨《にら》みつけ、地を這うような低い声で告げる。

長らく穏やかな東雲しか見ていなかったので、その変貌ぶりにドキリとした。あまりにも人間の生活になじんでいるせいで、つい忘れてしまいがちだが、東雲は人ではなく物怪なのだ。今みたいに全身に怒りを漲《みなぎ》らせている姿を目の当たりにすると、いやでもその事を思い知らされた。

「そうカッカするなって。ちょっとからかっただけだろうが。弄られたくなかったら、こんな目立つ場所に痕なんかつけてやるなよ」

「痕？　なんの事だ？」

「ん？　だってこれ東雲が吸った痕だろ？　首の後ろの柔らかい場所に赤い印が点々と——」

もう一度、今度は自然な手つきで煙羅が首筋に触れた。言われてみれば、触れられた場所がなんだかむず痒いような気がしてくる。

「そんなはずはない。昨夜は清伊に触れてないし、一昨日体を隅々まで見た時もそんなものはなかった」

微妙に恥ずかしい告白をしながら、東雲がきっぱりと断言する。だがその言葉を聞いて、清伊の頭にある一つの可能性がよぎった。

この痒さ、そして皮膚の柔らかい場所に点々と散ったいくつかの赤い痕。

「まさか——」

「まさか？」

「ダニだ……っ!!」

とぼけた顔でオウム返しにする煙羅に摑みかかり、清伊はしゃがれた声を絞り出した。寝ている自分に無数のダニが群がる光景が脳裡《のうり》に浮かび、途端に膝から力が抜ける。へなへなとくずおれる体を、東雲が慌てて抱きかかえてくれた。

「清伊？　どうしたんだ、急に——」

東雲が心配そうに顔を覗《のぞ》き込んでくる。だが清伊にはそれに答える余裕はなかった。

子供の頃、テレビ番組で大量のダニとその拡大画像を観てしまってから、清伊はダニが大の苦手なのだ。時を経《へ》てこのダニ嫌いは、埃恐怖症《ほこり》へと無益な発展を遂《と》げた。

「し、信じられない、よりによって俺の部屋がダニの住処《すみか》だったなんて……！」

「おいおい、落ち着けよ。小せえ虫にちょっと咬まれたくらいで、そんな大袈裟《おおげさ》な」

「バカ野郎っ！　ダニに咬まれたって事は、つまりやつらが万単位で家の中に生息してるって事なんだぞ！　やつらが、万……」

急に大声を出したせいで軽い酸欠状態に陥《おちい》り、頭がクラクラした。震える清伊の手を、東雲が強く握ってくれる。

「大丈夫だ、清伊。清伊が仕事から帰ってくるまでに俺たち二人で部屋を隈《くま》なく掃除しておく」

「ええっ、なんで俺まで？」

巻き添えを食った煙羅が、情けない声を上げる。だがそれどころじゃない二人は、煙羅の抗議の声を当然のようにスルーした。

「幸い今日の降水確率はゼロパーセントだ。布団と畳を外に干して太陽光に曝《さら》せばダニは死滅する」

「最後に掃除機をかけるのを忘れないでくれ。死骸がハウスダストに――」

「わかってる。だからもう何も心配するな」

禁欲を言い渡した清伊に苛立《いらだ》っていたくせに、東雲は優しかった。いつだって自分の感情は後回しで、清伊の事を一番に考えてくれる。

「東雲、ありがとう……」

キスができないならせめてこれくらいはと、清伊は伸び上がって東雲の首にしがみついた。この男が側《そば》にいてくれて、一人じゃなくて本当によかった。

「清伊――」

「ふわあーあ……っと」

ひしと抱き合う二人を尻目に、煙羅が豪快な欠伸をする。椅子に腰かけてスナップエンドウをつまみ食いしながら、「我が家は今日も平和だなあ」と、のんびりした調子で呟いた。

いつもの公園で美味しい弁当を堪能《たんのう》した後、清伊はベンチに座って項に軟膏を擦り込んでいた。体は小さいくせに、ダニに咬まれると猛烈に痒く、その上痕がなかなか消えない。こうして暇さえあれば薬を塗っているのだが、痒みは一向に治まらないし、忌まわしい咬み痕は赤黒い痣《あざ》になってしまった。

「あっ、三条《さんじょう》がエロい痕つけてる！　やらしー！」

中学生のような軽口を叩くのは、今月末に結婚式を控えた友人の南波《ななみ》だ。四月からは再開発事業のチームリーダーに抜擢《ばってき》され、目が回るほど忙しいはずなのに、相変わらず南波は無駄に元気だった。

「しかも咬み痕だぞ。どうだ、やらしいだろ」

「そんな能面みたいな顔で言われてもなあ。蚊じゃないよなそれ。ダニ？　薬、俺が塗ってやろうか？」

「……いや、いい。もう塗り終わったから」

申し出を断り、そそくさと軟膏容器を胸ポケットにしまう。心遣いはありがたいが、たとえ南波でも、東雲以外の相手に触れられる事には抵抗があった。

「もしかして警戒してる？　彼女、そんなに嫉妬《しっと》深いの？」

「彼女なんていないいって言ってるだろ。そんな事よりプロジェクトの方はどうだ？　順調なのか？」

「無事温泉が出たよ。でも湯量が問題だな。住宅街が近いって事もあるし、あの場所に温泉施設を作るのは難しいと思う」

「そうか……」

確かに温泉施設ともなれば、周辺はかなり騒がしくなるだろう。いくら町おこしの一環とはいえ、全ての周辺住人が歓迎してくれるとは思えない。

「でもな、最近は足湯も人気だろ？　企業と提携してキャラクターの限定グッズでも作れば、大規模な温泉施設じゃなくても人を呼び込めると思うんだ」

「いいんじゃないか。あの辺は坂道が多いから足湯は需要がありそうだ。キャラもののグッズなら若い子にウケそうだし」

「ああ。正直そっちはそれほど心配してない。それより問題は披露宴だよ。今になって彼女がお色直しは着物がいいなんて言い出してさ。式まで二週間もないんだぞ？　ありえないだろ？」

必死の形相《ぎょうそう》で同意を求められ、思わず吹き出してしまう。責任を担《にな》う立場になっても南波が変に気負わずにいられるのは、無邪気な婚約者のおかげなのかもしれない。

「いいじゃないか。結婚式は女の人のためのものって言うし、奥さんが満足するまでつき合ってやれよ」

清伊が笑って言うと、南波は「他人事だと思って」と苦笑した。食後にもかかわらず煙草のたの字も出ないところを見ると、友人の禁煙は順調らしい。

結局昼休憩は、南波ののろけ話につき合わされる羽目になった。その後つつがなく午後の仕事を終え、駅前で大判焼きを買って帰路を急ぐ。

午後七時に清伊が帰宅すると、東雲を除いた住人たちが、縁側にゴロゴロと転がっていた。死屍累々《ししるいるい》といった様相だ。

例のダニ騒動から、物怪荘はお掃除モードに突入した。そのやり方は、家具を動かして畳を上げ、表面の汚れを取り除いてから縁側に立てかけて干すという、かなり大がかりなものだった。

東雲から聞いた話では、住人たちは珍しく気合を入れて作業に取り組んでくれているらしい。事前にダニの恐ろしさを動画サイトで確認してもらった事が功《こう》を奏《そう》したのだろう。ダニと埃は清伊の敵から、みんなの敵になったのだ。

「お疲れさま。今日は廊下も磨《みが》いてくれたんだな。顔が映るくらいピカピカだったからすぐにわかったよ」

床に片膝をついてそう言うと、不意に伸びてきた手にサワリと腰を撫でられた。

「煙羅？　なんだよ、この手」

「ガス欠だから、とりあえず手近な別嬪で栄養補給」

無礼なセクハラ男の頭を叩いてやりたい衝動に駆

られたが、疲れきったように床に突っ伏した姿を見たら、止《とど》めを刺すような事はできなかった。煙羅の隣で式鬼が、その向こうでは硯が同様に倒れ伏している。連日に渡る力仕事で、彼らがくたびれきっているのは明らかだ。

「おかえり、清伊。飯《めし》できてるけど、今日はこっちで食べるのか？」

ただ一人涼しい顔をした東雲が、背後から声をかけてくる。他の住人たちと同じようにくたくたのはずなのに、東雲はまったくそんな素振りを見せない。

「ありがとう。みんな寝てるし台所で食べるよ。片づけも自分でやるから東雲は先に風呂に入ってきたら？　出たらみんなを起こしてお茶にしよう」

「なんだ、急に。風呂なんて別に後でも――」

「いいから。たまにはゆっくり湯船に浸かってこい」

半ば無理やり東雲を風呂へと追いやると、夕飯を食べ終えてから、お茶の準備に取りかかった。

慣れない手つきで、煙羅には純米吟醸《ぎんじょう》、硯にはほうじ茶、式鬼には抹茶ラテを用意する。日中頑張ってくれている彼らへの、せめてもの感謝の気持ちだ。

クリームのホイップに手こずっていたら、風呂から上がった東雲が、珠のれんを手でよけながら台所に姿を見せた。もちろんパジャマではなく、黒の上下をしっかり着込んでいる。髪が湿っていなければ、これで風呂上がりだとは誰も思わないだろう。

「何か手伝うか？」

「大丈夫、もうこれで終わりだから。みんなは？」

「起きて茶の間でダラダラしてる」

「そうか。じゃあさっそく向こうへ運ぼう」

二人で大判焼きを載せた皿やカップをお盆にセットしていると、東雲がふと手を止めた。

「東雲？　どうかしたのか？」

東雲の視線は清伊の湯呑みに注がれていた。彼の分は用意していない。意地悪をしたのではなく、当然のように半分ずつにするつもりだったのだ。

「ごめん！　つい癖で。すぐ東雲の分も用意する」

慌てて食器棚を開けようとした手を、大きな手のひらに握り込まれた。指を絡めながら体を引き寄せられ、人差し指の関節に口づけられる。

「……東雲？」

「口づけたいのにできないってのは、どうしようもなくもどかしいな」

切なげに眉を寄せ、途方に暮れたように呟く。

東雲の吐息を指先に感じながら、清伊は早く今月が終わればいいのにと、益体《やくたい》もない事を考えていた。

四

平日にはまったくの戦力外である清伊も、週末ならば好きに動ける。絶賛禁欲中なので、土日の朝から晩までまるっと四十八時間、完全なるフリーだ。

「ここまで任せっきりだった分、この週末で挽回《ばんかい》する！」

手ぬぐいで口を覆いゴム手袋を装着した清伊は、右手にモップ、左手にバケツを持ち、茶の間で寛《くつろ》いでいる住人たちにそう宣言した。だが式鬼はこちらに視線を寄こしただけで特に何も言わず、硯は手にした茶をズッと啜った。煙羅に至っては座布団を枕にして鼾《いびき》をかいている。

「なんだよ、人がやる気になってんのに。別に手伝ってほしいって言ってるんじゃないぞ。今日は俺が頑張るから、みんなはゆっくり休んでくれ」

任せておけと拳《こぶし》で胸を叩くと、式鬼と硯が顔を見合わせ、はあっと深い溜め息をついた。

「なんだよ、その反応」

「清伊？　家の掃除なら終わったぞ」

「え……？　ええっ!?」

廊下を行き来していた東雲に後ろから声をかけられ、清伊は頓狂《とんきょう》な声を上げて振り返った。

「お、終わった？　家中の畳を全部干したのか？」

「ああ。廊下も窓も磨いたし、水廻りも念入りに手入れをした。終わったのは昨日の午後だ」

「厄介な水廻りまで……」

熱心に掃除してくれているとは聞いていたが、まさかこの広い家を五日で磨き上げてしまうとは思いもしなかった。

ここへ来た当初の彼らを思い返し、じわりと目頭が熱くなる。九ヵ月で、人――、もとい物怪はこんなにも成長するのだ。

「休みなんだし、清伊ものんびりしたらどうだ？　今お茶を淹れてくる」

そう言う東雲の手には、洗濯カゴが握られていた。洗濯の途中だったのだろう。そして茶の間の住人たちは、昨日まで重労働に従事していた。

「……そういうわけにはいかない。俺だってこの家の住人だ。家のために働く義務がある」

働かざる者食うべからず。昔も今も、それが清伊のモットーだ。

「でももう何もする事ないよ？　清伊は外で働いてるんだし、そんなに気にしなくても……」

「いや、一つだけやる事が残ってる。いつか暇を見つけてやらなきゃと思って、ずいぶん前から準備してたんだ」

気遣ってくれる硯にそう言い残し、清伊はモップとバケツを片づけ納戸《なんど》を漁った。目的のものを取り出し、それらを手に玄関へ急ぐ。年代ものの柱時計を避難させてから廊下にビニールシートを敷き、外履きに履き替えたら作業開始だ。

まずはヘラを使って土壁の砂を剝《は》がす。壁は既《すで》に脆《もろ》くなっているので容易に剝がれた。ただ辺りが埃っぽくなるのはいただけない。手ぬぐいで覆っていても、喉がイガイガしてくる。

「くそっ、忌々しい埃め……！」

「何してんの？　っつーか何ここ、埃っぽい！」

扉を開け放して換気をしていると、式鬼が玄関に姿を見せた。後ろには硯と煙羅、当然東雲もいる。

「土壁を削って上から漆喰《しっくい》を塗るんだよ。そうすれば砂で廊下が汚れる事もないし、壁の強度も増す」

「塗るって、ここを全部？」

「全部って言っても廊下だけだからな。漆喰は乾くのが早いから、この週末で作業は終わるはずだし」

とは言いつつも、実際のところ二日で作業を終えるのは厳しいかもしれない。

土壁を剝がすだけなら簡単だが、漆喰を塗るとなると、建具を全部外して、壁の縁をマスキングする必要がある。漆喰を塗る手間よりも、そちらに時間を取られてしまうだろう。

壁をゴリゴリ削りながら、頭の中で作業時間の目算を立てていると、式鬼が自分の部屋の建具を外し始めた。それに倣《なら》って、硯と煙羅も次々に建具を外していく。

「おい、一体何を――」

「昼寝したいのに廊下でゴリゴリやられたら気になって眠れないだろ。全員でやれば五分の一の時間でできるんだから、さっさと終わらせて明日ゆっくり昼寝する方が合理的じゃん」

「すごーい。式鬼が清伊みたいな事言ってる」

「なあ式鬼、これが終わったら俺の運動にもつき合ってくれるか？　小一時間ばかり布団の中でな」

へらりと笑う煙羅の脛《すね》に、式鬼の蹴りが炸裂した。痛みのあまりピョンピョン跳ねている煙羅の横で、式鬼と硯が顔を見合わせて笑っている。

「清伊？　埃が目に入ったのか？」

東雲に顔を覗き込まれそうになり、慌てて視線を逸らす。目の奥が熱いのは、憎らしいこの埃のせいだ。

「……顔洗ってくる」

清伊は持っていたヘラを東雲に手渡すと、足早に洗面所へ向かった。

結局、壁の塗り替えは一日で終了した。

五人で手分けしたおかげで、午前中には下塗りを終え、夕方からこてを使って仕上げの重ね塗りを始めた。

全ての作業が終わったのは、午後八時過ぎだ。

渋る東雲を説き伏せて出前を取り、大掃除を終えたお祝いにみんなで寿司をつまんだ。その後もダラダラと茶の間で過ごしているうちに、いつの間にかうたた寝してしまったらしい。

時刻を確認したら、午前零時を過ぎていた。他の住人たちは既に自室で休んでいるのか、部屋には清伊の他に誰もいない。

さっきまでわいわいと騒がしかっただけに、目が覚めて一人きりというのは少し寂しい。すぐに動く気になれず、ぼんやり庭を眺めていると、廊下の向こうから微かに水音が聞こえた。台所の明かりは消えているから、音の出所はおそらく浴室だろう。

清伊は足音を忍ばせて移動し、脱衣所の扉の前で耳をそばだてた。水音に混じって聞こえてきたのは、荒い息と艶っぽい喘ぎだ。

(この声、東雲……?)


「……っく、ふ、はあっ……、清伊……っ」

切羽つまった声で名前を呼ばれ、思わず息を呑む。

間違いない。中にいるのは東雲で、彼は清伊を思いながら自慰に耽《ふけ》っている。なかなか達する事ができないのか、その声はひどくもどかしげだった。

(反則だろ、こんなの)

清伊は扉を背にして、ズルズルと床に座り込む。

四月とはいえ夜はまだ肌寒い。それなのに体の奥が熱かった。指先まで疼き、じんじんと痺れている。

東雲の顔が見たい。思う存分触れ合って、二人で一緒に気持ちよくなりたい。熱に浮かされたような東雲の声を聞いたら、禁欲なんて言葉は一瞬で頭から吹き飛んでしまった。

(こんな風に焦《じ》れてまで抱き合うのを我慢するなんてバカげてる。禁欲週間なんて、もう知るか……!)

清伊は脱衣所に足を踏み入れると、中へ声かけもせずに浴室の扉を開けた。不意を衝《つ》かれた東雲は、瞳が零れ落ちそうなほど目を見開き、絶句して固まっている。

「……清伊、風呂に入るなら服を脱いでからにしろ」

かつての清伊と同様に、東雲は浴槽に浅く腰かけ、両手で自身を慰めていた。咄嗟に間抜けなセリフを口にしてしまうところまで同じだ。だがそんな事より、清伊にはもっと気になる事があった。

「どうして翼を広げてるんだ？」

驚いた事に東雲は、いつもは背中にしまっている翼を広げていた。浴室内は充分な広さがあるが、今はその空間のほとんどを巨大な黒い翼が占めている。

「普段は気をつけてるんだが、気を抜くと出てしまうんだ。妙なものを見せて悪かったな」

「誰も妙なものなんて言ってないだろ。もっとよく見せろよ」

吸い寄せられるように東雲に近づき、濡れた羽根に触れてみる。よく見ると羽根は黒の単色ではなく、いくつかの色味が複雑に混じり合っていた。光を弾いて緑や紫に艶めく様は美しく、どこか神々《こうごう》しい。

「これが烏《からす》の濡れ羽色か。きれいなものだな」

うっとりと囁き、翼の先に口づける。すると、東雲の体があからさまに跳ねた。

「ダメだ、そんなものに口づけなくていい」

東雲の言葉を無視して、翼を唇で食《は》み、柔らかな羽根の感触を肌と舌で味わう。少し強めに噛んでやったら、東雲がうっと低く呻いた。

「気持ちいい？　もしかしてコレも性感帯なのか？」

「……もう止せ。解禁日まであと三日あるだろう？」

視線を逸らされ、内心でムッとする。こっちは禁欲の事なんてどうでもよくなるほど興奮しているのに、東雲は冷静だった。自分ばかりが飢えていたみたいで、愛しい男がなんだか憎らしく思えてくる。

「東雲がその気じゃないなら、その気にさせてやる」

清伊は洗い場に膝をつき、東雲の脚に手をかけた。部屋着にしているスウェットパンツが湯を吸ってじっとりと湿ったが、脱衣所に戻って服を脱ぐ余裕はない。

手に力を込め、そっと膝を割り開く。東雲の陰茎は、今にも弾けてしまいそうなほどいきり立っていた。幹の薄い皮膚に筋が浮き上がり、露出した先端が濡れ光っている。その生々しくも卑猥《ひわい》な眺めに、清伊はゴクリと唾を飲み込んだ。

「いい、やめてくれ清伊。濡れた服のせいで風邪でも引いたら――」

「もう黙れよ。たまには俺の好きにやらせろ」

答えるなり、清伊は先走りで濡れた先端に、音を立てて口づけた。そしてそのまま長大な雄を口の中に迎え入れる。

「っ……！」

東雲の動揺が、触れ合った肌を通じて伝わってくる。同性のものを銜《くわ》えたのは初めてだが、驚くほど抵抗はなかった。薄い皮膚はつるりとしていて、唇と擦れる感触がうっとりするほど気持ちがいい。

伏せていた瞼を上げると、陶然《とうぜん》とした表情の東雲と視線がぶつかった。親指で愛おしげに頬を撫でられ、触れてもいない前がツキンと疼く。気がついたら、夢中で東雲の屹立をかわいがっていた。

割れ目を舌で突き、唇や頬の内側を使って先端の丸みを嬲《なぶ》る。口の中に広がる苦みすら愛しくて、清伊は喉を鳴らして蜜を啜った。

「清伊、顔を離せ。そろそろ限界だ」

「このまま出せばいい。お前の、飲ませろよ」

射精を促すように袋を転がし、溢《あふ》れた蜜を掬いながら舌で裏筋を辿る。

音を立ててジュッと吸い上げると、さっきよりも濃い雄の味がした。一気に追い上げようと息を吸い込んだ瞬間、不意に体を引き起こされ、育ちきった陰茎が唇から抜け出てしまう。

「ふ……、んあっ？」

「……すごい事を言うんだな。清伊があんまり煽《あお》るから危うく漏れそうになった」

清伊を自分の膝の上に跨《また》らせ、東雲が苦笑する。

「なんで邪魔するんだよ？　我慢しないでイけばい

いだろ」

「一週間ぶりなんだ。口もすごく気持ちよかったけど、できればここに出させてほしい。ダメか？」

布越しに狭間《はざま》を指でなぞられ、飢えた窄《すぼ》まりがヒクリと息衝《いきづ》いた。「あっ」と喘いだ唇を、荒っぽい口づけで塞がれる。舌を絡めて東雲の唾液を味わいながら、口づけさえも一週間ぶりなのだと気づいた。

「ん、ふっ……、ちょ、しののめっ……」

呼吸もままならないほど執拗《しつよう》に貪られ、清伊はあまりの息苦しさに男の胸を叩いて抗議した。東雲が下唇を食んだまま、目顔でなんだと訊《たず》ねてくる。

「お前っ、がっつき過ぎだ。服くらい脱がせろよ」

濡れた布が肌に張りついて気持ち悪いのだと告げると、東雲が服を脱ぐのを手伝ってくれた。途中、透けた布の下で存在を示している胸の頂《いただき》に触れたり、中途半端に起ち上がった性器を弄ったりするものだから、ほんの数枚の服を脱ぐのにずいぶんと時間がかかってしまった。


四苦八苦の末なんとか裸になり、今度は自分から男の膝に跨る。

体を重ね合わせるようにしがみついたら、東雲の翼がバサバサとはためいた。まるで「嬉しい」と言っているみたいだ。

「へえ。わかりやすくていいな、これ」

手のひらで触れる度、もっと撫でてというように翼が左右に小さく振れる。水を弾いた艶々の羽根は美しく、手触りはうっとりするほど心地好い。

「清伊もわかりやすい。もうこんなに濡らしてる」

言いながら、東雲が自身の屹立を清伊の中心に擦りつけてくる。エラの張り出した亀頭で幹を嬲られ、触れ合った先端がツッと糸を引いた。

「あ……」

淫ら過ぎる光景に、ゴクリと喉が鳴る。期待と羞恥に震える清伊を見つめ、東雲が艶冶《えんや》な笑みを浮かべた。

「後ろもいっぱい濡らさないとな」

東雲が膝を開くと、そこに跨っている清伊の脚も自然と割り開かれてしまう。露《あらわ》になった窄まりに、東雲はすかさず指を潜《もぐ》り込ませてきた。

「ひ……、んあっ……！」

「すごいな。物欲しげに吸いついてくる。指なんかじゃ刺激が足りないか？」

浅い場所を指でかき混ぜながら、東雲が耳元で甘ったるく囁く。清伊と抱き合う時の東雲は、色っぽいを通り越して、エロい。普段のストイックさがすっかり鳴りを潜《ひそ》め、とんでもなくいやらしくなる。こういうのをムッツリスケベというのだろう。

「答えて、清伊。ここに俺のが欲しい？」

どこのエロオヤジだとつっ込んでやりたいのに、体が勝手に動いて、こくんと小さく頷いてしまう。

(俺もどこの乙女だよ……)

他人が見たら「このバカップルが」と眉を顰める だろうが、今は二人きりだ。清伊がどれだけ浅ましく求めても、批難《ひなん》する者は誰もいない。


「ずっと東雲が欲しかった。解禁日なんて待ってられるか。早くお前のこれを、中にくれ」

指で雄々しい屹立に触れ、挿入しやすいように腰を持ち上げる。すると東雲が中を探っていた指を引き抜き、清伊の後蕾に自身の先端をあてがった。

「……清伊は無駄遣いだと怒るかもしれないが、明日はタクシーで仕事に行ってくれないか。その分今月は食費をできるだけ節約する」

「食費を、節約……？」

目が覚めるような美丈夫の所帯じみた発言に、一週間ぶりの情交だという事も忘れてプッと吹き出してしまう。それと同時に浴室内を満たしていた淫靡《いんび》な空気が、瞬く間に霧散《むさん》した。

「ふ……、ははっ」

「どうして笑うんだ？　節約は大事だろう？」

戸惑う東雲に凭《もた》れかかり、清伊は笑った。

この男を好きだと思うのは、こんな時だ。いつでも清伊の心に寄り添い、飾らない言葉で愛情を示してくれる。

「愛してるよ、東雲」

いやらしいところも、所帯じみたところも、物怪である事も全部ひっくるめて、東雲が愛しかった。

好きだという思いを込めて、目尻に頬、鼻の天辺、最後に翼を引き寄せて口づける。すると東雲は何度か瞬きをしてから、キュッと下唇を噛んだ。

「俺の方こそ、ずっと清伊が欲しかった。先に言うなんて、ずるいぞ」

「先とか後とかどうでもいいだろ。これ以上焦らすなよ」

はあっと息を吐きながら、清伊は腰を下ろして、後孔に男を迎え入れた。太いカリが肉輪を潜《くぐ》り、圧倒的な熱と質量が隘路《あいろ》を抉《こ》じ開けていく。

「くっ……、あ、ああっ……!」

「清伊……っ」

全身がブルブルと戦慄《わなな》き、肌が歓喜の色に染まる。だらしなく開いた口の端から溢れ出た唾液を、東雲が舌で舐め取ってくれた。

自分の中に東雲がいると思うと、体だけでなく心まで満たされるのを感じる。欠けていた体の一部が戻ってきたような、不思議な充足感だ。

清伊の腰を両手で支え、東雲が下から突き上げてくる。律動は徐々にスピードを上げ、次第に激しくなった。

「うっ、はあっ……、しののめ……っ!」

容赦なく後ろを穿ちながら、東雲は固く尖った乳嘴《にゅうし》を唇で食んだ。薄い胸に歯を立てられ、無意識のうちに中の雄を食い締めてしまう。

「くっ……!」

快感をこらえ、東雲が顔を歪ませる。その無防備な表情に、きゅうきゅうと後ろが疼いた。

かわいい。全部欲しい。この男を独占したい。そんな身勝手な感情で胸がいっぱいになる。

「東雲、もう中に、中にほし……っ」

いやらしく腰を揺らし、中に出してほしいと強請《ねだ》る。すると東雲が、両腕で清伊の体を抱き締めながら、一際《ひときわ》強く中を抉《えぐ》った。

「んあ、ああっ……!!」

目の前で火花が散り、全身を甘い痺れが駆け抜ける。清伊の放った白濁が二人の腹を汚した瞬間、東雲も中で弾けた。

断続的に大量の精を撒《ま》かれ、その度に宙に浮いた爪先がカクカクと揺れる。絶頂を迎えても、下肢はまだ痙攣《けいれん》を続けていた。数日間の飢えを満たすように、襞が欲深く蠕動《ぜんどう》を繰り返している。

「やっと、清伊に触れた……」

中に精を吐き出しながら、東雲が満足気に呟く。

清伊は震える手を伸ばし、男の頬にそっと触れた。

「……我慢した分、いつもより盛り上がっただろ?」

「それでも、もう我慢はしたくない。側にいるのに触れられないなんて二度とご免だ」

「――そうだな。禁欲なんてしなくても、みんなを蔑ろにせずに済むようにはできるはずだ。……タクシー代だって無駄にせずに済むし?」

さっきの話を混ぜ返してやったら、東雲が眦《まなじり》を下げた情けない顔で笑った。

「でも明日のところは電車通勤は諦めてくれ。もっと清伊と愛し合いたい」

「いいけど、せめて場所を変えないか。この体勢だと足腰が辛《つら》い」

するりと男の首に腕を回すと、東雲がまだ硬いままの屹立を引き抜き、清伊を抱えて立ち上がる。同時に翼がしまわれ、黒い羽根がいくつか宙を舞った。

「なあ、東雲。今夜はカラスの姿で眠ってみたら? 一緒に寝たらふかふかして気持ちよさそうだ」

「清伊がそこまで正気を保てたらいいけどな」

婀娜《あだ》っぽく微笑みながら、東雲は清伊を抱えて浴室を後にする。両手が塞がっている東雲の代わりに、清伊がバスタオルを引っ摑んで電気を消した。

三十一歳にしてまさかお姫さま抱っこをされるとは思いもしなかったが、相手は物怪で、今は二人き

りだ。つまらない社会通念に囚《とら》われる必要はない。

「そういえば、大事な事を言い忘れてた」

「大事な事？」

東雲の部屋はもうすぐそこだ。早く存分に抱き合いたい清伊は、剝《む》き出しの肩にバスタオルをかけてやりながら男に返事を促した。

「愛してる。この命ごと、俺は清伊のものだ」

「っ……！」

まさかの不意打ちに、発火するんじゃないかと思うほど全身が熱くなる。至近距離で視線が絡み、落ち着きを取り戻しつつあった心臓が、またもやドコドコと騒ぎ出した。

「そんなの、い、今更だろ――」

強気な言葉とは裏腹に、声が尻すぼみになってしまう。羞恥のあまり男の肩に顔を伏せると、東雲が歩く速度を上げた。どうやら今夜は眠らせてもらえなさそうだ。腰痛と寝不足の覚悟をして、清伊は東雲の部屋の引き戸を開けた。


待ち望んだ甘い時間に目が眩《くら》んだ二人は、翌朝、再び結界を張り忘れた事で住人たちにこってり絞られる事など、まだ知りもしないのだった。

あとがき

はじめまして。宇喜田紅と申します。

この度は「物怪荘の思われびと」をお手にとっていただき、ありがとうございます。

なんと人生二度目のあとがきです。どうにか諸々の作業も終え、しみじみと喜びをかみしめています。うれしい……。

さて、担当様から「あやかしが出てくる、楽しいお話」というご提案をいただいて、私が最初にした事は、本棚から某先生の妖怪マンガを探し出す事でした。

実は私、昔から某先生の作品の大ファンでして、あの、妖怪と人間社会とのボーダーレス感に加え、作品に漂うのんびりした空気と、中に潜む少しの毒がとても好きなのです。その影響かどうかはわかりませんが、本作に登場する物怪たちも、人間社会にそこそこなじんでいます。

さらに本作を執筆する際、ずっと頭の中にあったのは「田舎のおばあちゃんの家で過ごす、幸せな夏休み」というワードでした。

今や「夏休み」という言葉にノスタルジーを感じる大人になってしまった私ですが、この作品の中で主人公の清伊は、物怪たちとの終わらない夏休みを過ごしています。それはきっと口絵の二人のように、満ち足りた眩い毎日なのだろうと思います。

カバーイラストを含めた麗しいイラストの数々は、Ｃｉｅｌ先生が描いてくださいました。

先生の華やかでありながら透明感のあるイラストは、何時間でも眺めていられる自信があります！ クセのあるキャラクターたちを魅力的に描いてくださり、ありがとうございました。

お世話になりっぱなしの担当様をはじめ、関係者の方々にも心からお礼申し上げます。一つ作品を書き上げるたび、私一人の力では何もできないのだという事を痛感いたします。いつも本当にありがとうございます。

最後に、ここまでおつき合いくださいました読者の皆様。

皆様と同じく、私もＢＬ小説やマンガを読むのが大好きです。たとえ実生活でしんどさを感じてしまう事があっても、「家に帰ったらあの作品が読めるんだ！」と思えば踏ん張れたものでした。

もちろんお話を書き始めた今でも、それは変わっていません。相変わらず私は毎日ＢＬ作品に癒され、励まされ、救われています。

皆様のＢＬライフが、萌えとハッピーに溢れた素晴らしいものでありますように。

私も皆様に負けじと、日々ＢＬ道を邁進して参ります！

それでは、またどこかでお目にかかれる事を祈りつつ。最後までお読みくださり、ありがとうございました。

宇喜田　紅

◆初出一覧◆

物怪荘の思われびと　／書き下ろし

物怪荘の休日　／書き下ろし

ビーボーイノベルズをお買い上げいただきありがとうございます。
この本を読んでのご意見・ご感想をお待ちしております。

〒162-0825 東京都新宿区神楽坂6-46
ローベル神楽坂ビル4F
株式会社リブレ内 編集部

アンケート受付中
リブレ公式サイト http://libre-inc.co.jp
TOPページの「アンケート」からお入りください。

物怪荘の思われびと

2018年4月20日 第1刷発行

著 者――宇喜田紅

発行者――太田歳子

発行所――株式会社リブレ
〒162-0825
東京都新宿区神楽坂6-46ローベル神楽坂ビル
営業 電話03(3235)7405 FAX 03(3235)0342
編集 電話03(3235)0317

印刷所――株式会社光邦

この書籍の用紙は全て日本製紙株式会社の製品を使用しております。

Printed in Japan
ISBN 978-4-7997-3445-2